Los que esperan su duelo

OTROS ÁMBITOS| **B**erenice

Los que esperan su duelo

CARLOS SANCLEMENTE

Berenice

© Carlos Sanclemente, 2021
© Editorial Almuzara, s. l., 2021
www.editorialberenice.com

Primera edición: abril de 2021
Colección Otros ámbitos

Director editorial: Javier Ortega

Impresión y encuadernación:
Gráficas La Paz

ISBN: 978-84-18089-72-5
Depósito Legal: CO-85-2021

No se permite la reproducción, almacenamiento o transmisión total o parcial de este libro sin la autorización previa y por escrito del editor. Todos los derechos reservados.

Impreso en España/*Printed in Spain*

En memoria de Diego J. Camacho.
Siempre en nuestra memoria.

Toda esa turba que ves son desdichados que carecen de sepultura. Ese barquero es Caronte, y los que lleva en su barca son muertos a los que se han rendido los honores fúnebres; no le es dado transportar por las rugientes aguas a la otra orilla a aquellos cuyas cenizas no reposan aún en la tumba. Vagan estos y revolotean por la ribera cien años; transcurrido este tiempo, y sólo entonces, son admitidos en la barca y ven a su vez el lago deseado.

La Eneida.

*A Francisco Florido R., un hombre bueno,
en el buen sentido de la palabra bueno.*

Índice

Primera parte El camino 15
Segunda parte El río 53
Tercera parte La tierra 109
Cuarta parte El silencio 155
Quinta parte Las hojas 191

Primera parte
El camino

1

Gabriel abrió los ojos. La habitación estaba poseída por una oscuridad intensa. Se incorporó y contempló la ventana. Aún era de noche y las calles de la ciudad respiraban la neblina húmeda del preludio crepuscular, se sacudió del peso asfixiante de las cobijas y puso los pies en el suelo. Su heladez no logró alterarlo. Un sudor frío empapaba su cuerpo, sus manos temblaban y una ansiedad vana poseía su mente. Se sentía lejano de su propio cuerpo, hastiado de su debilidad y de ciertas pesadillas que no dejaban de atormentarlo. Esa noche había soñado que caminaba desesperado, junto a un río pardo y crecido, llevando a Princesa, la vieja perra de la casa, entre sus brazos, mientras ella emitía unos aullidos minúsculos y moribundos. Salió de la cama con las fuerzas que le quedaban, bajó las escaleras y se dirigió a la cocina. Demasiadas preocupaciones ocupaban su mente y como podía intentaba librarse de ellas. Los hombres asediados no suelen escapar fácilmente de los pesares que los abocan a la muerte, y en esta hora Gabriel era uno de ellos.

Entró a la cocina arrastrando su pesadumbre, encendió la luz y puso la cafetera. Sus manos temblaban, estaban macilentas, pálidas, casi exangües. Las observó durante unos instantes, sin poder entender las causas de semejante imagen. Nadie, hasta ahora, podía comprenderlo. Los médicos que lo habían examinado no pudieron determinar la razón de su extremada delgadez y decaimiento. Algunos le dijeron que se trataba de una rara enfermedad tropical y otros que era un funcionamiento anormal de su glándula tiroides. Había estado varias veces en el hospital en los últimos meses, se había sometido a varios exámenes y tratamientos, pero ninguno dio resultado, y él seguía adelgazando de forma alarmante, tanto que a día de hoy, con sus dos metros de estatura, se veía como un niño ojeroso, famélico y desnutrido.

El agua empezó a reverberar en la cafetera, el vapor aromático se deslizó hasta su nariz y toda la provocación del café recién hecho inundó su respiración entrecortada. Lo tomó a grandes sorbos, como solía hacerlo. La bebida pronto hizo su efecto, y poco a poco fue recuperando el espíritu perdido durante aquella mala noche.

El día empezaba a clarear en la pequeña ventana de la cocina. Un rocío espeso opacaba el vidrio, el instante escurridizo del crepúsculo había sido superado. Gabriel se levantó y fue hasta el salón, aún en tinieblas. Encendió la luz y se sentó en un sillón, muy cerca del equipo de música. Lo contempló durante unos instantes con cierto reblandecimiento en la mirada y se quedó inmóvil. Amaba la música desde que era un niño. No lo había reflexionado, pero era el verdadero lenguaje de su alma. A través de ella podía comprender el mundo, encontrar el consuelo perdido, llorar las tristezas de la cotidianidad, matizar la dureza de la existencia, perdonar a sus enemigos, ensalzar los amores y las pasiones, perderse en los mismísimos abismos incomprensibles de la melodía, hallar el consuelo que difícilmente se encuentra en las palabras del prójimo y escabullirse de aquella realidad en la que estaba inmiscuido desde hacía tantos años y que jamás hubiera deseado para su vida.

Tomó uno de los CDs, lo introdujo en la bandeja, y luego dejó que la proeza digital hiciera el resto. Y así, escuchando los boleros de Machín, permaneció durante largos minutos. Tarareaba las letras, que se sabía de memoria, y esquivaba pensar en los graves asuntos. Porque afuera, más allá de su alma dulcificada por la música y de ese momento de aparente reposo y sosiego, existía una amenaza mayor que pesaba sobre él y lo atormentaba, incluso más que la misma enfermedad desconocida que padecía. Las desgracias nunca vienen solas y Gabriel lo estaba comprobando.

La música del CD terminó cuando la luminosidad exterior había debilitado la luz de la bombilla y en el apartamento se extendía una claridad algo indefinida, tenebrosa. Se levantó y empezó a pasearse inquieto de un extremo a otro. La manecilla del reloj de la pared marcaba el ritmo de cada uno de sus pasos, se acercó al teléfono y marcó un número. Aló, dijo una voz soñolienta después del tercer tono. Soy yo, dijo él, la llamo porque voy para Almadía. La voz se quedó en silencio, pero al cabo de unos instantes respondió, No venga, Gabriel, se lo pido. Tengo que ir, solo llamo para contárselo. No venga, no se arriesgue, no nos haga sufrir, le insistió la voz sollozando. No llore, Mami, le dijo él mientras sostenía la respiración. La voz se calló y tan solo se escuchaba el sufrimiento de su respiración. La llamaré cada vez que el celular dé señal. No quiero que venga, le insistió la voz ofuscada y afectada al mismo tiempo, y le colgó. Gabriel se quedó con el teléfono en la mano, dudaba si debía volver a llamarla y hacerle entender que tenía la obligación de ir a verla, que no podía dejarla sola a ella ni a su hija durante tanto tiempo, pero al final decidió no hacerlo. Qué sacaría con eso, nadie, ni siquiera su mujer podría entender lo que pasaba por su mente en aquellos instantes. La necesidad de regresar a Almadía y a su casa, de creer que podía continuar con su vida sin advertir el miedo en cada esquina. Colgó el teléfono, subió a la planta de arriba del apartamento y, con rapidez, se preparó para el viaje.

Un rato después bajó las escaleras. El reloj marcaba las ocho en punto de la mañana y el suave aroma del ramo de rosas, puesto en el jarrón de la sala, se había alborotado de repente e inundaba la estancia. Gabriel lo olió en un suspiro y sintió un anhelo profundo de estar en Almadia, junto a María e Isabela. Pero al mismo tiempo, una desazón gélida logró perturbarle, desanimarle, incluso llegó al extremo de hacerlo dudar si debía emprender aquel viaje que horas antes decidió con tanto ímpetu. Tomó las llaves y entreabrió la puerta. Siempre había sido un hombre seguro, impulsivo, testarudo, y sin embargo, esta vez balanceó su cuerpo debajo de la línea del umbral, como si un hilo invisible atara su impulso y le instara a quedarse en la tranquilidad de su apartamento. Y se quedó allí, dubitativo, mirando con intermitencia el colorido ramo de rosas rojas y blancas del jarrón, las escaleras y el cuadro de un barco que luchaba por no zozobrar en medio de una tormenta, que presidía la sala. Pero qué estoy haciendo, se recriminó a sí mismo. Introdujo la llave en la abertura y cerró la puerta con determinación, sintiéndose algo estúpido por su momento de flaqueza, por haberse dejado llevar de algo tan superfluo como un escueto presentimiento. Bajó unas escaleras exteriores y se dirigió al parqueadero.

La mañana era bastante fría, el sol se ocultaba entre las nubes y la ciudad exhalaba el vapor panificado de los hornos aún calientes. En los jardines, las gotas del rocío formaban finos rosarios de perlas nacaradas, y en el pavimento se extendía una fina lámina de humedad. Gabriel iba vestido como de costumbre. Llevaba unas botas camperas de cuero, pantalón vaquero azul, camisa, chaleco negro y su pistola siete sesenta y cinco terciada en un costado. Como estaba tan delgado, daba la impresión de que la ropa le quedaba colgando. Subió a la camioneta y se encaminó hacia Almadía, el pequeño pueblo donde vivían su mujer y su pequeña hija.

Al salir del conjunto residencial tomó una larga avenida. La calle estaba animada y los coches se agolpaban en los semáforos. A los lados se desplegaban hileras de casas y edificios discordantes. Gabriel los contemplaba con cierto interés, sabía de memoria el camino de salida. Y mientras giraba el volante, metía los cambios y pisaba los pedales mecánicamente, veía a la ciudad desplegarse, indiferente, ante las faldas del volcán, y a la gente dirigirse, metódica, a sus centros de trabajo. Cuántos de ellos pensarían en la guerra o tan siquiera reconocerían que vivían en un país en guerra, reflexionó; quizás esta guerra solo se reconocía cuando ya era demasiado tarde. Y luego pensó en él mismo y en todos esos años, y volvió a caer, inevitablemente, en el pensamiento de la guerra, y en la amenaza del nuevo Gobierno de acabar definitivamente con todo lo que oliera a insurgencia. Una fría sensación de desprotección destempló su cuerpo.

En aquel año, la violencia en el sur del país se había recrudecido como nunca antes, y aquella cincuentona y fatigada guerra sin posiciones, ni territorios, ni frentes definidos, solo repleta de vencidos, había dado un viro infausto. Las bandas paramilitares y las fuerzas gubernamentales habían desembarcado en la región, y las guerrillas, hasta ese momento dueñas y señoras del territorio, ejecutaron un repliegue estratégico sin apenas oponer resistencia. Entonces, un escenario de venganzas se abrió en el horizonte. Listas negras y sentencias aparecieron en los muros antes maculados por las consignas de la insurgencia, y en ese punto sin retorno la incertidumbre tiñó de sombras el futuro.

Lo había sufrido, en carne propia, quince días antes, la última vez que estuvo en Almadía.

2

El último día que estuvo en el pueblo, Gabriel pasó las horas recostado sobre la hamaca que se hallaba colgada en el corredor contiguo a la cocina. Envuelto en una aparente tranquilidad, contemplaba el patio de los guayabos. La mañana deslizaba su luminosidad sobre el follaje informe de los árboles, la frescura matutina corría de un rincón a otro, las gallinas raspaban el suelo recién regado al pie de los troncos, y Princesa, la vieja perra de la casa, languidecía bajo la sombra de un limonero. Él tenía la mirada fijada en ella, la contemplaba con la conmiseración que se guarda ante la presencia de un moribundo, sentía compasión por la centenaria perra de la casa. María, su mujer, vino a sentarse a su lado y posando la mano sobre su hombro le dijo: «Está en las últimas y sufre mucho».

Mientras tanto, en el patio, la perra intentaba levantarse, pero tenía las patas traseras lánguidas y entumecidas. Resultaba agotador verla, cada esfuerzo era una nueva tortura. Es muy vieja, añadió María. Y ambos contemplaron la dolorosa escena en silencio. Para aquel entonces la vieja guardiana llevaba varias semanas en ese estado deplorable, su declive empeoraba rápidamente y solo esperaban el momento del triste desenlace.

Un poco antes del almuerzo, Gabriel se levantó de la hamaca y se dirigió hacia la cocina. María guisaba unos frijoles. En ese momento picaba unas verduras sobre una desgastada tabla de madera. Lloraba. Gabriel vio cómo sus lágrimas manaban continuas sobre sus mejillas. Su llorar silencioso era la extensión del marasmo nostálgico aposentado en la casa durante los últimos tiempos. Pero en las lágrimas de su mujer él no solo vio la tristeza, también vio la soledad acompañándola por largos años, y no pudo dejar de sentirse contagiado por esa grave sensación de amargura.

Tengo miedo por usted, prorrumpió ella al notar su presencia, se pasó el brazo por la cara y añadió, La gente murmura que es el primero de la lista de las bandas, y en la reunión de Las Alhajas, el comandante, un tal Ambarino, ha dicho que el valle está plagado de colaboradores de la guerrilla, pero que ellos se encargarían de limpiarlo. Gabriel ya lo sabía. Su vida no solamente estaba amenazada por la enfermedad, sino también por el desembarco de las bandas paramilitares. Dio unos pasos hacia ella, con la intensión de hablarle, pero se dio cuenta de que no sabía que decirle y que cualquier explicación estaba hecha añicos de antemano, dijera lo que dijera no lograría apaciguar su inquietud. Aun así, pensó que debía tranquilizarla y le dijo, no se preocupe por eso, María, ya tengo todo solucionado. Ella se volvió a mirarlo fugazmente, y él contempló una incredulidad condescendiente prendida en su rostro. Arrastró sus pies hacia una pequeña mesa de madera, se dejó caer sobre la silla y se quedó mirándola mientras ella continuaba con los preparativos del almuerzo.

Al cabo de un rato, María había dejado de llorar, y él sintió que su compañía era el mejor de los consuelos que podía ofrecerle. ¿Sabe, María?, añadió, aún somos jóvenes y he pensado que debemos largarnos de aquí, muy lejos de este país de mierda. Pero un largo silencio siguió a estas palabras. La sola idea de abandonarlo todo, incluso el país, retumbó en sus propios pensamientos cuando lo dijo en voz alta. No era la primera vez que pensaba en ello, y ahora, esa remota posibilidad emergía como única solución a la encrucijada en la que se hallaba.

La olla de los frijoles reverberaba en el rojo incandescente de la estufa eléctrica, sus vapores se levantaban hacia el techo y se esparcían por el soberado, la casa entera estaba impregnada del olor suculento de las judías. Luego de muchos días, Gabriel sintió el despertar de su apetito dormido y durante el almuerzo, más animado, comió copiosamente en compañía de María y de su pequeña hija.

Pasado el mediodía, emprendió el viaje de regreso a la ciudad, ya que por cuestiones de negocios vivía entre dos residencias, solía volver los fines de semana, pero en los últimos meses sus regresos se habían hecho cada vez más esporádicos. Antes de despedirse, miró a María poseído de un afectado sentimiento, y ella, con una sonrisa triste en los labios, le dijo que se sentía como en la historia de *Genoveva de Bravante*, una novela que leía cuando era niña, justo en el momento en que la condesa palatina despedía al conde Sigifredo, antes de partir hacia la guerra. Él sonrió al escucharla, sin entender muy bien lo que ella quiso decirle. Subió a la camioneta, se volvió y observó cómo, desde la entrada del corredor, ella le decía adiós con la mano. Tenía un brillo nostálgico y sensual en la mirada, una belleza serena asomaba en los primeros albores de su madurez. A su lado se hallaba Isabela; lo miraba con una expresión vivaracha, y por un instante la imagen de aquella despedida llegó a estremecerle y unas lágrimas escaparon de sus ojos.

Durante el camino, mientras conducía por las curvas sinuosas de la carretera Panamericana, la estampa de María no cesó de repetírsele, y la idea de verla sola, enfrentando las vicisitudes de la vida, le atormentó como nunca. Y, sin saber cómo, se encontró asaltado por el pensamiento de su propia muerte. En todos estos años casi nunca había malgastado su tiempo pensando en ello, pero ahora que estaba enfermo y que la amenaza lo cercaba, ese pensamiento se había convertido en el compañero azaroso de sus días.

Muy atrás había quedado Almadía. Era tarde y la sombra vespertina empapaba las faldas secas de las montañas de la cordillera, un céfiro providencial bajaba de las alturas y espolvoreaba el suelo con la inflorescencia amarillenta de los romerillos, el verde opalescente de los arrayanes dominaba los intersticios del estuoso valle y una quietud imponente y profunda sobrecogía el alma. Nadie creería que entre estas montañas se libraba una guerra, aquí mismo, él llegaba a dudar que estuviera inmiscuido en esta extraña guerra.

Unos cuantos kilómetros después, en un pueblo llamado El Retorno, inesperadamente, Gabriel abandonó el trazado de la Panamericana y tomó un desvío. En su interior, era muy consciente de lo que entrañaba ese movimiento, pues sabía que de aquella manera estaba tentando al peligro. Y un poco más adelante, en un tramo solitario de la precaria vía, efectivamente, halló a un hombre vestido de civil, tocado con una gorra roja, que levantaba la mano y le ordenaba detenerse. No se sintió sorprendido y continuó la marcha, y al aproximársele, se detuvo. El hombre, pistola en mano, se acercó a la camioneta. Buenas tardes, dijo Gabriel con tranquilidad. Al principio el guardia lo miró con recelo, pero luego, al ver su cara, esgrimió una sonrisita burlona y movió la cabeza con altanería. Voy a los lagos a comprar pescado, añadió Gabriel. El guardia no le contestó nada, dio unos pasos en sentido oblicuo y, con un gesto despectivo, le conminó a que continuara. Gabriel vio que lo miraba fijamente, que sonreía, y que su sonrisa tenía una expresión sentenciosa. Avanzó hacia él y cuando lo alcanzó de nuevo, con cierto desdén, le espetó, Gordo, a la vuelta te traeré unos pescados.

Más adelante, serpenteando una tras otra las cerradas curvas de la carretera, descendió hasta el fondo de la cuenca de un río, sin poder quitarse de la cabeza la expresión burlona del guardia, pues estaba seguro de que aquel hombre sabía quién era él.

Y es que, de forma temeraria, Gabriel había tomado ese rumbo aun a sabiendas de que casi con seguridad se encontraría con un retén de las bandas. Continuó su avance hasta alcanzar el fondo de la cuenca, y más abajo, en un puente de hierro que atravesaba la rivera, se detuvo.

Una brisa húmeda, proveniente del choque de las aguas, entró por la ventanilla de la camioneta y le refrescó la cara. Bajo sus pies discurría el mismo poderoso líquido que más arriba bañaba las tierras de Almadía. Oteó los alrededores con desconfianza, pero vio que todo se hallaba tranquilo, exento de amenazas; respiró profundamente varias veces, recuperándose del leve mareo que lo poseía, y después de un instante emprendió de nuevo la marcha.

En los lagos la pesca estaba asegurada, y él se limitaba a contemplar los movimientos del cuidador mientras este ejecutaba la captura. El cebo tenía un efecto atrayente sobre los peces, las aguas quietas del estanque parecían amansarlos desde que eran unos diminutos alevines, y antes del primer embate de la atarraya, la mansedumbre revoloteaba hambrienta devorando el alimento espolvoreado sobre la superficie. Raudo, desde la orilla, el cuidador de los lagos lanzó la red sobre la montonera, esperó unos segundos hasta que los plomos se asentaron y luego la arrastró con mucho tiento hacia la orilla, venía cargada de pescados. Tiró un nuevo lance y llenó dos sacos de grandes tilapias para su cliente. Al terminar, los tomó entre sus manos y se los entregó a Gabriel. Este los recibió con interés y dijo en voz alta, para que el cuidador lo oyera, Un saco es para que la banda coma esta noche, y se fijó en su reacción. El hombre, que en ese momento sostenía la atarraya en la mano, encogió los hombros con indiferencia, remarcando su marginalidad en el asunto. Sí, continuó Gabriel, esta cantidad estará bien, dará de comer al comandante y a su escuadra. Son dieciocho kilos de tilapia, señor, terció el cuidador sin comprometerse. Cóbrese de aquí, le dijo Gabriel, y le entregó un billete. El hombre lo tomó con impecable neutralidad, sin decir nada, y se dirigió hacia un rancho maltrecho, contiguo a los lagos.

El río pasaba cerca. La música cadenciosa de su arrastre interior llegaba nítida hasta donde él se encontraba, se trataba de una melodía que explosionaba en latidos intermitentes, resultaba imposible no dejarse llevar por aquel murmullo discontinuo. Sin embargo, Gabriel se sentía intranquilo, sabía que pronto anochecería y que debía regresar por el mismo camino.

El cuidador apareció en la puerta unos instantes después, traía unas monedas en la mano. No, hombre, negó Gabriel, quédese con el vuelto y gracias por los pescados. Gracias a usted, señor, accedió el cuidador secamente, y cerró la mano donde exhibía las monedas. Gabriel, cargado con los dos sacos, empezó a dirigirse hacia la camioneta, pero un poco más arriba regresó la vista. El cuidador de los lagos permanecía inhiesto en el mismo lugar de antes. Estático, inescrutable, vestido con su gastada ropa de labores, lo contemplaba. Una mujer flacuchenta se acercó a él. También iba mal vestida y se veía extenuada, llevaba una pañoleta desgastada y amarillenta en la cabeza. Dos niños descalzos y semidesnudos salieron del rancho. Y ahora los cuatro lo contemplaban. Gabriel sintió sus extrañas miradas posarse sobre él y sus caras largas y enigmáticas expresarle algo, pero se negó a averiguarlo, levantó la mano para decirles adiós y a continuación subió a la camioneta.

Un rato después, volvió a alcanzar la cuesta donde se encontraba el retén. Al final de una recta destacaba la gorra roja del guardia con el que había hablado antes. La carretera estaba desierta y la luz de la vela vespertina empezaba a extinguirse, pronto anochecería. Aún es buena hora para salir de aquí, pensó, pero pudo decir perfectamente, para huir de aquí. La parquedad con que lo había tratado el cuidador y la mirada compasiva de su familia lograron inquietarlo. Y ahora, al encontrarse muy próximo al retén, no podía contener esa inquietud que lo iba dominando, y sin reflexionarlo demasiado, su pie cayó con cierta fuerza sobre el acelerador. Su cuerpo lo impulsaba a sucumbir a la tentación de continuar sin detenerse y por un instante fue preso de esa idea inopinada. Entonces vio al guardia moverse hacia el centro de la carretera. Llevaba la pistola desenfundada y la mano izquierda levantada. De una alcantarilla adyacente emergió otro hombre, iba también vestido de civil y llevaba un arma desenfundada. En ese instante, Gabriel alcanzó a imaginar los peores vaticinios.

Sacó su pistola de la guantera, la puso en el asiento y la cubrió con su chaqueta, aún no sabía si la decisión correcta era la que pensaba. Usted es el primero de la lista, escuchó que le repitió María, y cerró los ojos un segundo. Apretó el volante con rabia, abrió los ojos de nuevo y se entregó a la respuesta que más fuerte le gritaba. Y es que vale tan poco el destino de un hombre para el universo y, sin embargo, todo el peso del destino cabe en él.

Unos metros más arriba, justo frente al hombre de la gorra roja, se detuvo. Al final pensó que la huida era lo imprudente, y las huellas suaves de su momentáneo desliz quedaron marcadas sobre la tierra, fueron la prueba de su duda y a la vez de su fe en el sentido de su destino. Pero fue evidente que contempló la idea de evadirse. Al detenerse, el guardia se le acercó y, con una sonrisa socarrona prendida en los labios, le dijo, Buenas tardes, tuvo suerte en los lagos, don Gabriel. El tratamiento de cortesía junto a su nombre sonó a vieja ironía. Gabriel observó al otro hombre que estaba apostado cerca, tenía una expresión de pocos amigos, después volvió sobre el guardia y, con un poco de amargura, le contestó, Sí, tuve suerte, ahí le traje las tilapias que le dije, y señaló la parte trasera de la camioneta. El guardia hizo un gesto a su compañero para que las recogiera, pero este le ignoró. El saco está atrás, les interrumpió Gabriel. El guardia se volvió y le dijo, pues *entregámelo*. Él vio la expresión sarcástica de sus palabras dibujadas en su rostro, dudó, y luego le espetó, *cogelo* vos mismo, si *querés*, hay dos sacos, *escogé* el que más te guste y cuando se lo *entregués* al comandante Ambarino, le *decís* que es de mi parte.

El motor de la camioneta estaba en marcha, la carretera se abría libre y diáfana hacia adelante, su pistola, oculta bajo los pliegues de la chaqueta, reposaba lívida sobre el asiento.

La insolencia de Gabriel perturbó al guardia sobremanera. Su rostro burlón ahora parecía desconcertado, y en vez de decir algo, las palabras se le enredaron en la garganta y una mueca sostenida quedó dibujada en su cara. De mala gana se dio media vuelta y fue a buscar el saco de pescados.

Gabriel lo miraba por el espejo retrovisor, a esa hora ya había descubierto su juego. Aquel raso no tenía ninguna orden en concreto contra él, así que tenía claros sus próximos movimientos. El guardia recogió el saco y saltó de la camioneta. Desde el interior, Gabriel escuchó la resignación de su caída, era un pobre diablo con aires de matón, sacó la mano por la ventanilla, aceleró y con una seña le dijo adiós. *Disfrutá* del pescado, le gritó en el último momento.

Más arriba, la camioneta tomó la última curva y los dos hombres del retén desaparecieron definitivamente. Entonces Gabriel pensó que seguía vivo, y eso, que era una obviedad a la vista del resultado, atesoraba un gran significado en sus circunstancias. Fue temerario, sí, pero necesario para calmar sus inmensas dudas, precisamente las que quería disipar con aquel movimiento que, para muchos, hubiera resultado insensato e incomprensible. Ahora podía llegar a creerse fuera de la lista de condenados que las habladurías aseguraban que encabezaba, podría llegar a creer que el grave delito del que lo acusaban, ser un colaborador prominente de la guerrilla, le sería perdonado. Si hubieran querido matarme lo habrían hecho ya, opinó para sus adentros, todo está arreglado. Y de esa manera tan audaz como inocente, levantó su primera certeza y vio a la Muerte alejándose de su lado.

La fe tiene su principio en la ingenuidad, y él, por encima de todo, tenía fe en que sobreviviría a la época de las bandas.

3

En Almadía, al poco tiempo, murió la vieja perra de la casa. Sus últimos días fueron un tormento. Se movía errática, sus patas se tornaron temblorosas y su pelo negro se convirtió definitivamente en un manto ceniciento y raído. Mientras Princesa iba dando tumbos de un lugar a otro, María la contemplaba y apenada le decía, Princesa, mi vieja niña. Y la perra meneaba la cola en señal de que aún podía escucharla. Pero Princesa también se había quedado ciega, sus ojos secretaban unas lágrimas purulentas y, sin pretenderlo, se había convertido en un calandrajo andante, en un estorbo. Casi nada quedaba ya de la enérgica guardiana que un día cuidó su casa. Y así fue como María optó por trasladarla al patio de los guayabos y acomodarla en una casucha de perro construida con sus propias manos.

Y es que, después de la partida de Gabriel, la perra empeoró aún más y enflaqueció tanto que su piel parecía succionada por las hendiduras de sus costillas. Las pocas veces que lograba ponerse en pie, su cuerpo mostraba una languidez espantosa. Su estado resultaba insufrible. Al verla así, María no pudo dejar de desear que su padecimiento no se alargara demasiado tiempo, y que la muerte se acordara pronto de ella.

Y un día de esos, en los cuales la vida se estira demasiado y por ende también estira el sufrimiento de los moribundos, un buen hombre de Almadía, llamado Pedro, apareció en la casa de María decidido a acabar con la agonía de Princesa, y ella, persuadida por la pena y una lacerante lástima, no tuvo fuerzas para oponerse.

Apenas unas horas después, el hombre se acercó al lugar donde agonizaba Princesa, amarró una cuerda en su cuello, tiró con suavidad del otro extremo y le dijo, Princesa, vamos. La vieja perra tenía las patas entumecidas y temblorosas, de tal modo que solo logró ponerse en pie después de unos penosos intentos, dejando su cuerpo a merced de una oscilación lastimosa. Pedro aguardó con paciencia su padecimiento; la miraba en silencio, con cierta misericordia.

María contemplaba la escena desde la puerta de la cocina. El hombre la guiaba lentamente en su calvario, y ella caminaba mansa, con la cabeza gacha, paso a paso, tumbo a tumbo. Al pasar frente a su dueña, movió resignadamente su rabo sin detenerse, y María lo sintió como un latigazo sobre su pecho. Atravesaron el patio, luego se adentraron por el camino de un potrero y desaparecieron. Catorce años después de su llegada en una pequeña caja de cartón, cuando apenas era una cachorra, Princesa abandonaba la casa para siempre.

Al alcanzar un gran cañafistol, Pedro se detuvo. El árbol tenía un tronco grueso, ramas frondosas y sus raíces formaban una raigambre tosca y desnuda. Sus frutos, unas vainas negras, duras y olorosas, se dispersaban sobre el suelo. Dos mariposas gigantes mimetizaban sus alas oceladas sobre la corteza. Aquí está bien, se dijo Pedro cuando vio la disposición del árbol, y Princesa se desplomó sobre una de las raíces. El hombre lanzó una soga al aire y enlazó una de las ramas laterales, la lazada dio una vuelta entera y el extremo, que tenía hecho un nudo corredizo, quedó al alcance de su mano. Sus movimientos eran metódicos y fríos, revelaban que no era la primera vez que ejecutaba un acto semejante.

Se había hecho tarde y una lengua luminosa de sol vespertino relamía los campos resecos del largo estío. A lo lejos sonaban las aguas de un río templado. El hombre se acercó a Princesa, desató la cuerda que traía amarrada y deslizó la gaza en su cuello. La perra no daba señales de rebeldía, parecía casi muerta. Pedro verificó que el nudo corriera de forma cabal y posó la cabeza de Princesa sobre el suelo. Hay cosas que es mejor hacerlas rápido y sin pensar mucho en ellas, se convenció a sí mismo. Cogió el otro extremo de la soga, apuntaló el pie izquierdo en una de las raíces, cerró los ojos, y de un tirón, fuerte y contundente, levantó el cuerpo de Princesa.

El hombre abrió los ojos y vio al animal colgado del cuello. Princesa dio tres espasmos agónicos con el último hilo de vida que le quedaba y luego yació inmóvil. Al recibir los aires moribundos de la ahorcada, los dos lepidópteros encogieron sus alas y emprendieron un vuelo confuso. Pedro aguardó con la soga tensionada, pero al cabo de unos instantes la dejó caer al suelo. Todo había terminado. Se acercó al cuerpo del animal y lo palpó con sus botas. Está muerta, confirmó en un susurro, y se dirigió a la casa de María.

Pasados unos minutos, retornó al lugar de los hechos. Traía una carreta de mano y una caja de cartón se bamboleaba encima de ella. Al llegar, levantó a Princesa del suelo y la introdujo dentro de la caja. Su cuerpo tenía la ligereza de una pluma. Agarró los mangos de nuevo y empujó la carreta con dirección hacia Almadía.

Desde lejos podía escucharse el rechinar cadencioso y oxidado del eje y la chaveta dando vueltas. Un pájaro carpintero lo acompañaba con su martilleo terco sobre la guadua de una antena. En la pequeña Almadía los sonidos retumbaban como en un embudo y se escuchaban desde cualquier punto.

Cuando la carreta pasó frente al patio de María, ella espiaba por una rendija, su curiosidad la había traicionado. Pedro abrió de par en par la puerta de hierro del potrero y salió a la carretera que atravesaba Almadía, tomó la avenida principal y se encaminó en dirección al río.

El inusitado evento despertó la curiosidad aletargada de los vecinos, y algunos, sacudiéndose del tedio de la tarde, le preguntaban desde sus escaños qué era lo que llevaba en la caja, y él les respondía que a Princesa. Un grupo de niños, ávidos de la imagen del animal muerto, se unió al traslado del féretro. Pedro los aguantaba con estoica paciencia. Y al llegar al río, se detuvo en la orilla, sostuvo la caja en sus manos y la depositó sobre las aguas.

La corriente era tersa y la caja de cartón, con los restos del animal, caracoleaba suavemente sobre sí misma. Unos metros después, al alcanzar un rápido, la caja fue impulsada con violencia hacia delante y estuvo a punto de zozobrar. Ah casi, gritaron los niños al unísono con cierta malignidad en el rostro. Algunos pilluelos aprovecharon para seguir la caja desde la orilla y tirarle piedras. Pedro los reprendió desde donde estaba, pero unas cuantas lograron alcanzarla. Aun así, ninguna causó estragos suficientes como para hundirla, y la embarcación fúnebre marchó aguas abajo.

Al llegar la noche, María fue a sentarse al corredor exterior de la casa, como lo hacía habitualmente. Pedro se acercó a conversar con ella, pero ella seguía triste y apenas lo escuchaba, tenía la mirada fijada en dirección al río. Y fue precisamente en ese momento que tuvo la extraña sensación de ver que el animal regresaba por la calle que conducía al río, y que su sombra avanzaba veloz entre la penumbra. No sabía si su deseo era tan fuerte que le estaba jugando una mala pasada, pero al cerciorarse, sus ojos vieron aproximarse con rapidez a una criatura.

María se hallaba estupefacta. Era increíble que fuera Princesa.

Al principio, la imposibilidad material de una situación así y su perplejidad no le permitieron reconocerla del todo, pero conforme se acercaba, la duda se fue disipando. Princesa, gritó aún incrédula y asustada, y volvió a gritar, Princesa, es Princesa. Pedro, que estaba de espaldas junto a la calle, se giró de inmediato y quedó petrificado. Efectivamente, era Princesa que regresaba, viva y mal ahorcada, como evidentemente había sucedido. Y cuando alcanzó la claridad del corredor, ya no existían dudas, se trataba de Princesa. La perra movía el rabo con tanta felicidad que parecía haber vuelto después de una larga ausencia. Se la veía recuperada y hasta rejuvenecida, como si en la lucha contra la muerte hubiera vencido dos veces, una cuando la ahorcaron y otra cuando, moribunda, tuvo que enfrentarse a las aguas del río.

María casi se muere del susto y de alegría al mismo tiempo. Hacía unas horas, los despojos de Princesa habían desfilado frente a ella, y ahora aparecía viva, como si nada hubiera pasado. Impresionada, sintió algo de miedo cuando la perra se abalanzó sobre sus pies y se echó al suelo para que la acariciara. Chillaba de alegría, parecía que el agua del río hubiera lavado todos sus achaques, y, quién pudiera creerlo, pero se la veía reconstituida. A estas alturas, la incredulidad poseía el rostro de Pedro y de paso resumía la rara escena; estaba pálido y espantado. Esto es cosa del diablo, tartamudeó, esa perra negra ha vuelto del infierno, es un mal agüero. Pero María, ya recuperada del choque inicial, se volvió a mirarlo y le respondió, O que la ahorcaste mal y ha vuelto para morderte. Es cosa del diablo, María, insistió él, y se santiguó. Sin embargo, María no prestó atención a sus palabras, y tan solo pensaba en el regreso de Princesa y en el feliz reencuentro. Sin saberlo, la vida le estaba ofreciendo una segunda oportunidad más a ella misma que a la propia perra.

Y en realidad no fue más que eso, una rara segunda oportunidad, aunque intensa y fugaz. Al otro día, cuando se levantó y corrió a abrir la puerta del patio de los guayabos para comprobar que no lo había soñado, Princesa sí estaba allí, pero su vitalidad solo había durado una noche, y ahora, de nuevo, precipitaba su existencia hacia la agonía, aunque esta vez fuese más apacible. Quizá la lucha de Princesa contra las aguas del río, su corta ausencia y su extraño regreso decían más cosas de las que María quiso leer al principio. No todas las ausencias son iguales. A la mañana siguiente, la perra amaneció muerta junto al guanábano de la esquina del patio. Algún lengüetazo le dio antes de morir, seguramente como mensaje material de lo que vale un último adiós o una apacible despedida.

Esta vez, María decidió llevar el cuerpo de Princesa hasta el potrero contiguo a la casa y enterrarlo. Cavó un hueco, depositó sus restos, apisonó la tierra y lloró por ella con cierto sentimiento de consuelo. De alguna manera, Princesa nunca dejaría de guardar la casa, y ella de sentirla cerca.

4

Hacía rato que había salido de la ciudad y la camioneta rodaba por la vía Panamericana, dirección norte. Después de una hora de camino decidió llamar a María, porque sabía que pronto perdería la cobertura de su teléfono. Tomó un desvío por un camino salpicado de piedras y yerbajos y unos metros más adelante se detuvo. Descendió de la camioneta, sacó su teléfono celular, comprobó que aún funcionaba y llamó. Le contestó Isabela. María no se encontraba en la casa en ese momento. Calculo que en tres horas, tres horas y media estaré en Almadía, informó Gabriel, dígaselo a su mamá, después no tendré señal, y se despidió. Al colgar, pensó en la forma en que le había dicho adiós a su hija y sintió el extraño impulso de volver a llamarla. Dio unos pasos hacia delante y, algo triste y meditabundo, pensó en las veces que le había dicho te quiero. Se sentía débil y vulnerable y creía que esta circunstancia lo arrastraba por los caminos del sentimentalismo. Hizo un esfuerzo para oponerse a aquella banalidad que lo conducía al derrotismo, y, tratando de quitarse la tentación de las manos, guardó de nuevo el teléfono en un bolsillo de su chaleco. Miró hacia el norte, en dirección hacia Almadía, y al fondo de una serie de abruptos geográficos, en un punto minúsculo, calculó su localización. Allí está, dijo en voz alta. Palpó la pistola que guardaba cerca de su pecho, y al sentir el frío de su superficie metalizada, una sensación de poder irrigó su mente. La extrajo de la funda, revisó que funcionara de forma correcta y volvió a enfundarla. Le hacía sentirse fuerte para enfrentar las eventualidades que pudieran acaecerle en el camino. Volvió a pensar en Isabela y decidió que, al llegar, la levantaría en sus brazos, la abrazaría con fuerza y le diría que la quería.

El sol empezaba a calentar y el aire corría suave y templado, las hojas de un cañaveral cercano se contoneaban con gracia. Gabriel las contempló por unos instantes, respiró hondo y se sintió alentado. Miró a su alrededor y distinguió los árboles de guabas, cafetos y plataneras que poblaban las montañas vecinas. Se había detenido en un paraje con un aire pacífico e indulgente que le invitaba a quedarse. Aún existían en esa tierra lugares que guardaban la apariencia de la inocencia, y este era uno de ellos.

Unos kilómetros más adelante, la camioneta descendió por un trayecto sinuoso de la carretera. Verdaderos meandros de asfalto se dibujaban sobre los despeñaderos apenas practicables. La Panamericana, en aquel punto, parecía haber sido construida desde los aires. El tráfico era escaso, porque el martes solía ser un día poco concurrido, y Gabriel conducía tranquilo, pero al atravesar un túnel se encontró con un retén de la Policía Militar. El guardia que lo custodiaba ejecutó una señal para que disminuyera la velocidad y se situara en el arcén de la calzada. Gabriel acató la orden y se detuvo.

Unos instantes después, un hombre uniformado se le acercó y le dio los buenos días. Gabriel bajó la ventanilla y le contestó de la misma forma. Don Gabriel, prorrumpió, sorprendido, el militar al verlo. Él se volvió a mirarlo y lo reconoció;

era uno de los jefes de la inteligencia militar de la región. Qué sorpresa, teniente Águila, no esperaba encontrarlo por aquí, y le extendió la mano. El hombre correspondió el saludo y dijo, Ya ve, don Gabriel, la rutina de este país, hacia dónde se dirige. A ver a mi mujer y a mi hija, respondió Gabriel con naturalidad. Eso está bien, me alegro por usted, lo más importante en la vida de un hombre es su familia. Cuánta razón tiene, teniente, respondió él pensando en ellas. El militar echó un vistazo al interior de la camioneta y la escrutó de arriba abajo. Gabriel se sintió incómodo. El teniente se percató, intentó matizar su impertinencia y le preguntó, ¿se encuentra bien? El rostro de Gabriel exhalaba una nostalgia pálida, casi transparente. Sí, teniente, mintió, solo es un resfriado más fuerte de la cuenta. El teniente asintió incrédulo y, girando el tema de conversación, dijo, La carretera está más bien tranquila hoy, pero aún es temprano. Gabriel se quedó callado unos segundos, las palabras del militar le despertaron ciertas suspicacias. Miró la doble línea amarilla desplazarse sobre la calzada hasta perderse en una curva y le preguntó, ¿lo dice por algo, teniente? El militar reflexionó unos instantes y como si hubiera olvidado lo que Gabriel le había dicho antes, le interrogó, Hasta dónde va. Él se percató de la intencionalidad de la pregunta, lo miró y respondió, Hasta Almadía, como ya se lo he dicho. Es cierto, no es nada, usted ya sabe, en los tiempos que corren hay que tener mil ojos, y más en esta carretera. Gabriel observó su cara con perspicacia, pero no encontró ningún mensaje oculto en ella. Aquel hombre le inspiraba confianza y aunque, convencionalmente, no fueran amigos, lo conocía desde hacía algunos años. Esta guerra se había encargado de hacerlos oponentes, cordiales y leales. Bueno, don Gabriel, interrumpió el teniente, un placer saludarlo, vaya con cuidado. Gracias, teniente, contestó él, y volvió a extenderle la mano, buena suerte.

Un poco más adelante, un ataque repentino de su enfermedad se apoderó de él y le produjo cierto abatimiento. Buscó la pistola en su costado izquierdo, como si quisiera hallar alivio o protección, y se puso a acariciarla. La inquietud mellaba en su templanza y le llevaba a pensar que, si querían matarlo en aquella carretera, poco o nada podría hacer su arma por él. Quizás influía el hecho de saber que, en los últimos quince días, había vuelto a oír que seguía en las listas y que en cualquier momento lo matarían. Entonces alcanzó a contemplar como preferible la posibilidad de dar media vuelta y retornar a la ciudad. Lo reflexionó unos instantes, intentando encontrar en aquella opción una verdadera salida a su situación, y no una simple vía de escape o aplazamiento a su futuro. Para qué, se preguntaba, de qué sirve retroceder, huir, alargar la incertidumbre, si al final, el día en que quieran matarme, irán a buscarme donde esté sentado. Y todo le pareció inevitable, y esta idea, que llevaba aferrada desde que tomó la determinación de regresar a Almadía, disipó sus dudas y le conminó a seguir adelante.

El aire aún fresco de la mañana inundaba el ambiente. La banda alquitranada se extendía delante, metro a metro la camioneta rozaba su áspera superficie. En esa zona el tráfico era menos frecuente, y de vez en cuando tropezaba con algún vehículo. De repente, el cauce del río surgió a su izquierda, los recovecos de la carretera le privaban por unos instantes de contemplarlo, pero luego lo encontraba de nuevo. Claras y majestuosas, sus aguas brillaban en el fondo de la cuenca. Durante la época de verano su apariencia solía ser tranquila y sosegada, casi inofensiva, y la gente, que sabía del río, solía decir que esas aguas eran las peores, las más traicioneras, de las que no había que fiarse nunca. Gabriel se acordó de aquellas palabras y cometió el error de introducirlas en sus delirios persecutorios, y así, a la carretera le confirió la misma quietud que a las aguas del río y pensó que su tranquilidad solo era una apariencia, y que los hombres de las bandas estarían escondidos muy cerca. Buscó en los alrededores su presencia, pero tan solo halló hileras de matarratones, un paisaje salteado de cactus y chumberas, quebradas agonizantes, chaparrales reverdecidos, cañaduzales paliduchos en las zonas altas de los arroyuelos y peñas desnudas cubiertas tan solo de pitahayas.

Un poco más adelante alcanzó el punto del desvío hacia los lagos, el pueblo donde, sabía, se agazapaba la banda de Ambarino, y pensó que lo mejor era atravesarlo lo más rápido posible y aceleró tanto como se lo permitía su coherencia al volante. Durante la corta travesía miró siempre al frente, buscando pasar inadvertido, y unos escasos minutos después dejó la población atrás. El punto álgido del recorrido había sido sobrepasado y confiaba en que nadie lo hubiera visto. Al sentirse seguro, lanzó un suspiro al aire y pensó que el escollo había sido salvado. Ahora se encontraba a tan solo una hora de Almadía.

La camioneta salió de nuevo a la soledad de la Panamericana y descendió por una recta. Desde allí podía sentir la brisa circundante de un pequeño afluente del río grande, iba más sosegado y su mente se iba relajando, incluso alcanzó a estirar su cuerpo tensionado, pensaba, ciertamente, que el peligro había pasado. Pero al superar una curva y empezar a ascender de nuevo, de un camino adyacente, como una sombra inesperada, como emergen las alimañas del monte, salió una camioneta de color negro y se le puso detrás, a escasos metros. Al verla en el espejo retrovisor se asustó como un niño, como se asustan los hombres ante el peligro por muy poderosos que parezcan.

5

Al principio Gabriel dudó que aquel vehículo lo siguiera y por unos instantes, de manera cándida, llegó a pensar que se trataba de una simple coincidencia, de una infausta casualidad, de un desvarío transitorio. Pero pronto sus dudas le fueron aclaradas, y en la siguiente curva se dio cuenta de que el paso sereno por aquel pueblo había sido una mera apariencia, que en realidad, tal y como llegó a delirarlo, la furia estaba ahí, dentro, camuflada entre los pliegues de una calma falsa. Maldita sea, gritó con rabia.

La camioneta que lo seguía estaba repleta de hombres armados. En la parte trasera se alojaban diez de ellos y portaban prendas del Ejército. Dentro, además del conductor, iban dos acompañantes. Por un corto tiempo poco cambió, Gabriel sostuvo la velocidad como si nada ocurriera y el otro vehículo permaneció a la misma distancia. Él seguía sus movimientos intentando identificar alguna de las caras, la de Ambarino o la de los guardias con los que había chocado a su paso por el retén hacía quince días. No pudo reconocer a nadie. Y un hilillo candoroso de esperanza volvió a presentarse ante sus ojos; si no había ningún rostro conocido, quizás podía tratarse del Ejército. Pero esta reflexión se le antojó absurda nada más pensarla. La presencia del Ejército en un número tan reducido, y en una carretera solitaria como esa, era demasiado provocadora para un país en guerra.

El corazón de Gabriel latía rápidamente, estaba febril, y aquella intemperancia iba enardeciendo su ánimo, lo revivía del largo letargo en el que se hallaba sumido desde hacía meses, lo asustaba pero al mismo tiempo lo excitaba, y aunque pudiera parecer extraño cada latido era el redoble de un tambor impulsándolo a asumir a sus perseguidores. Incluso su famélica armadura ahora parecía reparada por el coraje que bullía en su interior y lo persuadía a cometer una imprudencia. Un instinto primario, auténtico, luchaba por sacudirse de sus achaques y le aupaba a terminar con aquella zozobra.

Y en medio de esa agitación interior, Gabriel tomó una determinación y aceleró un tanto; pero el otro vehículo hizo lo propio. El juego estaba claro, se trataba de una persecución premeditada, parsimoniosa y siniestra. Ahora se hallaba alterado y su debilidad había desaparecido, todos los síntomas de su mal habían desaparecido. Se sentía fuerte, animado, y el coraje innato de su espíritu florecía como en sus mejores tiempos. Volvió a acelerar con el mayor de los ímpetus, hasta el fondo, e intentó desembarazarse de aquella sombra que lo perseguía sin dejar de preguntarse una y otra vez qué podía hacer. Aunque intentara escapar lo perseguirían, lo acosarían hasta cazarlo o matarlo. Y después de un rato de aquel juego inmisericorde, llegó a la conclusión de que no tenía escapatoria y que, sin embargo, escapar era su última oportunidad.

Afuera, los árboles de la orilla de la carretera contemplaban orondos su persecución, las torcazas revoloteaban de un lado a otro con indiferencia y las casuchas de la vera parecían salidas de un cataclismo. Y en ese momento, las palabras del teniente Águila se revolvieron de nuevo en los calderos de su memoria y se dio cuenta de que no las había escuchado bien: no se trataba de andar con mil ojos, sino de tener mil ojos. Mil ojos para adelantarse a los acontecimientos, miles de ojos observando cada recoveco de aquel maldito valle de su desgracia. Aferró sus manos al volante, buscó la marcha propicia y aceleró hasta el fondo, ya sin pensar en nada que no fuera escapar.

Al principio logró zafarse de ellos y ganó algo de ventaja, hasta llegó a perderlos de vista, pero no pasaron unos segundos cuando aparecieron de nuevo, acercándose a mayor velocidad, recortándole el terreno perdido. Gabriel no desfalleció al verlos y, con una determinación desbocada, instintiva, forzó el motor de su vehículo, incluso más allá de los límites permitidos. En las curvas pronunciadas frenaba de forma brusca, pero al sobrepasarlas, volvía a acelerar hasta el fondo y sin contemplaciones. El paisaje se desdibujaba a su lado, se deshacía como el polvo. El trazado de la carretera cambiaba con rapidez y las rectas se hacían más largas y frecuentes. Aquí los adelantamientos, aunque fueran escasos, resultaban arriesgados, pero él los ejecutaba con una destreza irracional, casi suicida. Aparecía y desaparecía en el carril contrario con una precisión milimétrica; un solo error y todo tendría un desenlace anticipado. En su trepidante huida, su miedo y su prudencia habían desaparecido por completo; su corazón ya no palpitaba agitadamente y su cerebro tan solo dirigía la precisión de cada movimiento, todo él era un único impulso, el último y genuino instinto de su supervivencia.

Mientras tanto, el hombre que ejecutaba su persecución se lanzaba desaforado sobre él, igual que una fiera, lo seguía muy de cerca, sin darle un instante de resuello, de ventaja o de calma.

Gabriel no cejó en su empeño durante varios kilómetros, pero después de cierto tiempo, y de comprobar que no lograba librarse de sus perseguidores, supo que no podía continuar incentivando su propia cacería. Entonces se percató de que se hallaba próximo al caserío de las Alhajas y una idea desesperada le asaltó de forma súbita. Tal vez era su último recurso, el último reflejo que podía tener un hombre como él al sentirse acorralado. Y al tomar la recta de entrada a dicho pueblo, torció el volante con brusquedad, invadió el carril contrario y envió su camioneta a la vía de servicio de una estación de gasolina, frenó en seco y las llantas se deslizaron sobre el pavimento dejando una huella negra y vaporosa.

Unos segundos después, el vehículo de sus verdugos logró alcanzarlo y se le colocó detrás. Por un momento todo quedó en suspenso.

En el interior, Gabriel aguardaba en silencio, observando por su espejo retrovisor. Descubrió su pistola y comprobó que se hallaba preparada. Dirigió, de nuevo, su mirada al exterior y vio a su izquierda los surtidores de la gasolinera, buscó, rápidamente, en los alrededores, pero no vio a nadie cerca: el pueblo parecía desierto. Detrás, los ocupantes del otro vehículo permanecían quietos y expectantes. Y durante unos minutos inescrutables, el tiempo y las cosas parecieron estar dentro de una burbuja de suspicacia.

Uno de sus persecutores descendió del vehículo. Era de mediana estatura y con un pronunciado mostacho. Otros dos se lanzaron al suelo desde la parte trasera, y los tres se dirigieron hacia él. El primero de ellos llevaba una pistola en la mano y los otros dos portaban fusiles, los demás bajaron del vehículo y se ubicaron en los costados, a una prudente distancia. Gabriel abrió la puerta. Los hombres se alertaron y prepararon sus armas, algunos, incluso, le apuntaron. El del mostacho alzó la mano en señal de contención. Gabriel descendió del vehículo, levantó los brazos y se detuvo. Su señal era inequívoca, un gesto universal que todo el mundo entendía, estaba desarmado y se entregaba; su chaleco abierto dejó ver la funda sobaquera vacía. Su pistola, calibre siete sesenta y cinco, dormía sobre el asiento. Al percatarse de su sometimiento, los tres hombres se acercaron lentamente.

Ahora te vienes con nosotros, le ordenó el hombre del mostacho al tenerlo al frente. Al pronunciar estas palabras los pelos de su gran bigote se movieron de forma ridícula. Gabriel lo miró con firmeza, pero sin llegar a desafiarlo, aquel hombre tenía al mando el operativo de su captura. Ahora, remarcó Gabriel determinado, voy para Almadía. El hombre del mostacho debió sentir la insolencia de sus palabras y lo cortó de inmediato, Eso a mí no me importa, te vienes con nosotros y chito. Gabriel iba a contestarle algo, pero él volvió a interrumpirlo bruscamente, Te he dicho que chito, aquí nada está arreglado, ni terminado, ni solucionado, aquí mando yo, así que te vienes con nosotros, y chito. Al escuchar sus palabras, Gabriel se percató de que cumplía órdenes y que nada sacaría interlocutando con él, aun así, y pese a la gravedad de la situación, no pudo evitar pensar en la coletilla que padecía. Alias Chito arrugó la cara y su mostacho se enfurruscó con él, luego ejecutó un movimiento brusco con la pistola y le señaló con sequedad, Muévete. Él no opuso resistencia. Los otros dos hombres se colocaron detrás, lo condujeron hasta la otra camioneta, lo subieron en la parte trasera y lo obligaron a sentarse en el centro, en medio de ellos.

Unos instantes después, Gabriel solo veía las culatas de sus fusiles, las suelas trajinadas de sus botas, sus uniformes y las hojas relucientes de sus puñales. No se arrepentía de sus decisiones, pero no pudo evitar sentirse perdido.

Alias Chito caminaba de un lugar a otro con una radio en la mano, parecía relatar el informe. Gabriel lo escuchaba en la distancia, pero su retahíla le resultaba casi incomprensible. Un retraimiento involuntario lo aislaba de la realidad circundante; se hallaba ensimismado y, a estas alturas, solo el pensamiento en su madre cobraba plena validez, su recuerdo irrumpía como un relámpago lejano en aquel cielo de tierra que lo cubría. Luchaba por recordar los rasgos precisos de su rostro, pero solo conseguía traer su silueta alta y delgada, la veía venir en tonos terrosos, como una figura hecha de partículas de polvo. Casi no la conoció en vida. Era pequeño cuando ella murió y su recuerdo estaba basado en viejas fotografías opacadas por el tiempo. Me estás oyendo o qué, le gritó alias Chito. Y este grito logró arrancarlo de su tierna evocación maternal y traerlo de nuevo a la cruda realidad. Buscó a alias Chito entre los cuerpos que lo rodeaban y, con dificultad, lo entrevió, zafio y cruel, en un costado. Asintió con desgano y agachó la cabeza con resignación.

Era cerca del mediodía y el sol se levantaba pleno en el cielo. Desde su detención Gabriel prefirió no ofrecer ninguna resistencia, y desde que lo subieron a la camioneta, tan solo asentía cuando creía oír la voz estentórea de alias Chito, pero en su pensamiento conservaba el mismo presupuesto que lo indujo a detenerse. Mientras hay vida hay esperanza. Precisamente ese fue el trueno que retumbó en las profundidades más instintivas o racionales de su mente, minutos antes de entregarse, jamás pensó en rendirse, al contrario, al ver que se acercaba a aquel pueblo creyó que deteniéndose tendría una oportunidad para salvarse. Porque él creía que podría llegar a persuadir a sus verdugos y que con la intervención de sus palabras podría convencerlos para que no lo mataran. En el fondo, incluso más allá de cualquier consideración, si así puede decirse, Gabriel no creía que la muerte le anduviera cerca, y estaba seguro de que esa tarde, en el instante preciso del crepúsculo vespertino, se recostaría en la hamaca a contemplar el paso del viento entre las hojas de los árboles y el arremolinamiento perezoso de la vieja princesa en el suelo fresco del patio de los guayabos.

Unos minutos después, una mujer de mediana edad atravesó por el otro lado de la carretera. Al pasar frente a la camioneta, donde se producían estos tristes acontecimientos, entrevió la cabeza de Gabriel moverse detrás de los cuerpos uniformados. Al principio ella creyó que se trataba de militares, pero poco después supo quiénes eran. La mujer se asustó e intentó disimular; le costaba creer lo que veían sus ojos, tenía miedo, pero necesitaba cerciorarse, estar completamente segura de que aquel hombre era Gabriel. Se volvió, de nuevo, hacia la escena, poseída por una curiosidad imperiosa, y se encontró de lleno con los ojos de la víctima. Su rostro se veía tétrico y desamparado. La mujer se sintió sorprendida por él y pensó que, al reconocerla, tal vez podría solicitarle se ayuda o decirle algo que la comprometiera. De súbito cayó en una sensación de terror y huyó de su mirada. Y recordó las palabras macabras que el comandante Ambarino había dicho durante la última reunión en las Alhajas, que de tanto muerto que iba a haber, ni siquiera galembo querría comer. Sintió que aquellos hombres la observaban fijamente, sus piernas temblaron y, como pudo, aligeró sus pasos para escapar del foco que la involucraba en la escena.

Unos metros más arriba, apareció un hombre ensombrerado. Venía montado en una mula negra, arreaba una vaca blanca y cabalgaba sin prisa, al ritmo manso del animal que trasladaba. Pero al encontrarse frente a las camionetas, se detuvo, las contempló con interés y comprendió lo que estaba sucediendo. Los vehículos rodaron unos cuantos metros hasta la intersección con la carretera Panamericana y se detuvieron un instante. En ese punto, el vaquero se encontró muy cerca y, desde lo alto de su montura, pudo ver que llevaban a un hombre retenido. Buscó detrás de los hombres uniformados y descubrió, en medio de la maraña bélica, la cara cabizbaja de Gabriel, ejecutó un gesto de lamento, negó con la cabeza su suerte y exclamó: a plena luz del día se lo llevan, ojalá no sea para matarlo. Las camionetas se incorporaron a la carretera, Gabriel levantó su rostro, y sus miradas se cruzaron fugazmente, en ese instante el vaquero sintió el impulso de interceder por él, pero luego fue consciente de que aquello sería inútil y contraproducente. Sabía quiénes eran y lo que pasaría si se entrometía. Los sapos son los primeros que matan en este país, le recordó una voz en su interior. Se volvió al frente, espoleó con suavidad la barriga de la mula, se santiguó y siguió adelante como si no hubiera visto nada.

Segunda parte
El río

1

La tarde empezaba a caer sobre el valle y un cúmulo de nubes pobló el cielo vespertino de repente. Parecía que iba a llover, algo inusual durante el verano. María vio desde la cocina cómo algunas gotas cayeron en el patio de los guayabos y un olor a polvo mojado se levantó en el ambiente. El día se entristeció, pero la lluvia se contuvo. Hacía varias horas que esperaba a Gabriel y el sancocho de gallina criolla, que había preparado con antelación, estaba frío. Intentó llamarlo varias veces a su teléfono celular, pero siempre le contestaba la misma grabación, Apagado o fuera de cobertura. Se hallaba inquieta, quería pensar que el retraso se debía a cualquier circunstancia distinta a la que le decían sus malos presentimientos, miró el reloj de pared de la habitación y confirmó que eran más de las cuatro de la tarde. Decidió, entonces, regresar a la cocina y sentarse a esperarlo. En su mente se anudaban, irremediablemente, los malos presagios. Días atrás, Gabriel le contó el incidente que tuvo en la carretera con los miembros de la banda de Ambarino. Si ve, le había reprochado ella, es muy peligroso que pase por esa carretera, con esa gente nunca se sabe.

Desde donde estaba, María contemplaba el patio de los guayabos, ahora lo sentía solitario, ya que unos días atrás, y después de una larga agonía, finalmente, Princesa había muerto. No quiso decírselo a Gabriel por teléfono para no entristecerlo y prefirió esperar hasta su regreso a Almadía. De pronto, escuchó unas voces provenientes de la tienda. Está María, preguntó la voz de un hombre. De parte de quién, respondió la pequeña Isabela. De Bernardo Castallo, dijo la voz. Es de Las Alhajas, se previno ella, y el corazón empezó a latirle muy de prisa. Se levantó de la silla y se dirigió hacia allí. Le ha pasado algo a Gabriel, se fustigó, le ha pasado algo. Ya voy, ya voy, gritó de pronto, ahogada, deseando que sus palabras llegaran primero. Buenas tardes, escuchó que le respondió el hombre. Y aún sin tenerlo delante le dijo, buenas tardes, Bernardo. Unos pasos después, pudo verlo. El hombre se hallaba parado junto al mostrador de la tienda, lucía nervioso y excitado, tenía el sombrero en las manos y unas líneas de sudor descendían de sus sienes. La pequeña Isabela lo miraba con desconfianza. Afuera, amarrada a un poste de luz, jadeaba una mula negra. Qué es lo que pasa, Bernardo, preguntó ansiosa, y la pregunta pareció admitir por adelantado la tragedia. El hombre iba a empezar a hablar, pero se detuvo, y dirigió una mirada prudente hacia la niña. Isabela, dijo María al percatarse, Váyase a jugar. La niña refunfuñó unos instantes, pero luego abandonó la tienda. Qué es lo que pasa, repitió con un nudo en la garganta. Que un grupo armado se ha llevado a Gabriel, exhaló, al fin, el hombre tristemente. Y el peor de todos sus presentimientos le fue confirmado, pero no por ello dejó de ser terrible y demoledor. María se sintió desvanecer, sus ojos se llenaron de lágrimas, un gemido de dolor brotó de su boca y los labios empezaron a temblarle, no sabía qué decir. Ante una noticia de tal magnitud, los presentimientos para lo único que sirven es para alargar las angustias. Pero, cómo ocurrió, balbuceó desesperada, bebiendo la solución salada de sus lágrimas. Isabela apareció desde detrás de la puerta. Mamá, dijo, no llore, y se abrazó a ella. María acarició su cabeza y la unió a su cuerpo.

Bernardo le contó lo que había visto, pero ella apenas era capaz de digerirlo; su mente se encontraba turbada, enmarañada por un horroroso ensueño. El hombre se calló, agachó la cabeza y una breve pausa discurrió entre ellos. María empezó a reaccionar, o a sentir el fuerte impulso del instinto, y preguntó compungida, Y a qué hora fue. Pasadas las doce, respondió el hombre. Pero han pasado más de cuatro horas, reparó ella con amargura. El hombre volvió a agachar la cabeza y, con algo de culpabilidad, tartamudeó, Es que... María lo interrumpió. En medio de su dolor entendía lo que había sucedido; nadie había querido arriesgarse y ya no valían la pena los reproches, y menos a aquel hombre. ¿Y alguien vio hacia dónde se lo llevaron? Dicen que desviaron las camionetas por la carretera vieja, reveló él.

En la cara del vaquero podía verse un tanto la imagen que Gabriel tenía cuando lo detuvieron, se veía triste y acontecido. De alguna manera, en la profundidad de su expresión había quedado impresa la angustia del detenido. María, dijo dubitativo, Gabriel saldrá de esta, seguro que llama más tarde, él es un hombre entrador que no va a dejarse matar por nadie. María escuchó sus palabras y se sintió influenciada por ellas, y su rostro apagado experimentó algo de sosiego, fue esa voz de aliento que, cuando certera, nunca llega tarde. A qué otra cosa podía aferrarse. Limpió las lágrimas de sus mejillas y con cierta candidez preguntó, En verdad lo cree, Bernardo. Claro, respondió él determinado, no tengo ninguna duda. La expresión de ella ahora había influido sobre él, la esperanza suele ser muy contagiosa cuando se estimula. Hay que llamar, prorrumpió María, tengo que llamar a los pueblos cercanos por si alguien lo ve que me avise, y denunciarlo. El hombre asintió enérgico.

Se dirigieron a la habitación del teléfono, salieron rápidamente de la tienda y atravesaron el amplio salón donde solían celebrarse las fiestas decembrinas. Todas las puertas de la casa se hallaban abiertas, y la luz de la tarde, aun cuando debilitada, iluminaba el interior. El vaquero e Isabela iban detrás de María, y los tres caminaban a pasos rápidos, persuadidos a ganar el tiempo perdido, porque en ello podía radicar la diferencia entre la fatalidad y la buenaventura. María pensaba que podía salvarlo, sí, podía salvarlo, así la noticia la hubiera recibido tarde, aún podía salvarlo. Entró a la habitación, alcanzó el teléfono, lo apretó en su mano, y justo cuando iba a levantarlo, el timbre del aparato dejó su corazón en suspenso. Los tres se miraron sorprendidos y sus rostros se iluminaron en una comunión maravillosa, pensaron lo mismo, asintieron al unísono. Se dijeron, sin hablarse, que todo había sido un susto, y que del otro lado de la línea estaba Gabriel. Su rostro se llenó de expectación y experimentaron la reconfortante caricia del alivio. Un segundo timbre acució la vieja carcasa del teléfono. A María, el corazón pareció salírsele por la boca, suspiró sin darse cuenta, y contestó.

Aló, dijo desfallecida. Aló, María, respondió una voz algo excitada. María miró a Bernardo e Isabela. Ellos la contemplaban perplejos, ella negó, y los tres se desinflaron en un suspiro. María es usted, insistió la voz. Sí, soy yo, contestó decepcionada dejándose caer sobre una silla, Quién es, añadió. Soy

Mireya, de Las Alhajas, te llamo para contarte algo, amiga, no sé si ya lo sabes, es muy grave, se trata de Gabriel, a mediodía unos hombres armados se lo llevaron. Sí, ya lo sé, contestó María sin poder contener su desilusión. La voz de la mujer continuó, Yo misma lo vi. Y quiénes fueron, le cortó María. La voz de la mujer se quedó en silencio durante unos instantes, y después añadió, Creo que son gente de las bandas. Hubo una pequeña pausa. La mujer dijo, Aló. Sí, estoy aquí, respondió María. De verdad me hubiera gustado llamarte antes, se excusó. Ya lo sé, concedió ella, poseída por una aciaga sensación en el cuerpo. Sabes, amiga, dijo la mujer, Gabriel es un hombre fuerte y con la ayuda de Dios, que todo lo puede, saldrá vencedor de esta prueba. Ojalá que así sea y muchas gracias por todo.

María colgó el teléfono y los tres permanecieron en silencio. Un pesado estancamiento se posó sobre ellos. Todo seguía igual y el tiempo jugaba en su contra. Volvió a levantar el auricular y marcó. Después de alcanzar la traba el disco retrocedía despacio, lentamente, y el sonido arrastrado que producía el muelle aumentaba el espectro de la espera.

Más tarde, nada había cambiado. El vaquero tenía su sombrero encajado en la rodilla y movía la pierna con nerviosismo. Isabela dibujaba unas rayas inconexas sobre una hoja de papel, lucía pensativa. Apagado o fuera de cobertura, repitió de nuevo la grabación y María oprimió el interruptor, desalentada. En ese momento se escucharon unos pasos provenientes del corredor, se acercaban con rapidez. Debe de ser Naín, predijo María. Y a continuación una mujer esbelta apareció en la puerta, su figura se sobrepuso sobre la claridad del exterior, traía las mejillas enveladas por las lágrimas y el rímel corrido. Hermana, exclamó al entrar y se abalanzó sobre ella,

Lo sé todo, todo el mundo sabe la mala noticia, podre Gabriel. Sus sollozos fueron tan sentidos que lograron contagiarla y volvió a llorar.

A medida que transcurría el tiempo, María caía en una desesperación profunda, no se separaba del teléfono un solo momento, y miles de conjeturas y pensamientos se sucedían en su mente. Como era apenas lógico, pensaba en lo que pasaría con Gabriel en cada preciso instante y se imaginaba lo peor. Informó a la policía y a cuanta autoridad creyó pertinente, mas ninguno se comprometió a ayudarla. Aquel territorio ya estaba en poder de las bandas y nadie quiso tomar el riesgo de desafiarlas. Cuando llamó a El Retorno, el centro de operaciones del grupo armado, le dijo a la operadora telefónica que citara al inspector de Policía y que volvería a llamar en media hora. Al final, y con retraso, el hombre se presentó y consiguió hablar con él, pero la conversación fue frustrante; el inspector le respondió que nadie había reportado nada. Todo está normal, señora, le repitió varias veces ante su insistencia. Estaba claro que no quería colaborar ni comprometerse.

María sentía el impulso desesperado de salir a buscarlo, pero no sabía dónde. Naín le aconsejaba prudencia. Es muy peligroso, le decía, piensa en tus hijos. Y en medio de aquella angustia, María tuvo que darle la noticia a David, su hijo mayor, y cuando pronunció la frase, A Gabriel se lo han llevado las bandas, su alma se deslizó un poco más hacia el fondo del abismo. Sentía que diciéndolo hacía real el hecho y la fealdad de la realidad llegó a horrorizarla. Jamás se está prevenido para enfrentar la desgracia y aquel trago era demasiado amargo para ella.

Antes de caer la noche, Bernardo se despidió y le prometió que si se enteraba de algo vendría a avisarle, y a continuación, un desfile de parientes y habitantes de Almadía se acercaron a consolarla; todos le decían lo mismo o le repetían los mismos relatos que empezaron a circular en los alrededores. A esas alturas, la noticia se había regado como la pólvora y ya el mundo lo sabía, pero a ella poco o nada le importaba eso, su único deseo era salir a buscarlo, así supiera que podía empeorar las cosas.

Un poco antes de las ocho, cuando solo quedaban en la habitación Naín e Isabela, María sintió una sed intensa, tenía los labios deshidratados y la boca reseca. Naín fue a la cocina y le trajo un vaso con agua. Gracias, le dijo ella muy ansiosa, y bebió un gran sorbo. Su rostro estaba febril y un escalofrío recorría su cuerpo. Qué te pasa, acudió Naín, y le palpó la cara, Estás pálida y tienes fiebre, añadió. No sé, contestó ella escuetamente, me siento algo mareada.

El reloj de la pared marcaba las ocho en punto, y justo a esa hora, y de forma súbita, María sintió unos fuertes golpes en su corazón y tuvo la sensación de estar suspendida en el vacío, en medio de un profundo silencio. Buscó a Isabela pero no la encontró. Se han ido todos, le dijo a Naín con la mirada perdida, dónde está Isabela. Naín le contestó, pero fue incapaz de escucharla, y solo vio cómo sus labios balbucearon algo incomprensible. La noción de las cosas se le escapaba. Naín agitaba sus manos preocupada. De repente, María sintió que una sombra tenebrosa pasó por encima de su cabeza y un sedoso velo negro acarició sus cabellos, y a continuación una incisiva tristeza se apoderó de ella. La aflicción fue tan inmensa que pensó que toda la faz de la tierra estaba cubierta de aquella tristeza, que sus grandes lágrimas se desaguaban en una monstruosa tormenta y que ya no había razón para seguir adelante, adolorida y desvalida, lo mejor sería dejarse arrastrar por la muerte. Apoyó la cabeza sobre sus manos, sus cabellos negros se deslizaron sobre su frente y lloró desconsolada. A Gabriel lo acaban de matar, señaló débilmente, absorbida por la premonición, como si no fuera ella quien hablara, sino la voz del universo, la poderosa verdad del universo que todo lo ve y todo lo sabe. Y repitió volviéndose a su hermana, A Gabriel lo acaban de matar, y se abrazó a ella. No digas eso, le contestó Naín, abrazándola también. María la escuchó y quería creerlo, pero su congoja era demasiado grande.

En seguida, unas gruesas gotas de lluvia irrumpieron en el tejado, y la tormenta, contenida desde la tarde, se desencadenó, inclemente, sobre Almadía. El valle entero fue empapado por una larga e incesante lluvia acompañada de rayos y truenos, y, como ocurría siempre en esas circunstancias, hubo un corte de luz y el pueblo quedó en tinieblas.

Naín la acompañó durante toda la noche. Juntas permanecieron a la luz de la vela esperando alguna noticia o que él apareciera. La noche del martes al miércoles, de ese mes de agosto del año dos mil dos, fue la peor que había vivido en todos los días de su vida.

2

A las cinco de la mañana ya había escampado. La oscuridad era absoluta y, en los gallineros, los cantos de los gallos se desataron con una precisión milimétrica. El concierto se alargaría hasta bien entrada la mañana. María no pudo dormir en toda la noche y por ningún motivo se despegó del teléfono. Naín se hallaba recostada sobre una banqueta. Pero al sentir que ella se removía en la silla y volvía a deshacerse en lágrimas, se levantó, y acercándose, se puso a llorar a su lado. La luz de la vela alumbraba su desdicha, María tenía los ojos hinchados de tanto llorar, su rostro tenía el color pálido del sufrimiento, y su aliento exhalaba el sabor amargo de la hiel. Qué voy a hacer ahora, dijo, por un momento he visto todo tan lejano e increíble que he pensado que era un tenebroso sueño. No llore, mamita, le contestó Naín, sin saber cómo consolarla y sin mucho convencimiento, ya verá como todo se arregla y pronto tendremos buenas noticias.

Pero pasaron las primeras horas de la mañana y no recibió noticia alguna. Cómo era posible que nadie supiera el paradero de Gabriel, se preguntaba, que nada produjese el desenlace que mantenía su corazón en un puño. El mundo guardaba un silencio azaroso ante su desgracia. Afuera, el sol apenas calentaba la tierra encharcada del patio, y al salir para tomar el aire y dirigir su vista en dirección al potrero, María volvió a ver, a lo lejos, la sepultura de la vieja perra. Es verdad lo que dijo Pedro, pensó para sus adentros, se trataba de un mal presagio, del anuncio de lo que estaba por llegar. Se volvió hacia la casa, intentando desentrañar el futuro, ese futuro que tenía delante y que parecía tan desgraciado, y no pudo evitar ponerse en la peor de las circunstancias. Naín, dijo al entrar, tengo que ir a buscarlo. Pero adónde vas a ir, le reprochó ella preocupada. Fue la banda de Ambarino quien se lo llevó, pues ellos lo deben tener en El Retorno. No, clamó Naín, no vayas allí, hermana; si esos hombres te cogen, te matarán como a… Y se quedó callada, apretó sus labios, aplacó el desliz de su pensamiento y, sintiéndose culpable, tartamudeó un poco, Como a tantos que matan todos los días, a esa gente no le importa nadie y usted, mamita, debe pensar en sus hijos. María la miró plenamente consciente de su imprudencia y de que ella también creía que a Gabriel ya lo habían matado. Se limpió sus lágrimas con amargura, negándose a aceptar aquella realidad evidenciada en las palabras de su hermana, y pensó en David y en su pequeña hija. A continuación se dirigió de nuevo a la habitación del teléfono. Naín salió detrás y le preguntó, Qué vas a hacer. Pero ella no le contestó.

Era verdad que se encontraba profundamente abatida, pero no iba a quedarse cruzada de brazos a la espera de que las horas pasaran impunemente, incluso, aunque todas las señales, todas las caras, todos los presentimientos le dijesen que no había nada que hacer, mejor dicho, que lo único que tenía que hacer era sentarse a esperar la peor de las noticias. Entró a la habitación y, a partir de ese momento, dedicó todos sus esfuerzos a conseguir el número de celular del comandante

Ambarino. Sí, en medio de su desesperación, y sin pensar en las consecuencias, no vio otro camino que hablar con los propios verdugos de Gabriel, clamar por él y por el fin de aquella pesadilla. Pasó largo rato intentando convencer a la telefonista de El Retorno para que se lo diera, o que, al menos, le facilitara el número de alguien cercano a él, pero resultó infructuoso. Volvió a hablar con el inspector y con todas aquellas autoridades que creyó pertinente, pero fue como si repitiera la historia del día anterior. En uso de un último recurso, llamó a todos los pueblos cercanos para pedir que en cuanto alguien supiera o viera algo se lo dijera.

Y no pasó mucho tiempo antes de que se produjese la primera llamada. Sí, doña María, en tal sitio enterraron unos muertos anoche, si usted quiere ir a ver y cerciorarse, pero, por favor, no diga que yo se lo conté, ya sabe que esa gente es muy peligrosa. Colgó el teléfono sin saber a lo que se enfrentaba, o lo que de antemano estaba aceptando, y emprendió la búsqueda desesperada de Gabriel.

Empezó a buscarlo entre los muertos, porque todos los rumores apuntaban a que lo habían matado justo el mismo día que lo detuvieron, a las ocho de la tarde. Y durante los dos días siguientes, no dio descanso a su cuerpo y a su alma un solo instante. El primero de ellos asistió a la apertura de la fosa común que le dijeron, pero ninguno de los cadáveres que contempló resultó ser el de Gabriel. El segundo día se dirigió a un cementerio, y, con la ayuda de un enterrador, volvió a abrir la tumba de un N.N., que había sido enterrado unas horas antes, pero, al igual que el día precedente, tampoco se trataba de él. Y regresó a Almadía atormentada por aquella creciente incertidumbre que, conforme pasaba el tiempo, parecía distanciarla más y más de Gabriel, esfumando su existencia, dejándola sin rastro, sin final.

Al tercer día de la detención, unos fuertes golpes y los gritos de una mujer lograron sobresaltarla, María, abrí la puerta, demandaba con insistencia. La voz sonaba angustiada. Ella apenas había podido conciliar el sueño. Se levantó de la cama, extenuada, y se dirigió despacio hacia la puerta. Qué es lo que pasa, Verónica, le dijo al verla. Que tengo que contarte algo muy delicado, exclamó ella. Pero tan solo con ver el rictus alarmado de su rostro, María ya advirtió de lo que se trataba. La mujer le contó que un hombre de confianza la había llamado para decirle que un cuerpo yacía atrancado en una playa del río, muy cerca de El Retorno, y que, casi con seguridad, se trataba de Gabriel. María escuchó las palabras de Verónica en silencio, pero su interior se agitaba, instintivamente, al sentir su crudeza y al imaginar que Gabriel estaba muerto y que su cuerpo yacía insepulto en una playa. Tengo que ir a traerlo y darle cristiana sepultura, dijo poseída por un extraño convencimiento, sin ser consciente de sus palabras, sin, verdaderamente, importarle el horror de la muerte y la miseria de los días anteriores. Salió de inmediato de la casa, buscó a Pedro y le pidió su ayuda. Eso no tienes ni que pedírmelo, le contestó el hombre, por Gabriel vamos hasta las ollas de Minamá si hace falta.

En Almadía, la noticia no tardó en extenderse por las casas. Y un rato después, sin pensarlo o esperarlo, cuando María se asomó a la puerta de la calle, en el corredor no solo estaba Pedro, junto a él había una decena de hombres y mujeres dispuestos a acompañarla. Si quieren matarnos que nos maten, pero lo que es hoy nos traemos a Gabriel, dijo, decidida, una mujer del grupo. Era su vieja amiga Marina, la grandota, quien hablaba de forma tan resuelta. Y en medio de su dolor y de la bestialidad de la situación se sintió agradecida, porque esta vez, a diferencia de los días anteriores, no se hallaba sola en su empresa.

Antes de emprender el viaje de búsqueda, María volvió a hablar telefónicamente con el inspector de Policía de El Retorno, pues era a él a quien correspondía la jurisdicción sobre esa zona del río, mas el hombre le dijo que no sabía nada. Lo han visto, le insistió ella, está a unos kilómetros río abajo y a usted le corresponde hacer el levantamiento. Sí, señora, concedió, pero a esta hora no hay nadie quien pueda acompañarme, así que hay que esperar hasta más tarde o mañana por la mañana. Pero es temprano y, además, es su obligación, le replicó ella. Ya se lo dije, señora, nos desplazaremos al lugar cuando las condiciones de seguridad estén dadas, antes no y no insista, y le colgó. Al escuchar aquellas palabras, María se sintió abandonada y desprotegida, en aquel país las autoridades no servían para nada. Sin embargo, no se dejó desalentar por el pesimismo institucional imperante. Tomó a su hija y, sin perder más tiempo, la llevó a casa de su hermana Naín, ella la cuidaría durante su ausencia. A continuación, alquiló un vehículo de urgencia y emprendió, junto a sus vecinos, una nueva búsqueda de Gabriel.

Durante el camino, después de tomar la Panamericana y conforme el vehículo avanzaba, María tuvo que recorrer los sitios en que los Gabriel había padecido sus últimos momentos. Pasó por la estación de gasolina donde lo detuvieron, recorrió el trozo de carretera donde tuvo lugar la persecución, atravesó El Retorno, el pueblo donde, supuestamente, lo mantuvieron retenido, tomó el mismo desvío que Gabriel había tomado quince días antes, aunque esta vez no encontró retén alguno, y luego descendió hasta el río. En el puente, donde finalmente le dijeron que lo habían matado, hizo detener el vehículo y buscó el lugar exacto del crimen. Y en un barranco, junto a un matorral maltrecho, encontró unas manchas de sangre sobre la tierra, se agachó y, con un cuchillo, que le ofreció Pedro, extrajo unos terrones resecos que guardó en una servilleta blanca. Algunos de sus acompañantes también bajaron del vehículo y se acercaron en silencio hasta donde ella estaba.

En el lugar se respiraba cierto aire inquietante y solitario que invitaba a abandonarlo. Al pie del barranco aún estaban recientes las marcas del acto perpetrado, la caracha de la sangre reseca, las ramas perturbadas del rastrojo y el trazo abierto hacia el río. María permaneció unos instantes inmóvil, y entre dientes murmuró una oración, no podía creer que tuviera delante el lugar donde, hacía una horas, Gabriel había sido asesinado. Ruego a Dios por ti, amor mío, murmuró al final sin admitir su muerte. Se volvió hacia Pedro y vio que este se lamentaba. Se nos hace tarde, mejor vámonos rápido de aquí, le dijo con cierta firmeza en la voz.

El río discurría en el fondo de la cuenca, y ellos lo seguían por una maltrecha carretera. A partir de allí, el camino se tornaba accidentado y peligroso. Abajo, de forma abrupta, las aguas cambiaban de rumbo y se abrían paso a través de la cordillera. Aquí, la corriente tendía a encañonarse y en algunos puntos se tornaba violenta. María desconocía el punto exacto donde se hallaba el cadáver y no quiso arriesgarse, mandó detener, de nuevo, el vehículo y, junto a Pedro, Marina y otros dos compañeros, bajó hasta la orilla. Los demás miembros del grupo proseguirían el viaje hasta el último caserío, que estaba unos kilómetros más adelante, ahí volverían a reunirse.

El mediodía había pasado ya. El sol estampaba sus rayos en la tierra y el calor arreciaba sobre las playas pedregosas del río. En el tramo en el cual se encontraban había grandes rocas y los rápidos discurrían a gran velocidad. Sin embargo, María y sus compañeros eran buenos nadadores y lograban sortearlos atravesando el curso de un lado a otro. Unos kilómetros más adelante alcanzaron una gran roca, y allí decidieron tomar un descanso. Pero al detenerse, descubrieron que, un poco más abajo, en la orilla opuesta, encima de un árbol de espino, un galembo estiraba sus alas. Miren eso, dijo Pedro. Ella dirigió la vista hacia allí y de inmediato el corazón empezó a acelerársele. Intentó ver más allá, pero fue infructuoso: un montículo de arena se lo impedía. Vamos, vamos, dijo apresuradamente, tenemos que llegar ya, y se hundió en el río sin esperar a nadie.

Un rato después, emergió del agua, casi había atravesado entero el curso del río, se puso en pie y vadeó con rapidez hasta la orilla. El agua chocaba contra sus piernas, sus zapatos se hundían sobre las piedras, y cada uno de sus pasos era retrasado por el principio de reacción de los elementos. No obstante, su ansiedad era más poderosa y desafiante. Nada en el mundo podía detener su avance. Pedro, Marina y los otros venían detrás, aunque un poco rezagados. Alcanzó la playa, salió del agua, sin pensar en ninguna otra cosa que no fuera descubrir lo que había más adelante, y se dirigió hasta el lugar donde descansaba el carroñero. María no tenía miedo ante lo que podía encontrarse, no sentía el temor que muchos otros sienten ante la presencia de un muerto, desde niña siempre se había mostrado valiente ante la expresión inescrutable de la muerte, e incluso ahora, cuando le había tocado contemplar su peor y más tétrico rostro, lo había hecho con arresto y temple. El resto del grupo logró alcanzarla y se pusieron detrás. Ascendieron la eminencia de la playa, y al llegar al final, una bocanada de un olor inconfundible a mortecina los sorprendió súbitamente. Sus fosas nasales la respiraron, sus bocas sintieron el dulzor de la carne putrefacta y sus pulmones fueron inundados de aquel hedor nauseabundo. María frunció el ceño y se tapó la boca con la mano. Este olor, inconfundible, aún era más desagradable que el que le había tocado respirar en los días anteriores, el agua y el sol, juntos, corrompían peor la carne humana. Jamás podría acostumbrarse a las esencias de estas muertes violentas. Huele a ahogado podrido, dijo Marina sin poder contenerse. Avanzaron unos cuantos pasos, y a continuación, el sitio se les presentó diáfano ante sus ojos. Pero al descubrirlo, todos se quedaron sorprendidos y sin palabras.

El lugar estaba vacío. Unas cuantas moscas revoloteaban sobre la arena, manchada y revuelta. El olor a mortecina provenía de ahí, pero era el recuerdo reciente, el rastro fresco de un cadáver que ahora ya no estaba. En los alrededores se veían un gran número de pisadas que se entrecruzaban, confusas, en distintas direcciones. El galembo, con sus alas extendidas al sol, los observaba indiferente. Al encontrarse frente al lugar, María fue presa de un choque de sentimientos incongruentes y desconocidos para su alma, y se preguntó desencajada, Dónde está Gabriel, entonces. Y todos se quedaron callados, desconcertados, de seguro, preguntándose lo mismo. Ahora la incertidumbre se elevaba a una esperanza precaria, pero también a una contradicción macabra y perversa. Por un lado, María se sentía aliviada de no haberlo encontrado muerto en esa orilla, tal vez estuviera vivo, pero por el otro, sabía que si él estaba muerto, quizás, había perdido la posibilidad de recuperar su cuerpo. Miró para todos lados, en la búsqueda desesperada de una respuesta a su pregunta, pero no halló nada. Gabriel no estaba. Una sensación aciaga la invadió por completo, su cerebro fue bombeado por una sustancia gélida que embotó su pensamiento, y se sintió desorientada de la tierra, perdida en un laberinto ciego de falsos consuelos y de tristes esperanzas. ¡María!, le gritó de repente Marina, arrancándola del ensimismamiento en el que se hallaba, Allí hay una mujer que parece hacernos señas. Ella se dio la vuelta, con los brazos caídos, y vio que, efectivamente, al borde de un monte, detrás de una alambrada, una mujer movía los brazos intermitentemente. Pedro iba a gritar, pero ella lo contuvo, No, le dijo, seguro que no quiere que la vean. Es verdad, respondió él, y levantó la mano. La mujer correspondió agitando la suya. Es a nosotros, dijeron en coro. Voy yo, dijo María. Yo te acompaño, se adelantó decidida Marina. Los demás espérennos aquí, añadió, entre mujeres nos entendemos mejor.

3

Perdonen, señoras, dijo la mujer al tenerlas frente a ella, buscan ustedes a un ahogado, ¿no es cierto? María, que permanecía a cierta distancia, miró para los lados y advirtió que la mujer estaba sola. Sí, dijo Marina, buscamos a un ahogado desde hace días. La mujer dudó unos instantes, parecía no saber por dónde empezar ni qué decir exactamente. María se percató, asintió para reforzar las palabras de su compañera y dijo, Sí, señora, buscamos a mi esposo, Gabriel, de Almadía, lo conoce. La mujer no le respondió a la pregunta, pero después de un momento dijo, Es que, hace un rato, sí había un ahogado en el punto donde ustedes estaban buscando, yo misma lo vi mientras recogía leña en esta loma. Y guardó silencio. Y qué pasó, preguntó María ansiosa. La mujer se mostró de nuevo dubitativa, como si tuviese miedo de continuar, pero Marina la animó, Cuéntenoslo, señora, por favor, mire que venimos de lejos y tenemos que encontrarlo. La mujer miró a María durante unos instantes, señaló en dirección al río y dijo, Pues que después llegaron unos hombres armados, fueron hasta la playa, cogieron el ahogado. Hizo una pausa, arrugó la cara, escupió y añadió, Yo creo que le llenaron el vientre de piedras y lo aventaron otra vez al río. Virgen Santa, exclamó María sin poder contenerse, y, súbitamente, recordó su conversación con el inspector de El Retorno. La mujer continuó su relato, Después de un rato, vi que ustedes venían río abajo y me imaginé que era lo que andaban buscando. Pero qué clase de hombres son capaces de hacer algo así, de no dejar siquiera enterrar a un ser querido, reflexionó María, y su voz palideció hasta quedarse en silencio, pensativa. Pero usted vio el cuerpo de cerca, preguntó al cabo de un instante, intentando mantener el aplomo. No, señora, le respondió ella, no lo reconocí, si es lo que me pregunta, tampoco a los hombres que le hicieron eso, pero le puedo decir que esa gente no es de por aquí, y eso es todo lo que vi, solo quería que lo supieran y que no perdieran su viaje, si Dios quiere tal vez lo encuentren más abajo.

Aquellas palabras lograron abrumarla, y por un momento María se imaginó sumergida en el río, intentando encontrar un cuerpo que ni siquiera sabía si era el de Gabriel. Se recompuso como pudo, aplacó los indeseados pensamientos que la poseían, y le preguntó, Usted vive cerca, señora. Esta se inclinó hacia atrás, algo sorprendida, y contestó con reticencia, Sí, allá arriba, antes del puente. Las tres se quedaron en silencio, la mujer dio unos pasos hacia el camino y se despidió de ellas. Y por primera vez María detalló su figura desgarbada y flacuchenta; vestía una ropa muy vieja y llevaba una pañoleta amarilla descolorida puesta en la cabeza. Bueno, señora, muchas gracias y que Dios se lo pague, le dijo, mientras la mujer se alejaba y murmuraba unas palabras incomprensibles.

Al atravesar la playa, ya de regreso, varias veces se volvieron hacia la alambrada. La ves, dijo Marina, está ahí, escondida, crees en lo que te dijo. Sí, la veo, le respondió María parcamente, sin contestar a la segunda pregunta formulada por su amiga. Quién será esa mujer, preguntó en cambio. No lo sé, dijo Marina, pero daba miedo verla, y después de reflexionarlo añadió, Puede ser la mujer del cuidador de los lagos. Quién sabe, dijo María muy seria, pero de haber sido ella debía conocer a Gabriel, porque él compraba los pescados allí. Ambas guardaron silencio y continuaron el camino hasta que llegaron donde estaba el resto del grupo.

Y ahora qué hacemos, preguntó Pedro, después de escuchar la historia. María dirigió la mirada hacia sus compañeros. Estos esperaban inquietos su resolución, era evidente que el relato los había puesto nerviosos. Pero ella sabía que, tal vez, esta era la última oportunidad de hallar a Gabriel o al menos descartar que él fuera el muerto, reflexionó unos instantes sintiendo el peso de la responsabilidad de sus compañeros, adolorida por todos los dolores que se iban acumulando en su alma, y tomó la decisión que creyó más conveniente. Seguir buscándolo, contestó. Y su mirada se dirigió río abajo, en señal del camino que debían seguir de ahí en adelante. Al escucharla, ninguno de ellos se mostró contrario a la decisión, y un rato después estaban, de nuevo, sumergidos en las aguas intentando alcanzar el cadáver que presuntamente rodaba en el profundo lecho.

El siguiente trayecto fue aún más largo, difícil y peligroso. Pese al final del verano, las aguas del río seguían siendo caudalosas y traicioneras. Inmersos en el impetuoso líquido, el grupo esquivaba las zonas corrientosas y acentuaba la búsqueda en los remansos, porque allí era donde existía una alta probabilidad de encontrarlo. Los ahogados suelen ser presos de los bucles de las aguas interiores, eso lo sabían todos de antemano.

* * *

Más abajo, y aún con la frustración metida en el cuerpo, volvieron a reunirse con la otra parte de la comitiva. El grupo los esperaba en el último pueblo, al final de la carretera. A partir de allí, los diez prosiguieron juntos el descenso por el río. María iba a la cabeza. Buscaba en cada recoveco que dejaban los caprichosos movimientos de las aguas, no quería que nada quedara sin ser inspeccionado, así supiera que se movía más motivada por su perseverancia que por hechos corroborados. Le habrían dicho la verdad a Verónica, podía darle crédito al relato de aquella mujer de la pañoleta amarillenta, ni siquiera sabía si el cuerpo que perseguía era el de Gabriel, y peor aún, si en verdad existía un cuerpo. A quién quería alcanzar, se preguntaba en algunos puntos del recorrido. Quizás el curso del río era demasiado largo y su lecho muy profundo como para encontrar lo que buscaba.

Una legua más abajo, al atardecer, la comitiva arribó a un lugar conocido como La Mata de Ají, o que al menos ellos identificaron así. Estaban agotados pero sobre todo frustrados, en kilómetros y kilómetros no habían encontrado nada, y varias veces, durante el camino, algunos de sus compañeros, invadidos por el pesimismo y el cansancio, le insinuaron que querían regresar, que se hacía tarde, que había gente esperándolos en Almadía, y que buscar un cuerpo aplomado en el río era casi como buscar una aguja en un pajar. Pero ella no mostraba ni el agotamiento ni la extenuación, y la poderosa convicción que exhibía, delante de sus compañeros, de seguir de adelante, de llegar hasta el final, rebatía por sí misma cualquiera de sus dudas.

María nunca había estado en La Mata de Ají, y tan solo la conocía por las historias y los cuentos que se le contaban a los niños para asustarlos. Si te arrastra el río y te lleva hasta La Mata de Ají, nadie te encuentra, se les solía decir para que no se metieran en las partes hondas de la corriente. Y cuando estuvo frente a aquel lugar, en verdad le pareció sacado de una fábula. Toda la masa de agua se encañonaba durante decenas y decenas de metros para luego chocar contra una inmensa roca, que parecía más bien el muro de contención de los tiempos. Al golpear violentamente contra ella, las aguas se repartían, excitadas y burbujeantes, a diestra y siniestra formando grandes ollas y vórtices que se tragaban todo lo que llegaba hasta sus bocas. Celosamente resguardado, el lugar se hallaba franqueado por las altas montañas de la cordillera. En el margen izquierdo, el agua salía despedida hacia un estrecho encajonamiento que muchos decían que tenía, al menos, un kilómetro de profundidad, y en el margen derecho, cerca de la orilla, el río formaba un remanso que moría sobre una playa de arenas negras. Precisamente a aquel espacio, tan angosto como providencial, llegó la comitiva. Y todos contemplaron atónitos el lugar salido del viejo cuento, y ahora hecho realidad. La mayoría admitió que no lo conocía, sin embargo, algunos dijeron haber estado allí en el pasado. Fuese como fuese, lo cierto es que en aquel paraje se mezclaban las aguas apacibles de los remansos de la orilla y las aguas feroces de la gran corriente. Desde una caverna, en la base de la peña, gorgoteaba un sonido grave y tormentoso, y se escuchaba como si una cavidad se llenara en las profundidades terráqueas. Si te metes por ahí, llegas hasta el centro de la tierra, dijo una voz de la comitiva con elocuencia. Y todos se quedaron con la boca abierta, en silencio, hipnotizados por aquel ruido. Aquí es donde el río arrastra todo, corrigió Pedro con mesura, y dicen, que las cosas dan vueltas y vueltas durante días o semanas hasta que los mismos remolinos lo vomitan a la orilla o a la corriente para que siga su camino hacia el mar. Mientras María escuchaba a Pedro miraba en todas las direcciones, por si la fuerza del agua expulsaba, en algún momento, el cadáver que seguía desde arriba.

Ahí viene un hombre, anunció, de pronto, Marina. Ella levantó la mirada, y encontró, efectivamente, que de la parte de arriba, del otro lado del río, una canoa se les acercaba. El hombre que impulsaba la pequeña barca, la guiaba con destreza, manejando la palanca con agilidad, y al tomar el centro de la corriente, dio cuatro impulsos hercúleos y alcanzó la otra orilla.

El hombre era alto, fuerte, delgado. Su piel negra resaltaba con el color hueso de la camisa y el pantalón, e iba tocado con un sombrero costeño de ala ancha. Buenas tardes, dijeron todos al tenerlo cerca. Con cierta parsimonia, el hombre descendió de la canoa, tomó el amarre y aseguró la embarcación a una estaca clavada en la tierra. Buenas tardes, dijo con una voz tranquila y grave a la vez. Y preguntó, Qué andan buscando por aquí. Pedro dio un paso adelante y dijo, Buscamos a un ahogado. El hombre se aproximó a ellos. De cerca era aún más alto de lo que parecía en la canoa, y dijo, Yo me llamo Rubén, Rubén el canoero, y dirigió su mirada a María. Una profunda cicatriz, en forma de cruz, marcaba la nariz de aquel hombre. Busco a mi marido muerto, dijo ella un tanto empequeñecida ante su corpulencia. Rubén negó con la cabeza y añadió, Hoy no ha llegado nada, señora, y dirigió su mirada hacia el río. Yo me llamo María, dijo ella, y repitió, Busco a mi marido muerto, tiene que haber llegado ya aquí, usted no lo ha visto. No, respondió él, sin mirarla, Hoy no ha llegado nada. La sombra de la tarde caía sobre una de las faldas de las montañas. El ruido del choque del agua contra la roca se sentía cada vez más fuerte, y a María le costaba escuchar lo que Rubén le estaba diciendo. A veces retumba en el fondo de la tierra y por eso hace ese estruendo, yo ya estoy acostumbrado, explicó Rubén al percatarse. Entiendo, respondió ella con un tono de voz más alto. El hombre pareció no escucharla, se acercó a la orilla y con la uña puntiaguda y astillada de su dedo índice dibujó una línea desde la parte más alta del río hasta el golpe del agua; luego trazó un espiral hasta la orilla y dijo, Este es el recorrido que hacen los muertos que bajan desde hace días, a unos los escupe el remolino hacia la orilla, pero a otros se los lleva la corriente, cuando los encuentro, yo les rezo y los entierro ahí, en ese lugar. Y Rubén hizo saltar su dedo por encima de la comitiva, que lo observaba en silencio, y añadió, Sí, ahí detrás, donde se ven esas cruces de palo, al principio les rezaba oraciones más largas y cavaba huecos más profundos para darles cristiana sepultura, pero de unos días hasta esta parte no doy abasto, no termino de enterrar uno, cuando tengo que volver por otro, los tiran todos los días desde el puente para que nadie los encuentre, mañana y tarde, sabe señora, y tengo que enterrarlos a todos, no voy a dejarlos tirados en la playa para que se los coman los galembos, quieren convertir al río en una fosa de muertos.

Y hoy, preguntó María al ver que el hombre se quedaba en silencio. Hasta hoy, prosiguió extrañado, tal vez aliviado, Hoy no he enterrado a nadie. Mi marido es un hombre muy alto, de dos metros de altura, se llama Gabriel, precisó María. Rubén inclinó la cabeza, reflexionó unos instantes, y dijo, No, nunca he encontrado a alguien así, todos los que he enterrado eran pequeños. ¿Está seguro?, preguntó ella. Algunos se escapan, continuó Rubén, intento rescatarlos, pero la corriente en ese lado es muy fuerte y termina por llevárselos, ni con la palanca de la canoa los alcanzo, esto es un infierno, señora. Se quedó callado y su mirada se perdió en los silencios intermitentes de los remolinos del río. Parecía resignado a su futuro, o más bien preso de una nostalgia presente.

María quería seguir indagándole, pero Rubén se volvió hacia ella, ejecutó un saludo reverencial con su sombrero, desamarró la canoa de la estaca y se embarcó orilla arriba. Ese hombre está loco, dijo uno de los miembros de la comitiva. Tanto muerto lo ha vuelto loco, remató Marina, vivirá allí, en ese rancho, en lo alto de esa loma. Y señaló una casucha de cartón y bareque, presidida por dos raquíticos matarratones. A María aquel hombre le pareció irreal, como también le pareció irreal lo que había dicho. Pero luego, la comitiva se asomó donde Rubén les había dicho que estaban las tumbas, y se dieron cuenta de que no mentía: sobre una fila de montículos de arena había clavado cruces hechas con palos torcidos del río. El lugar se veía tétrico y apagado.

Empezaba a oscurecer en la Hoz de Minamá, y con ella llegaron los aires fantasmales e inhóspitos de los paisajes prístinos. El olor a barro podrido se acentuó en las fosas nasales de los miembros de la comitiva y el hedor de la carne putrefacta se levantó de pronto de las tumbas; la mezcla de ambos gases corrompió definitivamente el aire del lugar. De noche los sentidos se agudizan, y también se potencian los olores. Algunos compañeros de María, con ella a la cabeza, se metieron al agua por última vez e inspeccionaron las partes menos profundas y peligrosas. Con sus pies tanteaban los pedregales cercanos a la corriente y a continuación los barrizales del recodo, y sus piernas recorrieron los lados más quietos del remanso. Era cierto que allí el río depositaba todos los despojos que arrastraba desde quién sabe dónde, el lugar estaba lleno de desechos. De pronto, alguien gritó, He topado algo, es un cuerpo, está blando y pesa mucho. No te muevas, dijo Pedro aproximándose hacia él. Rápido que me da miedo, se sinceró el hombre. Y todos se acercaron. Marina, al escuchar las palabras de alerta, salió del agua y se aproximó por el lado de la orilla, Dios Santo, murmuró entre dientes. Pedro buscó los pies del hombre y metió un palo que tenía en la mano y con el que tanteaba el lecho, y confirmó, Sí, parece un cuerpo. Aunque, a causa de la oscuridad, ya no se les veía, todos tenían la cara muy seria y expectante. El hombre que había rozado el cuerpo dio unos pasos hacia atrás y suspiró como si le hubieran quitado un peso de encima. Vengan a ayudarme, reclamó Pedro, solo con el palo no puedo moverlo, está muy pesado. Los integrantes de la comitiva dudaron de quién tenía que hacerlo. María y los otros dos hombres metieron las manos y ayudaron a levantarlo. Cómo pesa, se quejó alguien. Está hinchado, dijo Marina al alumbrarlo con una linterna. Es un puto caballo, anunció Pedro, casi a la vez, al ver las muelas iluminadas en la oscuridad, y soltó el palo que le servía de palanca. La noche confunde y estaba demasiado oscuro. De todas formas, un resoplido de alivio salió del alma de todos al comprobar que no era un cadáver humano. Suéltenlo, ordenó Pedro. Y en seguida el cuerpo se hundió en el agua oscura.

Aquí no vamos a encontrar nada, anunció María presa de una resignación que no se le había escuchado antes, y salió del agua. En ese momento tenía atravesada la idea de que si la historia era tal y como se la habían contado, quizás nunca encontraría el cuerpo de Gabriel en el río. A esa hora solo el estruendo hablaba de lo que aquel lugar escondía en sus entrañas. La noche estaba cerrada y la comitiva se reunía a un lado. Hablaban entre ellos, pero ella no deseaba escucharlos. Nunca lo encontraré, murmuró entre dientes un poco alejada del grupo, tal vez esté vivo. Y pese a todo lo que parecía decirle el mundo, que él estaba muerto, ella volvió a sentir el impulso de la esperanza recorriéndole el cuerpo. Mientras no lo hallara entre los muertos siempre tendría el pálpito de encontrarlo entre los vivos. Compañeros, dijo con fuerza dirigiéndose a su comitiva, regresamos, se hizo de noche, es peligroso y nos perderemos del camino. Y retornaron a Almadía.

Ella no lo sabía, pero a partir de aquel instante, las circunstancias la obligarían a dejar de buscarlo. Durante los días precedentes había recorrido terribles sitios que apenas tuvo tiempo de hacer reales. Todo aquello era demasiado peligroso y desquiciante.

Y al día siguiente de volver de la Hoz de Minamá, viajó a la ciudad junto a su hija, la pequeña Isabela. En su maleta llevaba la pequeña bolsa de tierra que había recogido en el puente, la única pista cierta que logró después de tres días de terrible e infructuosa búsqueda.

Tal vez en ella se hallaba la verdad sobre el destino de Gabriel.

4

Cuando David recibió la desgraciada notica de la detención de Gabriel, asistía a una reunión política del partido en un hotel céntrico de la ciudad. Uno de sus líderes nacionales dirigía un encendido discurso contra la política guerrerista del nuevo Gobierno. Su retórica materialista anunciaba el apocalipsis, una arremetida de las bandas y del militarismo, especialmente, en el sur del país. En la sala, los asistentes escuchaban su diatriba con interés, y David, concentrado en lo que él decía, veía concordancias claras entre lo que anunciaba y el reciente desembarco de las bandas en la región. Las reuniones amenazantes en los poblados, la imposición de sus leyes, los asesinatos, y las propias amenazas contra Gabriel. De pronto, su teléfono celular sonó. Era su madre, lloraba desconsolada. Qué sucede, le dijo en voz baja. El hombre que estaba a su lado lo miró. David se levantó de la silla y le dijo, Ya vuelvo, Efraín, y se dirigió hacia la salida.

A Gabriel se lo han llevado las bandas, dijo ella con dificultad. Y a partir de allí fue desolador escucharla, sentir cómo forzaba su voz para articular frases completas, y sin saber cómo, intentó tranquilizarla. Cálmese, mamá, él es un hombre fuerte y va a salir de todo esto, le repitió varias veces conteniendo sus emociones. En realidad, le dijo lo primero que se le vino a la cabeza, y sin advertirlo, esas palabras, días después, le servirían de consuelo y terminaría aferrándose a ellas como la única posibilidad que tenía Gabriel para salvarse. La llamada terminó sin una despedida. María se opuso a su viaje a Almadía, y en medio de sus lágrimas, le dijo que la denuncia de la detención ya se había puesto, pero que eso de nada serviría y que sabía que nadie movería un dedo.

Al colgar, David caminó por el pasillo desorientado, miró hacia la puerta entreabierta de la sala de conferencias y escuchó de refilón lo que el orador recitaba. Es el momento de la resistencia, de la lucha revolucionaria y de la paz con justicia social, predicaba al abrigo de sus seguidores. Sintió deseos de volver a entrar, pero se arrepintió, se miró a sí mismo y se sintió preso de sus propias circunstancias. Caminó hasta un sillón, se dejó caer sobre él y puso la cabeza sobre la empuñadura de sus manos. Hacía un esfuerzo por encajar la situación, pero su entendimiento se negaba a aceptar que Gabriel se hallara en ese trance, y daba igual que hubiese sabido de antemano las graves amenazas que pesaban sobre él, sencillamente, no podía creerlo.

Su primer impulso fue llamarlo, y durante largos minutos permaneció marcando a su teléfono. Insistía e insistía sin obtener respuesta, repetía la operación sin cesar, con la ilusión de que él le contestara, pero nada de eso ocurrió. Y tan solo cuando agotó la batería de su teléfono, fue capaz de reaccionar.

Dentro de la sala, la voz del dirigente del partido aún se escuchaba, David se levantó y se dirigió hacia el interior, se acercó a Efraín y le dijo al oído, Me tengo que ir, es urgente. Ha pasado algo, le preguntó él desconcertado. Sí, contestó, pero luego te cuento. En ese preciso momento, el orador acabó su intervención, los asistentes se pusieron en pie y los aplausos apagaron las últimas palabras que le dijo Efraín. Abandonó la sala, se precipitó escaleras abajo, atravesó el vestíbulo del hotel, y al salir, tomó un taxi.

Minutos después estaba en su casa. Entró en la habitación muy deprisa y se derrumbó sobre la cama. Aún no eran las siete de la noche, así que decidió volver a llamar a su madre.

Todo seguía igual, en el mismo punto. Tenía el celular en las manos, lo movía de un lado a otro, y confundido, hizo lo único que podía hacer, volver a llamarlo. Apagado o fuera de cobertura, inténtelo más tarde, fue la respuesta que obtuvo. Colgó, se incorporó sobre la cabecera y se quedó inmóvil, con la mirada clavada en la blanca pared.

La noche había caído definitivamente, la habitación se hallaba en penumbra y unos débiles haces de luz, provenientes de una lámpara de la calle, se filtraban a través de la cortina transparente. David tenía la mente viciada por los malos pensamientos, obnubilada por la dura circunstancia. Se movió un poco y el teléfono cayó al suelo. Esto logró sobresaltarlo y sacudirlo de aquel letargo. Salió de la cama, abrió la puerta y vio que el pasillo estaba en penumbra, toda la casa se hallaba en penumbra, sus caseros aún no habían regresado. Se quedó un instante de pie junto al umbral, dubitativo, seducido por la tentación de marcharse, de partir hacia Almadía, pero se contuvo; sabía que lo único que podía hacer era esperar, tal y como se lo había pedido su madre. Cerró la puerta, encendió la luz, buscó el teléfono, fue a sentarse en su pequeño escritorio, junto a la ventana, y fijó la reminiscencia de la última vez que vio a Gabriel. Estaba débil y melancólico, el brillo de su mirada era como la llama de una vela adelgazada por el viento. Apenas era la sombra del hombre imponente, convincente y pertinaz que había sido en el pasado, capaz de aplastar la más dura de las circunstancias.

El relente gélido de la noche formaba diminutos cristales sobre la ventana, y el suspiro anticipado de una helada andina se coló por las rendijas de la habitación. Las horas habían pasado, pero David seguía despierto, atrapado en las intermitencias de su pensamiento, como en un carrusel que oscila entre el pesimismo y el consuelo, abajo y arriba y en círculo, una y otra vez sin descarrilarse. Cada hora miraba el reloj, tomaba el teléfono y volvía a llamarlo. La última vez que lo intentó fue a la seis de la mañana, antes de que una pesada somnolencia lo derrotara irremediablemente.

Y así pasaron los dos días siguientes, sumergidos en aquellos lodos inmovilistas de la soledad y el silencio. David se hallaba atrapado en un bucle perverso, llamaba a Gabriel con insistencia por si en un descuido de sus captores y de la desgracia, él le contestaba. Pero siempre se repetía la misma historia, el paroxismo del momento de la llamada, de los tres primeros tonos, y a continuación, la gélida voz corporativa, Apagado o fuera de cobertura, inténtelo más tarde. Tal vez esté vivo, no pierda la esperanza. Y la tercera noche, cuando el punto temporal de su detención se iba hundiendo irremediablemente en el pasado, fue consciente de que más allá de la posibilidad de escucharlo, subyacía una ilusión a la que se había ido aferrando sin proponérselo, y era que, con aquel procedimiento, de alguna manera, ataba a Gabriel a este mundo. Aquella señal invisible que conectaba los dos teléfonos, cuando lo llamaba, era el único hilo de esperanza que tenía.

A partir de ese momento, nada volvería a ser igual. El tiempo descarnaría las consecuencias inexorablemente e iría diseccionando el futuro, un futuro corrompido de antemano por aquella gangrena consuntiva a la que solían llamarle guerra. María, David e Isabela se encontraron al cuarto día. Él las esperaba junto a la puerta de entrada del edificio, donde estaba el apartamento de Gabriel. María descendió del taxi y detrás bajó la pequeña Isabela. David se acercó a su madre y quiso abrazarla, pero ella le correspondió con cierta dureza, y miró a Isabela. Frente a ella debían guardarse de las demostraciones demasiado fatalistas. Subieron al apartamento sin apenas dirigirse la palabra, abrieron la puerta por primera vez y la sala quedó expuesta ante sus ojos. Había un delgado silencio extendido sobre ella y el aire cálido de la existencia aún caracoleaba en el ambiente. Avanzaron hacia el interior a paso solemne, como si se sintieran influenciados por el misterio que encerraba aquel lugar en esa hora tan trágica, y lo contemplaron. Allí, Gabriel había pasado sus últimas horas de reposo. El olor a su colonia aún gravitaba, fresco e intenso, en las partículas del aire, todo lucía tal y como lo había dejado, poseído por esa inequívoca sensación de la temporalidad y del inconcluso regreso. En la mesa central de la sala descansaba la cubierta de un CD de los imperecederos boleros de Machín, en la pared principal, pendía el cuadro del barco luchando contra la mar embravecida, y en el equipo de música, un diminuto bombillo rojo que parpadeaba intermitentemente.

Atravesaron el salón y se dirigieron hacia la cocina. Una taza con restos de café se agazapaba en el fregadero. María se acercó y la tomó entre sus manos. Aún se veía el brillo húmedo de los posos en el fondo del recipiente, tal vez allí se encontraba dibujado el destino de Gabriel. La contempló durante unos instantes, y luego volvió a depositarla en el mismo lugar. Volvieron sobre sus pasos y subieron las escaleras. A mitad de ellas se encontraron, sobre la repisa de mampostería, el jarrón coronado con el ramo de rosas rozagantes que Gabriel contempló y olió antes de marcharse. Alcanzaron el pasillo y se dirigieron hasta la habitación principal, la puerta estaba abierta. Entraron y hallaron la cama a medio hacer. El primer cajón de la mesita de noche estaba entreabierto y, encima de él, la lámpara se había quedado encendida. David se acercó y la apagó. María escuchó el sonido del interruptor como un pequeño toque en su corazón y pensó que cada enmienda que le hacían a la disposición de las cosas, modificaba el estatus de Gabriel en este mundo, y una melancolía tímida se acurrucó en su interior. Detrás de ellos, la puerta entreabierta del armario dejaba ver su ropa, ella se acercó y la olió, y el aroma intenso de su fragancia reavivó sus recientes recuerdos, lo sintió con tanta fuerza, que fue como si Gabriel se hallara de cuerpo presente, y los ojos se le enlagunaron. David iba a decirle algo, pero de repente apareció Isabela y prefirió quedarse en silencio.

Salieron de allí, dejando a la niña entretenida entre las cosas de su padre, y continuaron la revisión de las otras dos habitaciones, pero al entrar en la última, María no pudo más y se dejó caer sobre una pequeña cama, y lloró frente a su hijo. Es como si estuviera aquí, dijo limpiándose las lágrimas, siento tan viva su presencia que no puedo creer que esta sea la casa de un muerto. David se acercó y le acarició la cabeza con suavidad, apretó los dientes, y con la voz conmocionada, le preguntó, Qué se sabe de él. Y sin levantar la cabeza, y con la mirada clavada en el guarda escobas de la pared, ella le contó todo lo que él, aún, ignoraba. El calvario de la búsqueda de los primeros días, la expedición a la Mata de Ají, y todos los rumores sobre su muerte. Se lo dije muchas veces, se lamentó, que no se metiera tan de lleno con los muchachos, pero no me hizo caso, y la última vez que hablamos, también le dije que no volviera, que las bandas lo iban a matar, pero era demasiado terco, y creía que ya tenía todo arreglado. Tal vez esté vivo, añadió con la voz decaída, quizás lo tengan detenido en alguna parte, quién sabe. David se mantenía en silencio, su madre había terminado ya y ahora tenía las manos posadas sobre sus faldas, agarradas la una a la otra, envuelta en un aire ingrávido, casi hierático. De pronto, levantó su mirada y se quedó viéndolo. Sus ojos lucían apagados, presos de la oscuridad y de una gran duda. Dónde está Gabriel, preguntó en un susurro raído, tiene que estar vivo, porque entre los muertos no lo he encontrado. David que, hasta ese momento, desconocía las tortuosas búsquedas en las que se había embarcado ella, pensó en su situación y le dijo, Mamá, no puede seguir así, yendo a comprobar cada vez que aparece un muerto, es muy peligroso. Ella agachó la mirada como si aceptara la verdad contenida en sus palabras, pero después de un instante añadió, Y qué es lo tengo que hacer, dejar que se pudra en una fosa común o que se lo coma galembo en cualquier playa del río. Ahora fue David quien inclinó la cabeza, sus palabras lapidarias lograron desarmarlo. Isabela no debe saber todo esto, añadió, debe pensar que su papá volverá pronto. Tomó su bolso, sacó una pequeña bolsa transparente y se la entregó. ¿Qué es esto?, preguntó David, intrigado. Una muestra de sangre, le respondió, la tomé del puente, donde me dijeron que lo habían matado, guárdela, hijo, hay que llevarla a la fiscalía, es la única prueba que tenemos. David observó la muestra con algo de resquemor y luego la miró a ella. Pese a su sufrimiento, tenía una fortaleza encomiable. Mamá, le dijo, ¿es que piensa volver a Almadía? Claro, respondió ella, Mi sitio está allí, además debo estar pendiente de cualquier noticia de él. David negó con la cabeza, Es muy peligroso, quédese aquí, en la ciudad, por lo menos un tiempo. No, dijo con rotundidad, tengo que regresar, y de ahora en adelante, y hasta que Gabriel aparezca, usted debe encargarse de su hermana. Se levantó de la cama, le entregó la muestra de sangre y salió de la habitación. David la recibió y la escrutó. Unos terrones manchados sobresalían de una servilleta, y como era inevitable, se preguntó, Será su sangre.

Al día siguiente, ella regresó a Almadía. No hubo poder humano que la hiciera cambiar de opinión. No se preocupe, hijo, le dijo antes de marcharse, yo no le debo nada a esa gente, no era a mí a quien buscaban. Pero David sabía que, en el fondo, lo único que ella quería era seguir la búsqueda desesperada de Gabriel.

Una nueva semana se abrió paso en aquel tiempo agrio. El retorno de su madre contrarió a David y lo dejó sumido en la preocupación. La noche después de su partida le fue imposible conciliar el sueño y varias veces se acercó a la pequeña bolsa y se puso a contemplarla. La tierra herrumbrosa yacía en su interior, le costaba creer que aquellos terrones carachosos estuvieran impregnados con la sangre de Gabriel y que en sus manos tuviera disecado el momento exacto en el cual lo habían asesinado. En aquel minúsculo memorial se hallaba registrado con sangre el destino de un hombre. Nuestra tierra está manchada de violencia, pensó, y la imagen de los últimos momentos de Gabriel se representó en su mente, no pudo reprimirlo, y vio su cuerpo en estado de indefensión, sus manos atadas a la espalda, su postura desvalida y humillada y sus ojos aterrorizados clamando misericordia, y deseó con todas sus fuerzas, y sin comprender todavía muy bien la extensión de la palabra desaparición, que esa sangre no fuera la de él.

A la mañana siguiente salió muy temprano del apartamento; antes, había metido la bolsa con la muestra de sangre en su mochila. Isabela todavía dormía en la habitación principal. Su situación escolar no estaba resuelta y David quería entrevistarse con el director de un Liceo para pedirle que la aceptara. Tomó un taxi y se dirigió hacia allí. En el colegio se entrevistó con el director, y minutos después, abandonó el lugar. Aún no eran las ocho de la mañana, el tránsito en las calles del centro era escaso y muy pocos comercios estaban abiertos. Su intención era ir hasta su casa, que se hallaba relativamente cerca, cambiarse de ropa y luego dirigirse a la Fiscalía. Caminó dos cuadras, giró hacia la derecha y alcanzó la plazuela de la iglesia de San Agustín. Avanzaba desprevenido, inmerso en sus pensamientos.

5

Esa mañana, el aspecto de David era desaliñado y cargaba sobre sus espaldas su pesada mochila roja. No se había dado cuenta, pero mientras atravesaba ese lugar, desde una pequeña estación, unos ojos vigilantes se clavaban sobre él. Era un policía quien lo observaba atentamente. Y en cuanto vio que traspasó el límite de su garita, salió de prisa y le gritó, Oiga, usted, oiga, es con usted, o es que no me oye. David escuchó sus palabras, pero no se detuvo, dio unos pasos hacia delante como si nada y, de soslayo, vio cómo se le acercaba. Jamás, jamás en todos los días de su vida había sido detenido o cacheado, infinidad de veces había transitado por esa misma calle y nunca le había sucedido nada. Justo hoy, se lamentó, y recordó que la noche anterior el nuevo presidente y sus flamantes ministros, reunidos en el palacio de Gobierno, habían declarado el estado de conmoción interior. Maldita sea, exclamó, y tuvo la tentación de echar a correr, pero no le dio tiempo, porque el policía se abalanzó sobre él. Al siguiente pestañeo ya no era libre, y un brazo lo agarraba con brusquedad. Intentó sacudirse, en un impulso desesperado por liberarse, pero solo consiguió que aquella llave inmovilizadora lo aprisionara más fuerte. Camina, le dijo su cazador, y sintió cómo una rodilla lo empujó.

Lo llevó hasta la garita, y al entrar al habitáculo, lo lanzó contra una esquina. Aturdido y algo agitado, después de un instante David intentó incorporarse. Se hallaba confuso, tenía la extraña sensación de ver todo enrojecido y a unas pavesas muy brillantes revoloteando a su alrededor. Se frotó los ojos con suavidad y, poco a poco, la imagen del uniformado fue formándose ante él. Lo observaba con frialdad y desde una superioridad que manifestaba tiranía. Qué hacías por aquí a estas horas, le inquirió. Nada, iba para mi casa, respondió él con la voz aún conmocionada. La mirada de su verdugo era dura, inquisidora, unas grandes ojeras marcaban los contornos de sus ojos, acentuaban la hosquedad de su expresión. Y dónde está tu casa, le interrogó. David hizo una pausa, intentando reacomodar la coherencia de sus pensamientos, pero su mente seguía turbada. Inquieto, el policía insistió, Te he preguntado que dónde vives. En el barrio de San Andrés, dijo, al fin, David, forzando su garganta. Era evidente que era una respuesta a medias o una mala respuesta. El uniformado se volvió de espaldas, echó una ojeada periférica hacia calle y caminó hasta el fondo de la habitación. David levantó la mirada para seguir sus movimientos, y lo encontró parado frente a él, en el extremo opuesto. Se hallaba con los brazos cruzados, envuelto en un semblante sombrío y pétreo. Su aspecto resultaba hostil y desagradable. Tenía el tronco redondo y las piernas cortas, su pelo era mullido y recortado, su rostro cetrino y oscuro, y su uniforme, color verde oliva, le daba un aspecto de muñeco de trapo mal hecho. Desde esa distancia parecía un hombrecillo vermiforme. Vos no serás de los bandidos que anoche llenaron de panfletos los patios del batallón, preguntó de forma inesperada. Hubo unos instantes de incómodo silencio. No sé de qué me habla, agente, le respondió David estupefacto, consciente de lo tendenciosa que resultaba la pregunta. El policía dio unos pasos en dirección hacia él, levantó su barriga arrogante, esculcó en sus ojos la verdad que esperaba encontrar, y, con mucha malicia, aseveró, Yo sé que sos uno de los delincuentes que buscamos desde anoche. David inclinó la cabeza de nuevo y se quedó callado. El silencio suele ser el mejor escudo contra la provocación, máxime cuando se quiere repeler al enemigo. Libreta militar y cédula de ciudadanía, dijo entonces. David sacó de uno de sus bolsillos la cartera y le mostró los documentos. El policía, sin mediar palabra, le arrebató todo lo que tenía en las manos y se dirigió hacia el escritorio. Así que te llamas David y sos universitario, dijo con desprecio, mientras esculcaba el contenido de la billetera, aposentado en un sillón. Acabo de egresar, precisó David. Y de la pública, desdeñó, y tomó su radio y pidió que comprobaran sus antecedentes.

A partir de allí hubo un silencio condenatorio. La mirada incisiva del policía no hacía más que confirmárselo. Él era culpable, aunque no supiera exactamente de qué. Y así, los minutos trascurrieron pesadamente, sujetos a los firmes grilletes de los condenados.

Un rato después, la voz de una mujer habló por radio, y dijo, Está limpio. Algo decepcionado, el policía se levantó del escritorio y se le acercó. David contuvo la respiración, lo miró a los ojos y pensó en los tirantes rojos que envolvían sus hombros y sostenían la mochila. Y como si haberlo hecho hubiera producido el efecto atrayente de la duda, la sospecha y la desgracia, el agente dirigió su mirada hacia ellos y, con una sonrisa burlona, de las que expresan el gozo por la espera y el padecimiento lento de los otros, dijo, La mochila. David no dijo nada ni tampoco hizo movimiento alguno, mas su cuerpo expresaba el exiguo deseo de acceder a la solicitud de su verdugo. Dentro, en su interior reverberaba un inequívoco pensamiento, estaba perdido. La mochila, repitió el agente con aspereza. Sí, sin lugar a dudas estaba perdido. Giró su cabeza hacia la puerta, buscando huir, aunque fuera de manera etérea, y, fugazmente, vio su libertad escabullirse por una de las calles. Bailaba liviana entre los edificios republicanos que rodeaban aquella plazuela, ligera elevaba su cuerpo mientras giraba en el vacío y se impulsaba hasta las nubes más altas de aquel cielo aún enrojecido, casi púrpura, turbado ante unos ojos que, quizás, ya nunca más volverían a verlo azul, diáfano y cristalino. Casi al tiempo, y sin compasión, el policía le arrancó la mochila de la espalda, y la expresión de David dejó ver con claridad el futuro. Recibió la sacudida resignado, sabedor de que, a esas alturas, lo importante, lo verdaderamente importante, estaba por venir. Vamos a ver lo que llevas aquí, remarcó su inquisidor mientras volvía hacia el escritorio. Los labios de David se mantuvieron sellados, pero su pensamiento sí habló, y dijo, Todo.

Uno a uno el policía sacó los objetos que encontró dentro de la mochila. David lo contemplaba con la cara de quien ha visto de antemano las consecuencias de sus errores. Un pantalón camuflado, una cartuchera, un cinturón militar, cinco fotos sospechosas, un carrete de fotografías sin revelar, una caja de balas. Aquí el policía se detuvo y se volvió a mirarlo. El triunfo se agarraba más que nunca a su rostro, como si fuera una garrapata. Meció la caja de balas en el aire y dijo, Solo con esto vas derechito a la cárcel, y sonrió. Se le veía reafirmado, convencido de que quien tenía delante era un delincuente, el insurgente que había creído reconocer en David nada más verlo pasar por delante de su garita de vigilancia. Está claro, afirmó, vos sos uno de los que estuviste anoche repartiendo panfletos de la guerrilla. Volvió a introducir la mano en uno de los bolsillos interiores de la mochila y sacó una pequeña bolsa, era el último objeto que le quedaba por descubrir; la observó con curiosidad, y cuando comprendió de lo que se trataba, sus ojos brillaron y murmuró, Manchas secas de sangre. Se desprendió de la bolsa, dejándola sobre el escritorio, dio unos pasos aproximándose a David, y con la voz llena de inquina, más bien de un rencor malvado, instruido, mecanizado, le dijo, Desnúdate. David lo miró sin entender muy bien su reacción y vio que el rostro del policía se había transfigurado, y de repente, tenía la mirada colérica. Por qué, objetó. Desnúdate, no tengo todo el día, impuso. Una morbosidad despótica, apenas resistible, encendió los ojos del uniformado mientras él se desvestía. A continuación se paró junto a él y lo miró de arriba abajo. Esto le hizo sentirse incómodo y cubrió la desnudez más íntima de su cuerpo con sus manos. Date media vuelta y empínate, le ordenó, ahora colócate de cuclillas, eso es, levántate y quédate así, sin moverte. Se dio media vuelta, dirigiéndose al escritorio, sin añadir nada más, y se sentó frente a él.

Un aire gélido se arrastraba, inclemente, sobre el suelo de la garita, y los minutos se enfriaban junto a su cuerpo expuesto y desnudo. Ahora, el uniformado se había levantado y hablaba distraído por la radio. Daba el parte de la detención a uno de sus superiores. David sentía los pies engarrotados, y su piel tiritaba de frío. Muy cerca de él se hallaba su ropa, tirada en el suelo. Dio unos pasos casi imperceptibles, desobedeciendo las órdenes que había recibido minutos antes, y se aproximó a ella. Se agachó y se puso los calzoncillos, cogió los pantalones e iba a empezar a ponérselos cuando escuchó el débil sonido de su teléfono celular. Apenas se oía como un murmullo, tal vez como una vibración monocorde. Dudó en contestar, pues no quería enfurecer más a su verdugo, pero también sabía que esa era la única oportunidad que tenía para que alguien supiera dónde estaba. Dirigió su mirada hacia el policía, y al ver que se hallaba entretenido, deslizó con rapidez su mano en el interior del bolsillo, sacó el teléfono y contestó. David, dijo una voz suave y delgada, la más dulce de todas. Isabela, le contestó él reconociéndola, escúcheme, dígale a Efraín Renoz que estoy detenido en la estación de Policía de San Agustín, que se venga ya para acá. Eso fue lo único que pudo decirle, porque a continuación el policía le arrancó el teléfono del oído. Fue un manotazo contundente y definitivo. Descompuesto y afectado por su descuido, el uniformado cogió el aparato y lo arrojó sobre el escritorio. En este punto, David temió lo peor y creyó que sus represalias serían las peores. Pero se equivocaba, el policía se volvió hacia él, con una actitud fría, le arrebató los pantalones y lo llevó hacia un rincón, alejado del resto de su ropa. Quédate aquí y no te muevas, le dijo, y se dirigió hacia la puerta de la entrada sin añadir palabra. Permaneció así el resto del tiempo, tal vez pensativo, quizás achantado, tan solo lo vigilaba en absoluto silencio. Sabía que había cometido un fallo imperdonable.

Más tarde, entró en la garita otro uniformado. Era joven y venía impecablemente vestido, tenía un aspecto ufano y sus facciones eran delicadas y juveniles. Buenos días, Cabo Florencio, dijo con firmeza, y dirigió una mirada fugaz hacia David, y añadió, Qué es lo que tenemos. A este muchacho y su cargamento, respondió el cabo, y señaló los objetos que estaban esparcidos sobre la mesa. El teniente se acercó y observó la pequeña bolsa de tierra, luego sacó una de las balas de la caja y le examinó el casquillo. Se volvió hacia David, y viéndolo en calzoncillos, preguntó, Por qué está el detenido *viringo*. El cabo se movió algo nervioso, titubeó, y, con una voz macilenta, salvó, Para requisarlo, mi teniente. Visiblemente insatisfecho con la respuesta y algo contrariado, frunció el ceño y, dirigiéndose a David, dijo, Vístase.

Luego, se acercó y le preguntó, Cómo te llamas. David, contestó él. Desde un extremo el cabo le extendió la cédula de ciudadanía, la libreta militar y el carné de la universidad. ¿Tiene antecedentes?, requirió el superior. No, mi teniente, está limpio. Así que eres estudiante de la Universidad, dijo con una condescendencia contenida. Acabo de egresar, respondió. Y adónde ibas esta mañana. A mi casa, dijo. A tu casa, repitió el teniente, Y dónde vives. En el barrio de San Andrés, respondió él. Al escucharlo, el uniformado levantó la cabeza, entornó los ojos como si reparara en algo, y velozmente dijo, Cerca. Pero ese *cerca* sonó sagaz, interesado. Ah, bueno, añadió de manera intempestiva, nosotros te acompañamos. Ante semejante propuesta, David se quedó en silencio, esculcando la expresión del teniente y del cabo alternativamente, y en ambos encontró sus rostros expectantes, con la particularidad que el primero lucía serio, aséptico, pero el segundo dejaba traslucir cierta malicia. No te preocupes, precisó el teniente con amabilidad, iremos contigo y practicaremos un registro rutinario, y si todo está bien, te ayudaremos a salir de esta; incluso, hasta podrás quedarte en tu casa, tan solo necesitamos que autorices el registro. David lo miró, y consciente de la delicada situación en la que se hallaba, ejecutó un gesto afirmativo, casi imperceptible, pero suficiente para el teniente que, al captarlo, ordenó, Cabo, redacte la autorización.

Minutos más tarde, el cabo Florencio, sentado en el escritorio, peleaba por arrancarle el documento a una vieja máquina de escribir. Y con cada tecla que se estrellaba lentamente contra el papel, los segundos se consumían sin remedio. Muy próximo, su superior le reclamaba celeridad con la mirada. Ahora, gracias a su buena voluntad, David se hallaba parado cerca de la puerta, respirando el aire fresco de la calle. En todo este tiempo, no había dejado de pensar en Isabela. Habría podido comunicarse con Efraín, y si era así, por qué tardaba tanto.

Fuera de la garita, el bullicio se desperezaba poco a poco, y las notas coloridas de la cotidianidad empezaban a fluir alegremente. La calle se había agitado, los comercios ya estaban abiertos y la gente se movía de un lugar a otro. La mañana olía a almojábana y café recién hecho. Todo el contorno circulaba libre ante los ojos pensativos y preocupados de aquel joven desgraciado, detenido.

Al fin, y después de tortuosos minutos, el cabo terminó de escribir el documento y se lo entregó al teniente. Ya era hora, dijo este con amarga ironía. Cogió el papel, lo leyó por encima y se lo extendió. David lo tomó entre sus manos y lo leyó despacio. Firma, añadió sin más. Y el cabo Florencio le pasó un bolígrafo. Él lo recibió, y aunque estuviera presionado por los dos policías, por sus miradas, por sus gestos, por el peso de sus uniformes y las consecuencias de sus propios actos, se acercó al escritorio, apoyó el papel sobre la superficie, aproximó la punta del bolígrafo encima de la palabra firma, oteó de derecha a izquierda, como si esperase un acontecimiento repentino, algo que evitara lo que iba a pasar a continuación y.

Firmas o qué, irrumpió una voz amenazante. Y con la mano temblorosa, pero convencido de su destino, de lo que tenía que hacer, pero sobre todo de los valiosos segundos que ganaba con cada gesto, y dejó caer el bolígrafo encima del papel. No firmo, exhaló en un suspiro, y sintió como las piernas se le aflojaron. ¿Qué?, preguntó una voz desconcertada y furiosa. No, no firmo, ratificó.

Desinflado, burlado, y más aún, desengañado de su propio invento, el teniente frunció el ceño, sus ojos se tornaron sanguinolentos y, ya sin el más mínimo rastro de su máscara de poli bueno, bufó rabioso, sediento de represalias, Cabo, póngale las esposas y apriéteselas como contempla la nueva ley de excepción para los terroristas. Como ordene, mi teniente, contestó el subalterno, y sacó un juego de esposas que llevaba enganchadas al cinturón y se lanzó contra él. Le dio media vuelta, lo aprisionó contra la ventana, torció sus brazos sobre la espalda y lo esposó. David sintió el cierre metálico de las esposas clavársele sobre la piel, y un dolor agudo le hincó los colmillos sobre las muñecas, y fue tan fuerte que, en uno de los embates, creyó perder el conocimiento. Después, el cabo lo puso frente al teniente y se alejó. No quieres por la buena, espetó este, no importa, no hay afán, tengo todo el día para pasearme con vos. Cogió el papel de la autorización fallida, lo rompió y la tiró al suelo. Se levantó de la silla y se le aproximó. La llave, cabo, ordenó, y volvió a ponerlo contra la pared. Y cada nuevo giro dado a la cerradura de las esposas parecía desgarrarle la piel, los huesos de sus muñecas crujieron y un corrientazo agudo y doloroso recorrió su cuerpo de extremo a extremo. No más, clamó David vencido, no más. Quién sos vos, piltrafa, para exigir nada, esputó el teniente, aquí mando yo, y le golpeó las manos con desprecio. David apretó sus dientes, encogió su rostro y deseó que todo acabara. Así no tendrás ganas de volarte, añadió, Tampoco duele tanto, ah, ya te acostumbraras. Pero él ni siquiera quería moverse, porque cada movimiento, por minúsculo que fuera, acentuaba su padecimiento. En seguida, el teniente lo tomó por el brazo con aspereza, lo puso junto al escritorio y se sentó frente a él. Su cara estaba poseída por una rabia profunda, sustancial, rabia bestializada, despojada del más mínimo rasgo de caridad, y su mirada encolerizada, inquisidora, le preguntaba, Qué escondes en tu casa. Atemorizado y exhausto, David clavó la cabeza en el suelo e intentó mitigar las punzadas de su sufrimiento pensando en cualquier otra cosa, pero una desazón interior se apoderó de su alma, y desanimado, no pudo evitar ver la oscuridad del presente y del futuro. Definitivamente, Efraín no alcanzaría a llegar.

Perdón, mi teniente, dijo el cabo después de unos instantes, ¿quiere que levante el acta? No, corrigió dirigiéndose a David, de este terrorista me encargo yo. El cabo, que sabía el significado preciso de aquellas palabras, hizo un ademán de contradecirlo, pero una mirada fulminante aplacó su tímida oposición. A continuación el teniente se levantó, lo atenazó por un brazo y le dijo, Vámonos, y lo condujo hacia la puerta. Al escucharlo, una nueva tortura, incluso mayor que la anterior, renació en el pensamiento de David, dirigió su mirada hacia la calle y vio una furgoneta estacionada frente a la garita, y, consiente de la gravedad de su situación, pensó lo peor. Pobre Mamá, se dijo con crudeza, en menos de una semana le va a tocar cargar con otro desaparecido.

6

Al día siguiente de su regreso a Almadía, y sin haberse cumplido una semana de la desaparición de Gabriel, María recibió la llamada de Isabela. Mamá, han detenido a David, le dijo sin rodeos. Aquellas palabras fueron un trallazo, y se sintió presa de una confusión monumental, de una burla universal y de una conspiración mayúscula. La escoba de palma de iraca, con la que barría la casa en ese momento, cayó al suelo, su mano temblorosa no tuvo la fuerza suficiente para sostenerla, y las piezas del rompecabezas mental que intentaba armar, desde hacía unos días, quedaron rotas y esparcidas en el suelo con este nuevo golpe. Y a merced de la confusión preguntó a su hija, Cómo fue, Dónde ocurrió, Dónde está él. Pero a casi ninguna de sus preguntas obtuvo respuesta. Colgó el teléfono, hundida en un ensueño mayor del que ya se encontraba, corrió a su habitación, se cambió con las primeras prendas que encontró en el armario, miró el reloj que colgaba en lo alto de la pared y vio que eran apenas las nueve, se agachó, sacó una pequeña maleta de debajo de la cama, echó todo cuanto pudo para un viaje de urgencia, la cerró con las manos temblorosas y abandonó la casa muy a prisa, sin importarle que las puertas quedaran abiertas.

Salió a la carretera, que pasaba frente a la casa, y descendió por la avenida principal de Almadía en dirección al río. A esa hora no había un alma en la calle y el sol entraba sereno por las puertas de las casas. Era un día de entresemana y la mayoría de los hombres estarían en los campos y los niños en la escuela. El pueblo hubiera parecido deshabitado si de las edificaciones no hubieran salido los ruidos y los olores suculentos de las cocinas. El cucharón que se cae al suelo, la tapa imprudente que se resiste a la olla, los murmullos de las cocineras, las carcajadas repentinas de sus confidentes, el olor sabroso del sancocho de plátano, el chillido de la trémula pitadora y el aroma vaporoso de los frijoles con garra. María los distinguió todos y alcanzó a pensar en la tranquilidad con la que, aún, allí se vivía. La modestia de Almadía había sido siempre su mejor aliada para guardarla de la presencia permanente de los grupos de la guerra. Liviana de ambiciones estratégicas, había sorteado aquellas décadas de control guerrillero y de confrontación. Entonces sintió la tristeza venírsele encima, un escalofrío le recorrió el cuerpo y un hormigueo le bajó del corazón a las manos, y se sintió muy mareada. Miró para los lados, y como si se tratara de una ilusión, vio a las casas alejarse hasta convertirse en miniaturas, la calle le pareció más angosta, el suelo palideció como si se hubiera desteñido, y al fondo, el río se apagó entre luctuosos tornasoles. Se llevó las manos a los ojos y se palpó la frente. Es la presión, pensó, y se detuvo en medio de la avenida. También podría tratarse de una premonición del futuro próximo, pero ella lo asumió simplemente como una alteración de su cuerpo, como si su existencia estuviera aislada de su medio; como si cuando las tierras enferman no enfermaran sus moradores, o como cuando las criaturas padecen no terminaran por contagiar su sufrimiento a la tierra en la que habitan. Intentó pisar fuerte, anclarse al suelo, pero al hacerlo, se tambaleó, volvió a mirar a los alrededores por si encontraba alguien que la auxiliara, pero no vio a nadie. Cerró los ojos, tomó el aire tibio de esa hora, se acercó como pudo a la casa de don Simón y, sosteniéndose en las paredes, caminó despacio, sin dejar de vigilar sus pasos.

Y cuando llegó a la casa de su hermana Naín, que estaba cerca del río, se encontraba menos agitada, pero se advertía pálida y un sudor frío le bañaba el pecho. Volvió la vista hacia atrás y encontró la casa de don Simón. Estaba ahí, cerca, apenas a unos metros, y sin embargo tenía la sensación de haber atravesado un desierto. El pueblo también seguía ahí, cercano lucía igual de imperturbable y solitario.

Naín, Naín, gritó desde el corredor exterior. Su voz salió ahogada, pero su grito llevaba inscrito el pedido de auxilio. Qué fue, contestó alguien desde dentro, con ese ahorro del lenguaje que quería decir, qué fue lo que pasó, pero de una forma perentoria. Detuvieron a David, respondió ella cuando la vio salir de la cocina. Y se encontraron en el centro salón, y María se echó en sus brazos. Naín le correspondió, y ambas lloraron en silencio. Tantos años juntas, tantas penas compartidas, la vida ya era un largo recorrido, y los abrazos mutuos siempre habían aligerado sus pesadas cargas. Cómo pasó, preguntó Naín intrigada, limpiándose las lágrimas. No sé bien todavía, contestó ella, lo acaban de detener y tengo que irme ahora mismo, solo vengo a encargarte la casa, mira, te traigo las llaves. Las sacó del bolsillo de su pantalón, se las puso en la mano y añadió, En nadie más puedo confiar, hermana, volveré tan pronto como pueda. Naín tomó el manojo de llaves, lo apretó en su mano y agachó la mirada.

Un instante después salieron de la casa. Detrás de ellas, no muy lejos, desde la orilla del río, venía un hombre anciano. María lo vio aproximarse, avanzaba despacio, no solo porque fuera viejo o estuviera casi ciego, sino porque le había dado por contar los pasos que gastaba cuando iba de un lugar a otro. Un par de niños, de los que hacen novillos en la escuela, con los torsos desnudos, requemados por el sol, en pantalón corto y descalzos, lo seguían, y él con su bastón de berraquillo los espantaba y les lanzaba insultos rimbombantes. La rabia sacaba de la memoria gastada del anciano su mejor repertorio, y eso lo sabían los niños que aprendían de él una larga lista de palabrotas compuestas. Gamines *robahuevos*, haraganes *saltatapias*, entéleridos lombricientos, tullidos *rabisecos*, en fin.

A María le hubiera gustado despedirse de Sócrates, que así se llamaba el anciano y que era un viejo amigo, pero caminaba demasiado lento y ella no disponía de tiempo para detenerse. Adiós, Sócrates, le gritó desde donde estaba. Él reconoció su voz y la buscó entre las sombras precarias que veía. Adiós niña, contestó mientras levantaba su nariz para oler su aroma aún gravitante. Pobre don Sócrates, dijo María volviéndose hacia su hermana, y ahora quién va a darle de comer al pobre viejo.

Luego entró a la habitación, cogió el dinero que escondía en un cajón del armario, era todo el líquido del que disponía, apartó unos cuantos billetes, lo justo para solventarse el viaje, y los puso en su bolso. El resto lo enrolló y lo guardó en el interior de uno de sus zapatos. En la carretera, nunca se sabe, los atracos iban en aumento día a día. Después fue hasta la cama, tomó la maleta, echó un último vistazo y de nuevo un escalofrío le recorrió el cuerpo. La soledad de la habitación era sobrecogedora y amarga. La voz de Naín la sobresaltó. Viene el carro, María, le gritó desde la calle. Y ella sintió el rugido de un motor aproximándose. Ya no hay más tiempo, murmuró, sin saber muy bien el verdadero peso de sus palabras, y salió.

Al atravesar la puerta de la calle, vio que el vehículo de pasajeros, un Nissan campero, descendía la cuesta. Naín estaba al borde de la carretera y tenía la mano levantada. El vehículo se detuvo y María le preguntó al conductor, Lleva puesto. Sí, le respondió él, adónde va. Hasta El Cruce, dijo ella, y se volvió a buscar a Naín, Bueno, me voy, le dijo sin poder ocultar su nostalgia. Ninguna de las dos sabía lo que sucedería a partir de allí, ni qué acontecimientos ocurrirían en sus vidas después de ese día, pero el tono con que María pronunció esas palabras almizcló el ambiente de tristeza. Cuídeme bien la casa, solo en usted puedo confiar, le volvió a repetir mientras le entregaba la maleta al conductor para que la depositara en la parrilla del vehículo. No te preocupes, hermana, respondió Naín sin poder controlar el temblor de sus mejillas. No llores, hermana, la consoló. Pero ella, también, tenía un nudo en la garganta. El conductor, ajeno a las intimidades y sinsabores de las dos mujeres, interrumpió la escena bruscamente y dijo, Nos vamos. Y María subió al vehículo.

Sócrates apareció en ese momento, venía acompañado de sus inseparables tábanos. Al escuchar el sonido del motor y las voces, se detuvo al filo de la carretera. María lo vio desde el vehículo y se acordó de que se aproximaba la hora del almuerzo y que seguramente vendría por su plato de comida. En ese momento, el anciano levantó el bastón al aire con ímpetu para librarse de los niños, y estos se apartaron. Consciente de la partida de su amiga, de nuevo el viejo Sócrates levantó el bastón, pero esta vez lo hizo con cortesía, en señal de despedida. Naín alzó también su mano y la movió entre sollozos. El vehículo arrancó y María sintió que aquel nudo se le agarraba aún más a la garganta. La última imagen que vio de Almadía fue difusa y polvorienta; el viejo Sócrates, su hermana Naín y los dos niños estaban en ella.

El viaje fue odioso. María tenía el sabor amargo del que se va y no sabe por cuánto tiempo. Afuera, el ambiente resultaba indiferente, rutinario. El sol brillaba imponente en lo alto del cielo y las bandadas de torcazas, plantadas sobre la carretera, volaban hacia los árboles en cuanto advertían el ruido del vehículo. Un aire tibio entraba por la ventanilla, y el paisaje se veía más rutilante que nunca. La carretera se desplegaba sinuosa y agreste, casi siempre discurría junto al curso del río. Al coronar una colina María vio un cañaduzal de Cañabrava en la otra orilla. Sus palos se erguían, arqueaban y entremezclaban tejiendo polimórficas formas, había cierto aire misterioso entre aquellos ramales meneados por el viento. Cerró los ojos para librarse de la morriña que la invadía y tuvo la sensación de volar como en sus sueños de niña. Entonces subió por encima del tiempo de la injusticia y vio el valle libre del deplorable estado en el que lo iba sumiendo la violencia. Y desde allí pudo volver a oler el paraíso extinguido de su infancia, y olía a manga viche con sal y a la guayabilla de los montes, y luego saboreó la dulzura de las guanábanas y la acides melífera de las piñuelas, y la boca se le hizo agua. Más arriba, contempló las vegas del río sembradas de maíz y de sandía, pero no de coca, vio los potreros sombreados de cañafistoles y samanes, y a las plácidas vacas descansar al amparo de sus enormes ramas. Desde los balcones naturales de la cordillera observó el río explayado en trenzas y meandros, rodeado de cerros y montañas azules, y se acordó de que alguien, un día, le contó que en un tiempo muy lejano, durante el pestañeo del cuaternario inferior, hubo allí un lago de proporciones descomunales. Y abrió los ojos, y aún vio los caseríos con aires de palenque y a la inocencia y a la malicia inocentona sembradas en la tierra. Todo iba quedando atrás, pero todo volvería algún día. La existencia se nutre de los bellos recuerdos y se envenena con las sales de la memoria, para qué regodearse en el mal pasado si no se quiere estar muerto, si no se quiere tener un arma arrojadiza contra uno mismo o contra los otros. No, María no quería traer los malos recuerdos, porque entre otras, ellos vendrían sin que nadie los llamara.

Al llegar a El Cruce, descendió del vehículo, recibió la maleta de manos del conductor, pagó el viaje y se dirigió a la orilla de la carretera Panamericana, a esperar a que pasara el bus que la llevaría hasta la ciudad.

El Cruce era un pueblo de paso obligado y todos los días parecían iguales. Siempre el mismo barullo y el mismo caos, la gente bullendo de un lado a otro sin parar. Un grupo de mujeres con platones en la cabeza vendían bolsas de yuca y carne frita. Carne, carne, carne, entonaban en coro. En medio de ellas, un hombre ofrecía sus bolsas de chicharrón frito a quinientos pesos la unidad. Barato, barato, se desgañitaba para hacer frente a sus musicales competidoras. Más arriba y más abajo, varios jóvenes de extremidades zancudas y en chancletas, cargados con neveras de corcho blanco, ofrecían *sandis* congelados y también bolsas de agua fría. La competencia era bestial y cada vehículo que se detenía era atosigado por un enjambre de vendedores ambulantes de todas las razas y colores. En una esquina, un hombre rechoncho y con cara redonda, de pocos amigos, vendía jugos y *raspaos* en un carro de toldo y *rodachines*. Los más populares eran los *raspaos* de hielo, sirope rojo, pulpa de maracuyá y lulo, jugo de limón y leche condensada por encima. En el techo del carro había un letrero llamativo que rezaba: *Jugos El Paisa.*

Pese a ser la hora del almuerzo, María no tenía hambre, ni tampoco sed. Sin embargo, un niño se le acercó y le ofreció una bolsa de agua fría. Cómpremela, señora, imploró, hoy no he vendido ninguna. María lo miró y negó con la cabeza. El pilluelo tenía una falsa expresión de lástima fijada en el rostro, pero, aun así, logró conmoverla. Cuánto vale, le preguntó al fin. Doscientos pesos, le respondió él. Y sus ojos brillaron al recibir las monedas. Gracias, Señora, dijo, y se alejó. Iba contento y su alegría era simple. Qué lejos de ella se encontraba la alegría en este momento.

El sol lanzaba sus rayos inmisericordes contra aquella tierra, el pavimento de la carretera Central flameaba en el horizonte, en El Cruce, la Panamericana, también, era su calle principal y los vehículos se cruzaban unos con otros en la vía. María los veía pasar de norte a sur y de sur a norte en un movimiento monótono, adormilante. Por fin, su bus asomó por el norte, salió de la curva embalado y se precipitó sobre la recta. María levantó la mano con antelación para que la viera. El bus se detuvo unos metros después y sus puertas se abrieron. Ella corrió a alcanzarlo y subió tan rápido como pudo.

Atrás iba quedando El Cruce, y mientras avanzaba por el pasillo, en búsqueda de un lugar para sentarse, aquel pueblo de carretera se hacía diminuto ante sus ojos. Ella no sabía cuánto tiempo duraría este viaje, su firme intención era regresar esa misma semana, pero tenía malos presentimientos, y rogó al cielo, El destino no puede golpearnos de esta manera, necesitamos un poco de misericordia.

Tercera parte
La tierra

1

Pero cuando David creyó que ya no había vuelta atrás y que la mala suerte se cebaba con él, apareció por el flanco izquierdo Efraín Renoz. Llegó en el último segundo, justo cuando el teniente y David se disponían a cruzar el umbral de la puerta de la garita. Buenos días, dijo con firmeza, obstaculizándoles la salida, Soy Efraín Renoz, el abogado del detenido. Y señaló a David con la mirada. ¿Quién?, preguntó el teniente, desconcertado. Efraín Renoz, el abogado del detenido, repitió sosteniendo el tono de su voz. Desde donde estaba, el teniente se volvió a mirar al cabo Florencio en busca de alguna explicación, pero este encogió los hombros para dejar claro que él tampoco sabía lo que sucedía y que desconocía la razón por la cual aquel hombre había aparecido de improviso, diciendo, además, que era el abogado de un detenido que no figuraba como tal en ningún sitio. Usted no puede ser abogado de nadie, respondió el teniente balanceándose entre la brusquedad y la amargura, y se quedó atascado en el argumento. Lo soy, introdujo Efraín Renoz, y percatándose de que el teniente estaba a punto de llevarse a David, añadió, Y quiero saber a qué dependencia policial lo traslada. En ese momento, todos los planes que el teniente tuviera para su detenido debieron irse al traste, quizás, si se hubiera ahorrado los minutos en los que estuvo regodeándose en su perversidad, habría alcanzado a salir antes de que el abogado llegara, pero él qué sabía, su subalterno nunca le dijo nada, ni le diría, de la llamada que contestó David bajo su custodia. Sin saber cómo, y de manera inmediata, ahora tendría que enmarcar a David en los mínimos de la legalidad. Así que, aunque buscara una explicación para lo que sucedía ante sus ojos, ya no tenía tiempo. Dónde más, contestó envalentonado, donde van a parar todos los delincuentes de esta ciudad, a la perrera, búsquelo allí más tarde si quiere. Retrocedió unos pasos hacia el interior de la garita, dejando a David a un lado, contiguo a la puerta, se acercó al cabo Florencio y empezó a hablarle en voz baja. Mientras tanto, Efraín se aproximó a David y le preguntó, Cómo estás. Tengo miedo, le confesó él en un apagado susurro, tanto que pareció decírselo con los ojos. No te preocupes, le contestó él del mismo modo, ya todos saben dónde estás. Los dos conocían perfectamente el efecto consolador de aquella frase, pero evidentemente fue a David a quien le produjo alivio. Es más, la sola presencia de Efraín servía para aplacar las inclementes aflicciones que, unos minutos antes, habían llegado a poseerle.

✶ ✶ ✶

Le dije que lo busque en la perrera más tarde, voceó el uniformado cuando los vio cuchichear el uno tan cerca del otro. De acuerdo, teniente, respondió Efraín, e hizo una pausa. Niño, complementó él, teniente Niño, y señaló su identificación. Gracias, teniente Niño, resaltó Efraín Renoz, y se dirigió a

David: no te preocupes, en un rato nos vemos. Cabo Florencio, levante el acta de detención, ordenó. Y por primera vez, desde que estaba allí, lo trataron como a un detenido legal, en apariencia sin juegos escondidos ni segundas intenciones.

David no sabía cuánto tiempo había pasado, pero le pareció una eternidad, y pensó que, aunque Efraín hubiera aparecido en el último momento, aquel era un calvario que apenas empezaba a padecer. Le resultaba increíble creer que hubiera perdido su libertad de una forma tan extraña y que su vida hubiera dado un vuelco semejante, era cierto que ya vivía en la desgracia, pero esa mañana, al salir del apartamento, aún gozaba de lo más preciado de un hombre, su libertad.

Durante el interrogatorio preliminar, contestó como creyó conveniente a todas las cuestiones que le formuló el cabo Florencio, y fue aquí donde por fin le formularon las dos preguntas cardinales que debieron hacerle desde el principio, que de quién eran los objetos que llevaba en la mochila y por qué estaban en su poder. Tal vez así se habría evitado el enredo del asunto y hubiera resultado más fácil encontrar el sentido causal de las cosas, pero como quedó comprobado antes, ni al cabo Florencio ni al teniente Niño les interesaba ambular por ese camino expedito. Quién sabe, la paranoia generalizada de aquel tiempo, las ansias de obtener los premios y las recompensas prometidas desde arriba con cada nueva detención, los deseos irrefrenables de sorprender al enemigo o la necesidad de hallarlo en cualquier parte pudieron con todo lo demás. En esos instantes, David pensaba en la muestra de sangre, la única prueba que podría resolver la desaparición de Gabriel y que ahora estaba en manos de la policía, y temió que desapareciera. Y en su reflexión, halló conexiones entre los dos acontecimientos, la prueba de un asesinato en su poder y su detención inesperada. Las casualidades no existen, se dijo, y creció en él una desconfianza terrible sobre el futuro de la muestra durante la cadena de custodia.

David respondió al interrogatorio con su verdad, y en esencia, dijo que todos los objetos pertenecían a Gabriel, su padre desaparecido, que las balas eran de un arma legal, que la tierra manchada de sangre había sido recogida en un lugar donde supuestamente habían matado a alguien y que tenía el objeto de saber si correspondía con la sangre de él, que todo lo que cargaba en la mochila lo llevaba a la Fiscalía y que, en el momento de la detención, se dirigía hacia allí. Al terminar el reporte, los uniformados se miraron entre ellos, pero se vio que pensaron cosas distintas. El cabo Florencio agachó la cabeza y clavó sus ojos sobre el teclado de la máquina de escribir, y pareció querer desentenderse del asunto. En cambio, el teniente Niño mantuvo su postura altiva y a leguas se pudo ver su contumacia. No todo ha terminado, parecía decir, sé que escondes algo más. Cogió las cinco fotos y el carrete de fotografías, los metió en el bolsillo de su chaqueta y dijo taxativo: que lo lleven a mi dependencia. Como ordene, mi teniente, contestó el cabo cuadrándose ante él. Pero antes de marcharse, se volvió hacia David, lo miró con malevolencia y añadió, eso sí, que lo lleven a pie, por la pasarela.

Más tarde, dos agentes llegaron a la estación, y el cabo, que permaneció en silencio desde que su superior abandonó la garita, al verlos entrar, señaló al detenido y dijo con indiferencia, Es este, llévenselo. Uno de los agente se puso delante y el otro lo empujó. Camina, le ordenó.

A esa hora, el centro de la ciudad era un hervidero, y a plena luz del día David caminaba esposado y con la cabeza gacha, un policía delante y el otro detrás. Descendieron por una de las calles principales y luego atravesaron la plaza central, toda una pasarela colmada de público. Era cierto que él no se consideraba un delincuente, pero bajo aquellas circunstancias, le resultaba difícil no sentirse como tal, y habría apostado lo que fuera a que el teniente había escuchado la frase que le dijo Efraín y que solo quiso retorcerla para burlarse, Si todo el mundo ya sabe dónde estás, pues que todo el mundo te vea. El traslado se le hizo largo, pero después de tres cuadras, al final de una calle, un tanto solitaria, lo introdujeron dentro de una vieja casa. Por su fachada, parecía ser una vivienda particular, mas cuando entró, pudo constatar que detrás de esa apariencia doméstica, en realidad se escondía un complejo policial.

Los agentes lo condujeron por un largo corredor hasta un amplio patio central. A su alrededor, distribuida en dos plantas, gravitaban todas las dependencias. El teniente Niño los esperaba al final, junto a unas rusticas escaleras de madera. Qué hacemos con el detenido, mi teniente, dijo uno de los policías al encontrarse frente a él. Déjenlo aquí, yo me encargo, respondió, lo agarró por el brazo y lo condujo por unas escaleras abajo.

Pronto se hallaron en un lugar en tinieblas. David apenas si veía lo que tenía delante, pero sentía la mano del teniente sostenerlo con firmeza, conducirlo a través de lo que parecía ser un angosto pasillo. Unos metros más adelante, lo introdujo en una habitación penumbrosa. Una luz insignificante se filtraba por una diminuta claraboya, que parecía más bien un precario respiradero. El lugar era lóbrego y muy húmedo, el suelo estaba mojado y unos pequeños charcos brillaban en la oscuridad. Aquel habitáculo parecía agitado y revuelto, y su atmosfera resultaba pesada, atormentada e irrespirable. Evidentemente se hallaba en los tétricos bajos de una mazmorra policial.

Después de unos segundos, una claridad derruida fue posándose sobre el relieve de un objeto localizado en una esquina. Se trataba de un barril rebosante de un líquido brillante. David lo observó aterrado y pensó lo peor. Quiso librarse de las esposas y echar a correr, pero sus muñecas estranguladas y sus dedos tumefactos lo devolvieron a la realidad. No tenía escapatoria.

El teniente Niño lo mirada desde la entrada, sus ojos brillaban como los charcos de aquel suelo oscuro. Permaneció unos instantes quieto, pero luego se le acercó. David estaba perplejo, no sabía lo que iba a ocurrir y temblaba como un niño, era un niño ante semejante realidad. Maldita realidad que arrancaba la inocencia de los hombres. En seguida, la sombra inmensa del teniente se le vino encima y lo dio un fuerte empujón, él se fue de espaldas, intentando no perder el equilibrio, y chocó contra la pared. Sus manos y sus muñecas fueron las primeras en recibir el contundente golpe. El teniente lo sujetó por el jersey y comenzó a zangolotearlo y a insultarlo, y sus propios improperios le servían para envalentonarse y alimentar su rabia. Habla, solo distinguía David que le decía enardecido, Habla y mil veces habla. El dolor de sus muñecas iba en aumento y sentía que se extendía desordenadamente por todo su cuerpo. No sé nada, gritó al fin, más como un clamor. De súbito, el teniente se quedó callado y su sombra dejó de agitarlo también. David creyó que su ruego había logrado conmoverlo y que lo dejaría es paz, pero su verdugo lo volvió a buscar en la oscuridad, estrujó sus hombros con más fuerza aún, como si aplastara una blanda barra de pan, y lo atrajo hacia él. David alcanzó a ver su mirada torva fulminarlo. Levantó su mano derecha y la dejó caer con todas la fuerzas sobre su mejilla. Habla revoluco *hijueputa*, escupió. David cayó al suelo aturdido y conmocionado. Su verdugo volvió a levantar el brazo, e iba a descargarlo contra su cabeza, cuando una voz repentina gritó desde la puerta, Déjelo, teniente. Este se giró para ver quién era y se detuvo. La sombra de un hombre se aproximó hacia él y le dijo algo al oído. Agitado, el teniente bajó los brazos, apretó sus manos frustradas, mordió sus labios para no objetar nada, se dio media vuelta y salió de la celda.

David se hallaba tirado en el suelo sin apenas poder moverse, pero al verlo desaparecer, y sin saber quién acaba de entrar, se sintió salvado. El hombre se movió hacia él y le ayudó a incorporarse. Cada movimiento, por minúsculo que fuera, suponía una tortura sobre sus muñecas y sus manos, y un quejido adolorido emitió al levantarse. Venga conmigo, joven, le dijo, y lo sacó del lugar.

Salieron de nuevo al mismo patio y David sintió como si volviera a la vida, de la oscuridad y la incertidumbre a la luz y a la libertad, una sensación fresca recorrió su cuerpo, fue contradictorio, porque el peso apabullante de la dificultad y de las esposas seguía allí, larvando su mente, lacerando su piel. El hombre que lo había guardado de la paliza permanecía a su lado. Vestía de civil y tenía una mirada de embaucador profesional. Al verlo a la luz del día, y sin que aún le hubiera dicho nada, David desconfió de él, y le asaltó un pensamiento, y ese pensamiento era que, independientemente de su gesto de humanidad, nadie hacía nada gratis en este mundo, y menos en un mundo como aquel.

El hombre permitió que David apreciara la claridad del día durante unos minutos, que palpara la verdadera diferencia entre la luz y las tinieblas, que valorara esa cara de la moneda tan volátil y escurridiza, pero al cabo de unos instantes lo condujo hacia la planta superior del edificio. En la primera planta, avanzaron unos pasos por un corredor y luego lo acercó a una barandilla y le dijo, Joven, debe colaborar con nosotros, es el mejor camino. Y sus palabras sonaron caritativas y pedagógicas. David levantó la cabeza al cielo. La benevolencia del aíre aliviaba su mejilla adolorida. El hombre lo miró, y añadió, Le conviene. Él no le contestó nada aún, ya sabía que se trataba de un agente de la inteligencia. La propuesta que tenemos es simple, continuó él, confiese que el material que porta en la mochila pertenece a los guerrilleros y que usted es uno de sus colaboradores. Posó la mano sobre su hombro y sus dedos le dieron un apretón amable y condescendiente, y añadió, Si usted declara como yo le digo, le irá mejor, me comprometo a ayudarle, su principal delito es grave, porte ilegal de armas, en medio del estado de excepción, de la cárcel no lo libra nadie y la pena será de ocho a diez años, y dígame, para qué enredar su vida de esa manera, existiendo salidas más sencillas, si colabora con nosotros la pena será menor, a lo sumo dos años. David lo escuchaba sin mirarlo, ahora tenía los ojos clavados en el patio. Dos policías uniformados lo atravesaban en ese momento, y se dirigían hacia la salida, la libertad es tan natural que no importan los uniformes, las ataduras y las rémoras, aparece en cualquier movimiento, él deseaba caminar hacia la puerta y olvidar todo ese asunto absurdo y rocambolesco, solo posible en una sociedad como aquella, presa de la histeria. Diez, ocho o dos años en la cárcel, qué más da, le parecía increíble lo que aquel hombre le proponía. Se volvió hacia el agente y con una expresión afectada en el rostro, agradeció la sinceridad de sus palabras, y más aún, que lo hubiera salvado de las garras del teniente Niño. Sin embargo, en su interior, se sentía angustiado, en su imaginación veía la cárcel repleta de hombres desesperanzados y hacinados, de celdas angostas y cochambrosas, de escudillas vacías a la hora de repartir la comida y de patios llenos de excrementos, la peor cara de la miseria y la perversión humana, y tuvo miedo, y se vio tentado a aceptar la propuesta. Agachó la cabeza y negó una vez más, Es que los objetos de la mochila no son míos y yo no soy un colaborador de la guerrilla. Joven piénseselo, insistió, Le doy unos minutos más, pero tiene que contestarme algo pronto, déjeme decirle que le irá mejor si colabora, le conviene. Dos años, reflexionó David en voz alta. Dos años, volvió a repetir, como si comenzara a aceptarlo. Sí, reforzó el hombre, incluso, menos, dieciocho meses, en persona me comprometo a ayudarle. David cavilaba.

La propuesta de aquel hombre había empezado a calar en su pensamiento, ya que sabía que el porte ilegal de armas era un delito grave, pero cómo depositar su confianza en alguien a quien apenas conocía, cómo poner su esperanza de pronta libertad en la simple palabra de un hombre cuando había escuchado tantas veces despotricar de la palabra. Las palabras se las lleva el viento, la palabra no vale nada, los hombres se aprovechan de la palabra para cometer sus infidelidades.

En las baldosas amarillas se dibujaban arabescos y flores alargadas, el trajín diario de la casa las había desgastado y muchas parecían estar sueltas. Nada en esta casa encajaba del todo. En ese instante, un corrientazo inefable de dolor le recorrió las muñecas y le recordó los engaños que había vivido en las últimas horas. Emitió un quejido involuntario, casi mudo, y le pidió al agente que le aflojara las esposas. El hombre lo miró con una indisimulable expresión de malicia prendida en el rostro, y le contestó, Si colabora, claro, y todo su chantaje quedó resumido, liberado y al descubierto en aquella escueta frase. Sus palabras tenían el mismo regusto que las del teniente Niño habían tenido en el pretérito. En el fondo, no había diferencias entre ellos. David volvió su mirada hacia él y le confirmó lo que ya le había dicho antes, Nada de lo que hay en la mochila es mío, y de ningún guerrillero, si dijera otra cosa le mentiría. El hombre recibió su respuesta sin siquiera parpadear y no realizó ningún gesto adicional, parecía que hubiera estado preparado para asumir aquella determinación. Lo tomó por el brazo, con el mismo temple con el que lo había ayudado a levantarse del suelo de la celda, y lo dirigió hacia una habitación.

Antes de entrar, sacó una de las fotografías que el teniente Niño había guardado en el bolsillo al de salir de la estación, y mostrándosela, le preguntó, Quiénes son estas dos mujeres. David las miró, iban armadas y uniformadas y estaban en medio de un campamento. No lo sé, le respondió, nunca las he visto antes. Sin insistir, el hombre volvió a guardarla en un bolsillo y abrió la puerta.

Aquí se lo traigo, dijo al entrar, y acercó a David a un escritorio. El teniente Niño se hallaba apoltronado detrás. De nuevo David tendría que enfrentarse a él. Gracias, respondió este, siéntelo aquí. En seguida el hombre le hizo un gesto, y los dos salieron de la habitación.

Detrás de David, un policía escribía, absorto, sobre un computador. La luz del exterior atravesaba una cortina de gasa que cubría la ventana. Debía ser cerca del mediodía. Sobre la mesa del teniente había un portarretratos con la fotografía de dos pequeños rozagantes y sonrientes. Debían ser sus hijos. Hasta en el peor de los verdugos tiene que haber algo de amor y de ternura.

El teniente Niño regresó unos minutos más tarde. Entró solo y en silencio. Al ver que el otro hombre no lo acompañaba, David sintió una sensación fugaz de desamparo. Bueno, bueno, ironizó mientras se sentaba, parece que sos conocido en la ciudad, hay mucha gente preguntándote. Le extendió de nuevo la fotografía de antes e interrogó, *Conocés* a estas mujeres o no. No, respondió David taxativo, no sé quiénes son. Pues ahora están metidas en un problema, expuso él, las has metido en un gran lío, también hemos mandado a revelar el rollo de fotografías, pronto sabremos qué contiene. Retiró la imagen y la guardó en un cajón de su escritorio. Sonreía, pero su sonrisa se veía forzada. Era evidente que se sentía frustrado, tenía la obligación de enviarlo al calabozo y no podía dilatar por más tiempo el curso ordinario del proceso, y ya daba igual que tuviera fijada la idea de que su detenido ocultaba algo en su domicilio, ahora ya era demasiado tarde para intentar averiguarlo, todas las alertas estaban dadas. Además, las gestiones de Efraín Renoz lo presionaban desde afuera, representaban el cortafuego preciso para apagar las pasiones y los planes que hubiera tenido para David. Una especie de alerta temprana y efectiva, una salvación a tiempo, de las que se agradecen toda la vida.

Mira, le dijo un rato después extendiéndole una hoja escrita para que él la viera, Los policías de la república somos gente decente y de ley, he escrito lo que vos nos has dicho, ni más ni menos, y este es el informe que voy a enviar a la Fiscalía, para que no digas que te hemos tratado mal, entendido. David alargó el cuello para leerla, pero apenas pudo hacerlo, él retiró la hoja casi de inmediato. Durante esa fugacidad, intentó localizar las palabras bolsa, tierra, sangre, o algo por el estilo, pero se quedó con la duda, no pudo verlas.

Apenas unos minutos después, el teniente ordenó su traslado a los calabozos, y David tuvo la sensación de que al final quería librarse de él lo más rápido posible, como si se hubiera convertido en una pesada carga.

2

Adentro, dijo el guardia, y abrió la pesada puerta de acero del calabozo. David la atravesó en silencio, los peores temores se agitaban dentro de él y una desazón interna empezaba a dominarlo. Paso a paso se convertía en un reo, poco a poco esa realidad envolvía su presente, y lo que es peor, se apoderaba de su futuro. Estaba horrorizado, se hundía sin remedio.

Al entrar, lo primero que vio fue un pasillo angosto a cielo abierto, y a muchos presos apeñuscados a los lados, conversaban animados entre ellos al calor de unos escuálidos rayos de sol. Al percatarse de su presencia, todas las miradas se dirigieron hacia él. David inclinó la cabeza. Tenía los dedos de las manos engarrotados y la piel alrededor de sus muñecas guardaba fresco el recuerdo desgarrador de las esposas. Llavería, gritó el guardia. Voy, mi cabo, contestó un hombre abriéndose paso desde el fondo del pasillo. Los demás presos lo empujaban hacia delante, lo insultaban y se reían. Llavería, lleve al recluso a la celda siete, ordenó el policía. Pero mi cabo, rezongo el hombre, en la siete no cabemos más. Menos quejarse y haga lo que le dijo, desdeñó el policía. El Llavería frunció el ceño, miró al recién llegado a disgustó, y de mala gana, dijo, Sígueme. Mientras atravesaban el angosto corredor, algunos presos rechiflaban al Llavería y otros le daban la bienvenida a David. Al pasar por su lado, algunos lo miraban con desconfianza y otros intentaban socializar con él y le preguntaban, Por qué estás aquí.

Silencio en el gallinero o no entra el almuerzo, gritó el policía antes de cerrar la puerta. David escuchó el portazo y su corazón latió más fuerte. Los presos se callaron durante unos segundos, pero de inmediato se levantó un murmullo que pronto se convirtió en un voceo continúo e incansable. El Llavería lo condujo hasta el final del pasillo. Una pared sólida, enmugrecida y angosta marcaba el final de aquel pequeño calabozo. La celda número siete era la última de todas. El Llavería se detuvo, señaló con el dedo a mano derecha y dijo, Es esta. La puerta estaba abierta y había dos presos apostado fuera. Los hombres lo miraron con cierta animosidad, y uno de ellos sentenció, Aquí no cabemos más. Es lo que hay, impuso el Llavería. David miró hacia el interior del habitáculo y lo advirtió estrecho. Su guía le dio un toque en la espalda, instándolo a seguir. Pero antes de entrar, David ojeó la parte superior del calabozo y vio que dos edificios altos lo constreñían. Un enrejado de grueso y tupido acero lo cubría. Debajo, en aquel pasadizo deprimente, era donde se levantaban las dos hileras de celdas, separadas por el angosto pasillo. Aquel lugar de detención intermedia era la orla de las angustias entre la calle y la cárcel definitiva, entre la libertad y el encierro, entre la esperanza y el desaliento. En ese instante, una nube gruesa cubría el cielo y la luz llegaba nostálgica al duro suelo de cemento. No podía escapar a su destino, aquellos barrotes del techo lo enjaulaban definitivamente, se había convertido en un presidiario.

La celda era minúscula e inhumana, tenía el suelo deslucido y maculado de costras y de inefables suciedades. Las paredes y el techo mostraban la temporalidad y la desidia. En ellas se grababan los pesares y los dolores de quién sabe cuántas generaciones de presuntos y de delincuentes. Definitivamente, la designación de ese lugar como perrera parecía demasiado benigna.

En el interior de la celda había tres hombres jóvenes abandonados en el suelo. Acomódate donde puedas, le dijo el Llavería, y a continuación advirtió, Aunque aquí cada uno tiene su sitio y hoy somos trece, catorce con vos. Catorce, murmuró David incapaz de entender cómo podían dormir catorce hombres en aquel minúsculo lugar. La hora del almuerzo, gritó una voz desde el pasillo, todo el personal a las celdas. El Llavería salió de la número siete y se dirigió hacia la puerta de entrada. David no sabía dónde situarse, seguramente cada centímetro de esa pocilga pertenecía a alguien y él era el último de todos, qué trozo podía corresponderle. Finalmente se puso en un lado, cerca de la puerta, y esperó.

Los otros presos empezaron a entrar, y mientras cada uno ocupaba su sitio, discutían entre ellos por la invasión repentina de pies, manos y codos en sus respectivos predios. Por ahora, él estaba a salvo, su humanidad aún no estorbaba a nadie. Es el nuevo, escuchaba que cuchicheaban unos a otros y sentía sus miradas escrutarlo. Afuera, en el pasillo, los gritos no dejaban de sucederse, el ajetreo a esa hora era máximo y los nervios se sentían a flor de piel. El Llavería era el blanco preferido de todos los presos. No cesaban de llamarlo, de pedirle que apresurara el reparto de las comidas, de los cigarrillos, de las mantas y demás envíos que les hacían llegar los familiares desde afuera.

La perrera es una mierda, *llave*, le habló uno de los presos que se puso a su lado, aquí no hay nada, ni tan siquiera mantas, tampoco te dan comida, y si no tienes parientes que te la traigan, pues te mueres de hambre, y usted, *llave*, tiene quién le traiga la comida. No, respondió David después de unos instantes de pensarlo, ignoto del funcionamiento del calabozo. Pues grave, *llave*, dijo el hombre, pero algún familiar tendrás, no. Sí, dijo David y pensó amargamente en María, pero no sabe que estoy aquí. Uy, grave, repitió, y guardó silencio.

El hedor se alborotaba conforme la celda se llenaba de humanidad. Un rato después, trece hombres se apeñuscaron como pudieron en aquel cuchitril, pero uno permanecía de pie: era David. El último en entrar fue un hombre corpulento, venía metido en un amplía ruana que lo hacía ver más grande aún y no podía estarse quieto. *Hijueputas,* gritaba mientras entraba y salía de la celda, nos tratan como animales, no ven que no cabemos más, *tombos malparidos*, aquí quisiera verlos durmiendo entre la mierda y apretados como pollos. Cállate, negro, gritó el Llavería desde el pasillo, que nos van a suspender la entrada de la comida. A mí qué me importa, sapo *hijueputa*, rezongó desde la celda, a mí no me trae nadie la comida.

Es un pordiosero muy peligroso, *llave*, lo llaman Buenagarra, le dijo al oído el mismo preso que le había hablado antes. David dirigió su mirada hacia él y lo encontró muy cerca, erguido, aleteando sus largas manos en el pasillo. Era una criatura de dos metros de altura, fuerte y con un rostro impredecible, iba descalzo e intimidaba con solo verlo. Y este quién es, preguntó Buenagarra descubriéndolo. El nuevo, respondió uno de los presos. El gigante se quedó quieto y lo escrutó de arriba abajo. Luego clavó sus ojos sobre los de David, como si quisiera penetrar en el fondo de su alma, o a lo mejor en su miedo, y le preguntó, por qué estás aquí. Porte ilegal de armas, respondió David sin rodeos y con voz firme. Antes había pensado que en la perrera el delito del que se lo acusaba serviría, tal vez, para protegerlo. Y efectivamente, el hombre se inclinó hacia atrás en un aspaviento y fue a sentarse a su rincón. Muévete indio, le dijo a uno de los presos. Este encogió las piernas y Buenagarra dejó caer su humanidad sobre el suelo. A continuación, se produjo un silencio expectante. Porte ilegal de armas, repitió Buenagarra como si se hablara a sí mismo, Eso son ocho años de cárcel, Y de quién eran las armas, de los *compas* o de las bandas, preguntó, dando por hecho que solo podían pertenecer a uno de los dos grupos ilegales del país. David no contestó. Que de quién eran las armas, insistió. De nadie, respondió al fin. En ese momento, el Llavería irrumpió con las primeras viandas del almuerzo y la algarabía aplazó el interrogatorio.

El olor a sancocho y a arroz blanco se mezcló con el hedor de la celda y unos flujos de aromas densos se rebulleron en el ambiente. David sintió náuseas. Su último deseo era comer. Llavería, dijo Buenagarra al verlo aparecer, te voy a dar una tunda si no les dices a los tombos esos de la entrada que aquí no cabemos más, que no somos animales para que nos amontonen. Está bien, accedió él con un tono de paciencia, yo se lo digo. David tenía inclinada la cabeza, los demás presos comían con avidez, y Buenagarra aprovechó para sacar una escudilla vacía de un rincón y pedir una parte de sus comidas a los demás presos de la celda. Échame aquí mi parte, hermano, les decía. Al final de la ronda, un mazacote informe sobresalía de ella. Buenagarra fue a sentarse a su rincón, sacó una cuchara mugrienta, la limpió en su ruana, revolvió aquella masa y empezó a engullirla.

El Llavería regresaba con intermitencia a la celda, se echaba a la boca dos cucharadas de una sopa de fideos muy espesa y de mal aspecto, y luego salía de nuevo. Buenagarra comía con ansias, no dejaba de hablar y de quejarse, se había puesto de buen humor y reía a carcajadas por cualquier cosa, sobre todo de los insultos que le dedicaba al Llavería cada vez que se le ponía a tiro. El hombre por su parte, los soportaba con estoica paciencia, aquel aguante iba con su cargo de enlace y portavoz entre los presos y la policía.

De pronto, Buenagarra gritó, Muertos de hambre, es que nadie va a ofrecerle algo al estudiante, y en seguida limpió en la ruana la cuchara con la cual comía y le ofreció a David el resto de comida que le quedaba en su escudilla. Toma, estudiante, le dijo en un tono fraternal y sonrió. Y dos colmillos renegridos, sus únicos dientes, asomaron en su boca. No es la mejor comida del mundo, añadió, pero aquí no dejamos morir a nadie de hambre. David lo miró con una mezcla de temor y agradecimiento, de cerca sus facciones no parecían tan monstruosas, la esclerótica de sus ojos era amarillenta, pero sus pupilas guardaban cierta nobleza callejera, precisamente, esto fue lo que lo inclinó a negarse. Normal que no coma, exclamó poniéndose de pie. Adoptó una postura de sabiduría incuestionable y habló a los demás, La primera vez que uno entra aquí se le quita el hambre, la perrera es mucho peor que la cárcel, yo prefiero la cárcel. Se volvió hacia David y le dijo, No hay por qué preocuparse, estudiante, mañana volverás a tener hambre, y desde ahora, yo te protejo.

Sin embargo, la protección que le ofreció Buenagarra duró muy poco, porque antes del anochecer le llegó un llamado desde la entrada. Es a mí, gritó sonriente, y salió de la celda. Volvió un instante después y desde la puerta gritó, Me voy. A partir de allí, hizo tal alboroto que de las otras celdas no tardaron en llegar los insultos. Claro, él los contestaba desde su lado.

Unos minutos antes, durante su ausencia, uno de los presos contó que lo tenían detenido a causa de una sobredosis de bazuco, pero que no era nada extraño, lo podían detener varias veces al mes por la misma causa. Buenagarra era un asiduo de la perrera, quizás, incluso, mañana volvería. Y al despedirse, dijo desde la puerta, Que no me entere yo que le pasa algo al estudiante, y salió. Sus zancadas atravesaron el pasillo y su voz maldecía el encierro y las cárceles. Algunos presos aplaudían y otros rechiflaban.

El portazo de la puerta de la salida apagó las voces desaforadas, las risas y las burlas, y de nuevo el calabozo se sumió en el silencio. Había oscurecido, las celdas no tenían luz eléctrica y solo del pasillo llegaba la claridad precaria de una pequeña bombilla. En la perrera, las tinieblas llegaban temprano y los presos se acostaban con ellas. Llavería fue el último que entró a la número siete y detrás de él se cerró la puerta de hierro macizo sin un solo agujero. Dos policías pasaron los cerrojos y la aseguraron desde afuera, y trece almas quedaron atrapadas en ese cubículo miserable.

Un poco antes, David había rogado que sucediera algo de última hora que lo salvara de aquel encierro, o que, al menos, la puerta no se cerrara tan pronto. Y preso de la desesperación hizo algo que nunca debió hacer: detalló que la celda carecía de luz, que la puerta no tenía respiraderos, y calculó las horas que duraría el encierro nocturno. Fue terrible. Su imaginación se sumió en el peor de los escenarios, y pensó que esa noche prenderían fuego en el interior y que moriría lentamente, asfixiado por el humo y abrasado por las llamas.

Y ahora que el momento había llegado, no era capaz de soportarlo, se hallaba de pie boqueando el aire más libre y alto de la celda, preguntándose cómo serían las siguientes noches y si las resistiría, y después, cómo sería su vida en la cárcel. La cárcel es mejor, había declarado Buenagarra, ojalá, se consolaba avenido con la resignación. Pero puede haber alguien en el mundo que se acostumbre a un encierro, la cárcel es el peor castigo para un hombre, ese era el fin, qué podía esperar detrás unos los barrotes, Nada.

Un rato después, cuando aún el cansancio de su cuerpo libraba una batalla de brazos caídos contra su angustia, halló un rincón en la celda, se acostó de lado y su cuerpo quedó aprisionado entre una pared y otro preso. Era un joven que padecía un intenso dolor de cabeza y se quejaba continuamente. Me da unas punzadas que no puedo aguantarlo, dijo adolorido. Trata de no pensar en ello, le respondió David. Es que nadie quiere darme una puta pastilla, *llave*, y los *tombos* no me hacen caso, se quejó. Por momentos, aquel joven gemía y sus gritos desesperados retumbaban en las paredes de la celda, los otros presos le exigían que se callara. Cómo te llamas, le preguntó él en un intento por distraerlo. Julián, respondió. Y comenzaron a hablar. Sin preverlo, David logró distraerse y distraerlo, y en medio de su dolor, Julián le dio ánimos. Y por primera vez, desde que estaba enredado en aquel asunto, alguien le dijo que saldría rápido, y fue la segunda voz de aliento que tuvo. La amistad en la cárcel se traba en un abrir y cerrar de ojos.

Aquel joven, de su misma edad, era un ratero de poca monta, llevaba una existencia desgraciada y no era la primera vez que estaba en la perrera. La conversación duró largo rato, hasta que Julián se quedó dormido. Sin embargo, David permaneció despierto durante largo rato, y al quedarse solo, la sensación de angustia volvió a invadirlo de nuevo. Respiraba con dificultad, y por más que lo intentaba, no lograba oxigenar sus pulmones, era una sensación desesperante que lo obligaba a suspirar continuamente, y pronto empezó a sentir que el pecho le dolía. Las paredes se le venían encima y lo aprisionaban, el mismo Julián, que dormía a su lado, lo aprisionaba con su cuerpo y el olor ácido de su aliento lo asfixiaba. Quería respirar y no podía, quería salir, pero estaba emparedado, intentaba pensar en algo distinto, pero la oscuridad obcecaba su mente, lo sumergía en una ceguera claustrofóbica. Sudaba aunque hacía frío, arañaba las paredes aunque no quisiera, y sentía su cabeza grande y pesada. Al final optó por incorporarse de nuevo y tan solo así logró un poco de alivio. Sin embargo, otros temores, también, lo asaltaban en aquella oscuridad de miseria. Y recordaba una vieja película argentina que había visto alguna vez en la universidad, y pensaba que en cualquier momento podría venir el teniente Niño a llevárselo a sus tétricos sótanos policiales. En la opacidad de aquel encierro, se cogía la cara con sus manos y se lamentaba, pensaba en su madre una y otra vez, seguramente, ya sabría su situación y sufría por él.

Al fin, y después de luchar largo rato consigo mismo, logró traer una imagen dulce de su infancia. En ella, veía la silueta de María adentrándose en las aguas del manso río de su infancia, a la luz de una luna llena, y a sus cabellos largos e infinitos ondeando al viento. Una playa de pequeños caparazones plateados resplandecía en la otra orilla, y la noche parecía el día, solo que más nostálgica. Los árboles mecían sus ramas alrededor de ella, y ella entonaba una canción suavemente, *La luna se está peinando, en los espejos del río, y un toro la está mirando, entre la jara escondido.*

Dónde estará ahora, se preguntó, ni siquiera podrá dormir, llena de angustias, de penas, de tantos pesares juntos. Y una y otra vez evocó la imagen delicada de María adentrándose en las aguas del río, y lo hacía para librarse de las tinieblas del presente, pero sobre todo para mantener fija su esperanza en el futuro. El pasado también reconforta.

3

Al llegar a la ciudad, María se dirigió al lugar donde lo tenían detenido. Iba ansiosa, preocupada, con la firme intención de verlo. Se aproximó hasta una de las ventanas del calabozo, buscó en el interior y halló la oficina de fichaje. En ella había dos policías; uno de ellos se apoltronaba detrás de un viejo escritorio, rellenaba lo que parecían ser unos formularios, y el otro vigilaba cerca de una puerta. Sobre el testero principal, pendía solitario, un cuadro del nuevo presidente de la república, y un aire frío y sórdido emergía desde dentro. Buenas tardes, dijo María con la voz empañada, insegura. Qué quiere, le contestó el policía del escritorio. Vengo a ver a mi hijo, dijo ella con simplicidad. No se puede, señora, las visitas de familiares están prohibidas en este grado de reclusión, respondió él acercándose a la ventana. Pero cómo puede ser que no pueda verlo, insistió ella, cuándo si no, he venido desde muy lejos. A mí que me cuenta, señora, las reglas son las reglas, le respondió el agente, descarnadamente. O como si dijera más bien, las leyes no tienen alma, señora, son artículos indolentes en boca de hombres obedientes, y no ven ni madres ni hijos, son ciegas. Eso está muy bien, señor, volvió a insistir ella, pero sigo sin entenderlo, qué tipo de ley sería capaz de negarle a una madre ver a su propio hijo, esa petición no se le niega a nadie. Ancló sus manos a la reja de la ventana y, con los ojos húmedos, le imploró: por lo que más quiera, permítame verlo, aunque sea un momento, escuche el ruego de una madre. El uniformado la observó y, un tanto conmovido, le dijo, Entienda, señora, no puedo hacer nada, pero si quiere mandarle algo, yo se lo hago llegar. Al escuchar esas palabras, María comprendió que sería imposible verle ese día y que nada sacaría insistiendo. Soltó sus manos de los barrotes, y abrumada por las circunstancias se quedó allí, estática, pensativa. Ignoraba si le daban comida o si disponía de mantas para abrigarse. No sabía qué hacer exactamente, si retirarse vencida o permanecer al pie del calabozo toda la noche, todas las noches hasta que él saliera. Al final, el uniformado perdió la paciencia y, con un tono de ultimátum, le dijo, Señora no obstaculice el paso, circule, circule. Ella, resignada, se hizo a un lado y se recostó sobre la pared contigua.

Un instante después, escuchó que alguien pronunció su nombre y posó su mano sobre su hombro. Soy yo, doña María, Efraín Renoz, dijo un hombre. Efraín, exclamó ella, perdóneme no lo había reconocido, qué alegría encontrarlo. Apenas lo conocía, David se lo había presentado apenas unos días antes, y, gracias a su recomendación, se había convertido en su abogado. Cómo está usted, le preguntó él. No me dejan verlo, le respondió con amargura, Llevo aquí un rato, pero es imposible. Lo sé, dijo él compasivo, es el procedimiento, hasta que no preste declaración ante el fiscal no podrá ser. Cuándo podré verlo, preguntó. Efraín la miró con tristeza, quiso darle un abrazo, pero se contuvo, Haremos todo lo que esté en nuestras manos, la consoló en cambio. Y usted, Efraín, usted sí puede verlo, preguntó. La hora de visita de los abogados es por la mañana, le respondió él, pero no se preocupe, mañana a primera hora estaré aquí, quiere que le diga algo. Sí, dígale que su madre estará esperándolo en esta puerta cuando salga. Efraín esgrimió una sonrisa. Y por primera vez desde la desaparición de Gabriel, después de casi una semana de llanto, ella también sonrió. David necesita una manta gruesa, en la celda no hay nada, añadió él. Sí, corroboró ella, el policía me ha dicho que puede hacérsela llegar, me acompaña usted a comprarla. Efraín miró su reloj y le contestó, Claro que sí, aquí cerca hay un almacén de textiles.

Entraron en una tienda cercana, y María compró la manta más gruesa que encontró. La cárcel debe ser muy fría, reflexionó en voz alta, Y no quiero que se enferme. Efraín permanecía a su lado, era un hombre reservado y discreto, su aspecto era un poco lúgubre, pero delicado y juvenil, le daba cierto aire enigmático. A la salida, en un puesto callejero, compraron un par de manzanas verdes y un racimo de uvas rojas. Ojalá no se lo quede el policía, advirtió ella. Es muy probable, añadió él, pero bueno, así nos aseguramos que al menos le llegue la manta.

Durante el camino de vuelta, intercambiaron algunas palabras, existía una empatía natural entre ellos. Efraín le inspiraba confianza. Al llegar al calabozo, María vio que varias personas se hallaban agolpadas cerca de la ventana. Un nuevo policía vigilaba fuera. Hay mucho movimiento, le susurró ella. Seguramente han traído otro detenido, contestó él. Se acercaron hasta la reja, buscaron al policía con el que había hablado antes, le entregaron las cosas que habían comprado, y ella le repitió varias veces el nombre y apellido de su hijo. El uniformado le sonrió condescendientemente, recibió la encomienda y le dijo, No se preocupe, señora, yo me encargo. No parece el mismo, mencionó ella en voz baja, como usted está aquí, me trata de forma distinta. Efraín asintió y añadió, Mejor vámonos, aquí ya no podemos hacer nada más.

Salieron juntos hasta una avenida, y mientras caminaban, él le contó los pormenores de lo ocurrido, le dio las malas y las buenas noticias, le dijo que David podía llegar a pagar hasta ocho años de cárcel o ninguno, que su caso era como echar una moneda al aire. Lo único que cuenta, aunque no me lo crea, le aseguró, es que nos toque un fiscal benevolente, porque dependemos enteramente de su criterio, y de la suerte, de todas maneras la universidad está muy pendiente del caso. María lo escuchaba con atención, pero cuando mencionó a la universidad no supo muy bien lo que él quiso decirle. Ocho años, exclamó con amargura, obnubilada con la cifra, pobre, mi hijo, ojalá lo podamos sacar pronto de allí. Unos metros más adelante, se despidieron, y ella se dirigió a una iglesia cercana. Necesitaba pedir por la libertad de David.

Al día siguiente, y los días que siguieron, María fue a llevarle la comida a la perrera. Salía del apartamento bien temprano por la mañana con el desayuno, luego, a mediodía, volvía con el almuerzo, y antes de que anocheciera aparecía en las rejas de la perrera con la cena. Y no faltó ni un solo día a sus responsabilidades de madre.

Pero al llegar la séptima noche de su estancia en la ciudad, recibió una nueva llamada de Almadía. Era de Naín. Hermana, le dijo después de saludarla y de preguntarle por David, Tengo que darte una mala noticia, las bandas han llegado al pueblo, y desde esta mañana, andan como locos buscando las cosas de Gabriel, lo primero por lo que han preguntado es por su ganado, y después, también, lo hicieron por usted y la niña. Al escucharla, María entrevió el alcance que podían tenían aquellas palabras, y conforme Naín avanzaba en su relato, se iba dando cuenta de su verdadero significado. La guerra no admite fichas inocentes ni sus esperanzas inocentes, y ahora ella, también, estaba sentenciada. Se había salvado de milagro. La providencia es inescrutable, y de alguna manera, la detención de David la había sacado de Almadía antes de la llegada del grupo, en el momento justo. Y ahora qué hago, Naín, le dijo desesperada, mi casa, mis cosas, mi vida y mis negocios están allí. Esos hombres te andan buscando, le insistió Naín, quieren que les digas dónde está el ganado de Gabriel o si no. Pero si él no tenía nada, la cortó María. Ellos dicen que sí, replicó Naín, y que no pararan hasta encontrarlo, y vos sabes, la gente de por aquí es muy chismosa y terminará contándolo, lo mejor sería que lo entregues, quizás así, te dejen volver y no te hagan nada. María se quedó callada unos instantes, y pensó en el futuro, en el inmediato y en el lejano, y en sus hijos, y añadió resuelta, Solo tengo que pedirte una cosa, hermana. Qué, le preguntó ella. Que no abandones la casa, mantenla abierta y hazte cargo del negocio, duerme allí si es necesario. No te preocupes por eso, le respondió Naín sin contradecirla, consciente de su decisión irrevocable, yo me haré cargo de todo mientras que vuelves.

María colgó el teléfono. La luz de la escalera atenuaba la oscuridad de la sala. Tenía los pies helados. El frío de la noche en aquella ciudad le resultaba insoportable. Contempló el apartamento y lo sintió extraño, bordeado de la circunstancialidad. Llevaba unos cuantos días habitándolo, pero ni siquiera se había instalado, y en el interior de su pequeña maleta todavía estaba parte de su ropa. La llamada de Naín no solo le trajo malas noticias, sino que le constató la mala sensación que tuvo a lo largo de todo el viaje. Ahora sabía, aunque se negara, aún, a asumirlo del todo, que no podría regresar a Almadía, y que cuando contempló su habitación por última vez, sin saberlo, en realidad se despedía de ella.

Algunos haces de luz se filtraban a través de los velos de las cortinas y brindaban algo de claridad a la sala en penumbra. Esa noche, en especial, sentía el aire del apartamento denso, como si la falta de Gabriel empezara, ahora sí, a pesar sobre el ambiente. Se acercó a un sillón que estaba junto a la ventana y se dejó caer sobre él. Qué voy a hacer, se preguntó en voz alta, presa de la congoja. La idea de quedarse en la ciudad le atormentaba, le parecía inconcebible tener que radicarse en un lugar al que nunca pensó volver. El corto periodo de tiempo que había vivió allí, cuando era más joven, le había servido para saber cuál era su verdadero sitio en este mundo, y ese era Almadía. Pero ahora, era consciente de que si regresaba podrían matarla. Se sentía agotada físicamente, pero su corazón no dejaba de latir agitado y sus nervios la mantenían en un sigilo constante. Se incorporó, estiró su mano hacia el equipo de música, reguló el volumen y lo encendió. Los primeros sonidos derivados de los altavoces fueron los de unos violines. Se trataba de una ranchera. *Me voy por el camino de la noche, dejando que me alumbren las estrellas, me voy por el camino de la noche, porque las sombras son mis compañeras.* Gabriel debió escucharla en algún momento, pensó, y tuvo unos deseos intensos de ahogar sus penas aunque fuera en un concho de aguardiente, quizás así, resultaran menos duras. Ahora ya sabía que el destierro le había sido decretado y que tan solo le quedaba acatarlo, y aquella vigilia era, únicamente, un desvelo cruel en una larga noche de pesares. Era tiempo de mirar hacia delante, vivir aunque solo fuera para subsistir en nombre del futuro de sus hijos. La canción la llenó de nostalgia, pero fue el alimento que necesitaba para atenuar los ímpetus de la derrota, y mientras la escuchaba, se veía a sí misma caminando a la luz de las estrellas, siempre caminando, pese a que las sombras fueran sus amargas compañeras.

Afuera, el imponente volcán sostenía la ciudad entre sus brazos ceniciertos. Un fuego frío bajaba de las montañas y quemaba los labios y las orejas de los insomnes caminantes. Aquella noche, sus calles se descubrían nebulosas y las lámparas mortecinas apenas iluminaban sus suelos morroñosos. Nada es nítido ni tiene una iluminación perfecta. Discurría aún el verano, pero esta ciudad no era distinta casi en ninguna época del año, su existencia parecía condenada a un duro bloque de cemento.

En las calles, a esas horas, ya caminaba poca gente, y los que se enfrentaban al frío corrían raudos a buscar el final de su trayecto. El comercio del centro había palidecido y, como en todas las aglomeraciones urbanas, otros negocios despertaban al calor de las luces de artificio. Entonces la calle Diecinueve se abría al mundo taimada y morronga, antros y burdeles de mala muerte resucitaban ante los llamados disimulados de sus clientes. Aquí vale el disimulo igual que la decencia, uno y otro hacen buenas y recatadas gentes, y esta era una ciudad que, también, presumía de decencias.

En cualquier rincón penumbroso aguaitaban los ojos perseverantes de los hampones, y más abajo, en un parque muy popular, donde terminaban por alguna u otra razón todos los trasnochados y amantes de la noche, se localizaban los incontables puestos de perros calientes. Ricos y saturados perros calientes, embadurnados de las tres salsas por antonomasia, contrastados con cebolla frita, piña troceada y un chorrito de miel de abejas, y coronados con trozos crujientes de patatas fritas.

Eran las doce de la noche, el campanario de la reina catedral lo anunciaba con fuerza. En ese instante, los demás, el de Santiago, el de San Felipe, el de La Merced, el de San Agustín, y el de las otras veinte iglesias, se hallaban a buen recaudo. Vista así, a vuelo de pájaro, esta ciudad parecía una aglomeración urbana más de un país sin guerra: los mismos campanarios, los mismos templos, los mismos nombres y los mismos aires de santidad y devoción confesa. Bella y señorial, envuelta en el papel mágico de la sorpresa aparecía ante los ojos de Dios. Y sin embargo, detrás de toda esa cotidianidad noctámbula, de sus aires nocturnos y solapados, debajo de los gruesos abrigos de alegría amarillenta, se escondían los cuerpos descarnados de las violencias. Claro que era una ciudad de un país en guerra, así fuera esa guerra que nunca llegaba a reventar del todo. Y a aquella ciudad había ido ella a parar, sin tener ninguna certeza más allá que su propio destierro.

María salió de su estancamiento y se asomó a la ventana. La ciudad titilaba ajena a sus heridas de guerra, a su condición de viuda incierta, de mujer desterrada, de madre desolada, y de quién sabe cuántos más estigmas. El futuro no era más que un fantasma iluminado por la incertidumbre.

4

A la mañana siguiente, acurrucada en un escalón de la escalera, mendigando un triste rayo de sol, María esperaba a que se aniquilara el tiempo. La luz que se traslucía por el vitral del techo era una cascada melancólica de tristezas y del salón ascendía un aire helado como el de un sepulcro, y el choque sosegado de estas dos fuerzas propiciaba que una penumbra percudida manoseara su cuerpo desvalido. A esa hora temprana el apartamento de Gabriel se hundía en el silencio, y no existía nadie en el mundo que pudiera consolarla. Los dedos de sus manos y sus pies tiritaban, y su bata de dormir, una franela menuda, era incapaz de darle abrigo. Sus fuerzas la habían abandonado tan de repente como la abandonó Gabriel y no sentía ganas de moverse. Tenía la cara pálida e inescrutable y no era difícil saber lo que pensaba. De sus ojos escapaban lágrimas esporádicas, pero dentro, muy dentro de ella, sabía que su alma seguía anegada por el llanto. El mundo se hallaba inmóvil en ese momento, y su pensamiento viajaba como un cometa en el universo.

Abajo, el salón estaba oscuro, y el lugar continuaba pareciéndole extraño. Durante el tiempo que Gabriel vivió en la ciudad, ella apenas lo había visitado, y ahora se sentía fuera de lugar, como si estuviera en un espacio ajeno. A excepción de su recuerdo, que seguía presente en todos lados y era lo único que le resultaba familiar e íntimo, nada de lo que había allí lo sentía como suyo. En la madurez de su existencia, su vida se desplomaba ante sus ojos y no sabía cómo contener el colapso.

Cuándo terminaría de desovillarse su tragedia, dónde recabar las ganas de vivir y de continuar, dónde radicaba la esperanza y por qué la abandonaba en un momento tan aciago. Desde hacía unos días, por las mañanas, solía sentarse en aquel escalón a añorar el sol desvanecido de Almadía, y sus pensamientos siempre terminaban en la desaparición de Gabriel, la detención de David, la orfandad de Isabela y su propia desolación. Acababa por llorar. Se secó las lágrimas tortuosas de sus mejillas, se levantó y se dirigió hasta la habitación. Dios mío, dijo antes de entrar, ayúdanos a salir adelante.

Abrió la puerta y encontró a Isabela. Aún dormía. Era una niña y ya los dolores y las amarguras del mundo emponzoñaban su alma. Apenas tenía historia que contar, y sin embargo, la regurgitada historia ya la había maldecido. Caminó hasta la cama, se sentó a su lado y dejó que sus dedos se deslizaran entre sus cabellos. Uno a uno estiraba los tirabuzones perfilados de su hija, y con una suavidad conmovedora, desenredó su cabellera dormida. Quería que despertara, pero que lo hiciera sin sobresaltos, que se despertara, pero con la delicadeza de la caricia materna, sin la brusquedad y la dura realidad apabullándola. Tal vez en el futuro, ella no se acordaría de este momento, pero hoy quería que, al despertar, lo primero que viera fuera a su madre. Hija mía, le dijo en una caricia, levántese, tenemos que irnos. La niña abrió los ojos tan rápido que hubiera parecido que estaba despierta. Ya lo sé, mamá, le respondió con solemnidad, y la esclerótica de porcelana de sus ojos y sus pupilas de miel de abejas la hipnotizaron. Vamos, mamá, añadió poniéndose en pie, David nos espera.

Más tarde, las dos se detuvieron frente al calabozo. El día de la indagatoria ante el fiscal había llegado, ese día se definía la suerte de David, como dijera el heterodoxo Efraín. Durante los días que siguieron a su detención, María conoció los detalles del suceso. También había sido mala suerte caer en las garras de la policía justo cuando iba cargado con aquella munición. Así es, las desgracias nunca vienen solas, y definitivamente, María iba perdiendo la capacidad de sorprenderse. Será que la resignación no llegaba con los años, sino más bien a punta de golpes. Fuese como fuese, ahora la cuestión era elemental, para que David quedara libre, el fiscal debía creer su versión de los hechos, la que mantuvo desde el principio, y no observar conducta delictiva.

Faltaban escasas horas para que todo diera comienzo, Efraín aún no llegaba, y los ojos impacientes de María no hacían otra cosa que mirar hacia el calabozo. Aquel era un día rutinario de indagatorias, y cada cierto tiempo salían presos esposados y llegaban furgonetas de policía a llevárselos.

No sabía que también era un calabozo de mujeres, murmuró ella al observar que sacaban una mujer esposada. Isabela permanecía embelesada con lo que sucedía frente a sus ojos. El día anterior, María le había pedido que se quedara en el apartamento, pero ella se negó con tal rotundidad que no tuvo fuerzas para contradecirla. Yo tengo que ver a mi hermano salir de la cárcel, le respondió tajante. Y de alguna manera, aquellas resueltas palabras que su hija le había dicho, le sirvieron para sentir que no estaba tan sola en el mundo. A veces, al escucharla hablar, entreveía en Isabela el tono persuasivo de su padre. En eso pensaba, cuando de repente, alguien la llamó desde un costado. Se volvió y vio que una mujer acababa de descender de un taxi. Voy, voy, le gritó mientras pagaba la carrera. Es la tía Flavia, exclamó sorprendida. La niña se volvió a mirarla y confirmó entusiasmada, Sí, es ella.

No debiste molestarte, Flavia, le dijo María al abrazarla. No es ninguna molestia, hermana, le respondió ella, es mi sobrino y mi obligación es acompañarlos, y miró a Isabela un instante, sonrió y le acarició la cabeza. La elegancia recatada de su hermana mayor siempre le había gustado, vestía conforme a su carácter franco y determinado, vivía en la ciudad desde hacía muchos años y era profesora de escuela. Efraín apareció en ese momento, atravesaba una de las calles aledañas. María lo vio esquivar un carro a toda prisa, y levantó la mano para que la viera.

Un rato después, los cuatro esperaban frente al calabozo la llegada de la hora señalada. La salida de David sería de las últimas en producirse. La indagatoria estaba prevista para justo antes del mediodía. Arriba, el cielo se había encapotado, pero la lluvia no advenía, un frío persistente, aún matutino, circulaba, canalla, en el ambiente. La tía Flavia guardaba un inacostumbrado silencio, pocas veces María la había visto tan callada, permanecía con los labios vueltos y sus rosados mofletes se estiraban como los de una niña. De vez en cuando estiraba la cabeza para ver si su sobrino aparecía. Isabela jugueteaba con su mano derecha y le recordaba que, pese a todo lo vivido, seguía siendo apenas una niña. Efraín estaba a su lado, sereno sostenía el asa de su maletín de cuero, su prominente cráneo asentaba sus facciones y le daba la sensación de una gran inteligencia. María le habló para pedirle que le repitiera el procedimiento al que David debía enfrentarse. Y él le contestó que primero prestaría declaración, y que teniendo en cuenta el fiscal que le había tocado, la indagatoria, en todo caso, sería breve. Estas respuestas no lograron satisfacerla, pero sí lograron apaciguar en algo sus inclementes nervios. Tenía el corazón en un vilo, creía que la suerte estaba de espaldas y que cualquier cosa podría suceder ese día.

A la hora prevista, David apareció en la puerta de la perrera junto a otros dos presos. Ahí está mi hermano, gritó Isabela. Ya sale mi sobrino, exclamó la tía Flavia rompiendo su pesado voto de silencio. Y los cuatro se dirigieron hacia donde él estaba. María se puso a la cabeza, en ese instante para ella solo existía su hijo. Atravesaron el escampado de tierra que les separaba del calabozo y se acercaron. Un grupo, que se agolpaba alrededor del calabozo, les impedía acceder a él. La situación era caótica. La gente tendía a apeñuscarse, excitada, en cuanto veían movimientos cerca de la puerta. La reacción era simple, pero a la vez muy contagiosa. María la sintió en su propia carne, y sin poder evitarlo, en cuanto se halló en medio del caos, se dejó tentar por aquel movimiento extravagante. David, hijo, gritó varias veces, intentando alcanzarlo, Aquí, estoy aquí. Pero su voz se confundía en medio del alboroto. Alzó la mirada para buscarlo y descubrió que él ya la había visto. Tenía la expresión sostenida y grave. No pudo contenerse y los ojos se le enlagunaron. Del otro lado, la tía Flavia se coló por un agujero imprevisto, y con su mano alcanzó a tocarle el hombro y a decirle, Por qué nos haces esto, y sus ojos se emocionaron también. A continuación, las puertas de la perrera se volvieron a abrir y un policía sacó a dos mujeres esposadas. Un silencio inesperado y momentáneo permitió distinguir la voz desgañitada de una mujer que, desde detrás de María, gritó, Carmenza, hermana, soy yo, Gladiz, he venido a verte. Pero alguien la empujó y la mujer cayó al suelo. El policía puso las detenidas cerca de David, una a cada lado, y las esposó a sus manos. Abajo, al pie de los escalones la gente no dejaba de atumultuarse, deseosos de una mísera visión de sus seres queridos presos después de quién sabe cuánto tiempo. Para algunos la justicia tardaba en llegar más de lo previsto. Desde el interior del calabozo, de vez en cuando, también, se escuchaban los gritos de los otros presos. Y esto contribuía a agitar más los ánimos fuera. Al fin, uno de los policías vigilantes perdió la paciencia y voceó enfadado, Todos los lunes, la misma historia. A ver, gritó con una voz estentórea, los civiles, tres pasos atrás. Súbitamente, la gente se quedó en silencio, su grito logró aplacarlos, y retrocedieron unos pasos. Otros dos policías, llegados en su auxilio, sacaron sus respectivos bolillos y, con una pose de contención, hicieron retroceder la turba. Manténgamelos a raya, ordenó el primer policía. La tía Flavia aprovechó el momento para acercarse a María y, como pudo, se puso a su lado. Isabela permanecía agarrada a la mano de su madre. Ninguna de ellas quería perder de vista a David.

A continuación, una furgoneta aparcó en la explanada, frente a la puerta del calabozo. Un policía descendió de ella, abrió las puertas traseras y esperó. Mira, Flavia, dijo María, en esa *lechera*, seguramente, es donde van a trasladarlo. La tía Flavia asintió. Vamos a acercarnos, le propuso y tiró de la mano de la niña. Bordearon el grupo de gente y se pararon junto al vehículo. Unos instantes después, trajeron a David esposado junto a las dos mujeres. Este es el último lote, mi cabo, dijo con frialdad uno de los policías, van para la primera, y le entregó unos papeles. El cabo miró los documentos y exclamó, Vaya, unas joyitas.

Efraín se aproximó hasta donde estaba la furgoneta. María lo había visto, minutos antes, hablando con uno de los policías junto a la ventana de la oficina de fichaje. Pero ahora poco importaba eso, porque después de muchos días de sufrimiento tenía a su hijo cerca. Extendió su mano, ansiosa por sentirlo, y le acarició la espalda. No puede tocar al detenido, impuso con frialdad uno de los policías que lo vigilaba. Intimidada, María bajó la mano de inmediato. Efraín se acercó a David, y, antes de que lo metieran en el vehículo, le dijo, No te preocupes, nos vemos ahora en la Fiscalía. Gracias, musitó David con la cabeza gacha. Y lo subieron a la furgoneta.

El vehículo policial arrancó y desapareció al doblar la esquina, y María, la tía Flavia e Isabela se quedaron paralizadas contemplándolo. Y fue extraño, pero las tres lanzaron un suspiro de alivio al unísono. Algo en sus adentros se había liberado, una pena, una angustia, un deseo. Al menos habían podido ver a su ser querido después de esos eternos días de espera.

Minutos más tarde, arriba, en una tercera planta, David rendía indagatoria ante un fiscal. Efraín lo acompañaba, y abajo, en la planta baja, junto a la puerta de entrada, las dos mujeres y la niña aguardaban ansiosas el desenlace. La espera se hacía interminable. Era cerca del mediodía y el paso de la gente era apurado, la mayoría irían camino del almuerzo después de una mañana de duro trabajo y de persistente rebusque. María no sentía hambre, pues en ese momento su única preocupación se hallaba en la tercera planta, y no podía separar la vista del vestíbulo del edificio. Sabía que la única buena noticia era verlo aparecer a través de aquella penumbra de la entrada, de lo contrario significaría que todo había salido mal y que sería trasladado a la cárcel definitivamente. Si lo vemos bajar por esas escaleras del fondo, dijo en voz alta, es que el fiscal lo ha dejado libre. Dios Santo, exclamó la tía Flavia, entonces roguemos para que así sea, y musitó una oración entre labios.

En otras circunstancias, las dos mujeres hubieran aprovechado para contarse sus historias de siempre, esas con las que solían amenizar sus encuentros, pero ante semejante situación guardaban un tedioso silencio. Un hijo al borde de la cárcel, pensaba María, su hijo en la cárcel, le parecía inconcebible. Un vacío pleno se alojaba en su estómago, y conforme se estiraban los minutos, iba agrandándose dentro de ella. A esas alturas, ni las lágrimas podían socorrerla.

Unos leves murmullos, provenientes de la escalera, llegaron hasta la puerta donde aguardaban. Eran casi imperceptibles. María no quería fabricarse falsas esperanzas, pues podrían ser de cualquiera, y dijo, La indagatoria tarda demasiado, ¿no? ¿Habrán salido por otra puerta?, interrogó la tía Flavia. No creo, contestó ella algo desconcertada. Entonces unos murmullos cundieron desde arriba y unas voces empezaron a distinguirse. Esa no es la voz de David, exclamó ella arriesgándose a sufrir una decepción que no deseaba. La tía Flavia aguzó el oído y dijo, creo que sí. Isabela caminó unos pasos hacia el rellano e inclinó el cuerpo, y las tres se quedaron expectantes. En el fondo, los pasos sonaron con mayor intensidad, pero no revelaron nada. Los chasquidos de unos zapatos se mezclaron con los de unas voces y fue más difícil, aún, determinar a quién correspondían. El eco de la cámara vertical de la escalera alimentaba aquella confusión de sonidos. No escucho nada, se lamentó María, creo que no son ellos. En el fondo, ninguna de las tres quería crearse una falsa esperanza, pero la esperanza, instintiva y libre, ya se había apoderado de ellas.

5

Es mi hermano, gritó Isabela, es mi hermano. Y el corazón de María fue el primero en escuchar las palabras de su hija. Delante apareció Efraín, traía una expresión de satisfacción serena en el rostro, detrás, David, aunque su aspecto fuese desordenado, sus ojos brillaban con intensidad. Isabela corrió a abrazarlo y María lo contempló un instante, aún con la incredulidad de quien desconfía de la suerte. No venía esposado, caminaba libre hacia la calle, hacia la libertad, hacia ella, y ella lo esperaba con los brazos abiertos. Entonces, su angustia de madre se diluyó en un llanto suave y sintió su alma aliviada. En seguida, las tres se abrazaron a él y las lágrimas incontenibles e inaplazables se mezclaron sin saber de quiénes eran. María palpó su rostro como si aún siguiera sin creerlo, y repitió, Hijo, hijo, hijo. Ninguna otra palabra necesitaba articular, porque hijo resumía todo en aquel momento, libertad, sosiego y sobre todo alegría, escurridiza y escasa alegría. Al fin este tiempo le daba una tregua. Efraín, dijo a continuación, gracias, jamás tendré como pagarle. No me dé las gracias, doña María, le respondió él con su voz parsimoniosa, David también es mi amigo.

Aunque la indagatoria hubiera parecido una eternidad, esta duró a lo sumo una hora. Y pasado aquel trance, ahora la calle se percibía más tranquila. La hora del almuerzo, aún, seguía viva, y el día se había desplegado relajado y brillante, como si acompañara el estado de ánimo de estos seres favorecidos por la providencia. Algunos viandantes rezagados cruzaban de un lado a otro con paso apurado, de seguro, la comida les esperaría en sus respectivas mesas, junto a sus familias. Aquella era una ciudad provinciana de ritmos pausados y de método, y la mayoría de los comercios cerraban a mediodía.

Todavía es temprano, introdujo la tía Flavia al salir del edificio, Los invito a almorzar, tenemos que celebrar la libertad de mi sobrino. No, dijo María, no te molestes, Flavia. No es ninguna molestia, interpuso ella, todo lo contrario. María miró a David, y este asintió sin demasiado entusiasmo. Se veía cansado. Efraín, que caminaba detrás de ellos, se detuvo y dijo, Bueno, los dejo, tengo algunos asuntos pendientes que debo atender esta tarde. De ninguna manera, abogado, contradijo la tía Flavia en un tono conminativo, es la hora del almuerzo y usted también está invitado, además, debe contarnos los detalles de todo lo sucedido. Efraín no opuso demasiada resistencia, y no alcanzó a darle las gracias, cuando María insistió, Sí, nos gustaría mucho que nos acompañara. En el rostro de todos era evidente que, después de los momentos de preocupación, el hambre había resucitado. Caminaron tres cuadras más, y en la calle central de la ciudad, muy cerca de la estación de Policía de San Agustín, donde ocurrió todo, tomaron un taxi interurbano.

La tía Flavia insistió en que la celebración había que hacerla con un apetitoso cuy asado, ninguno se opuso y se dirigieron a un pueblo cercano, a media hora de camino. Durante el trayecto, Efraín les fue contando, especialmente a la tía Flavia, el procedimiento judicial al que se enfrentaba su defendido.

El fiscal ha sido condescendiente, explicó, y, después de analizar la noticia criminal y de que la indagatoria no hubiera ofrecido un nivel de persuasión suficiente para hallar una conducta delictiva, decidió dejarlo en libertad, eso sí, bajo el compromiso firmado de que no intentará salir del país y que se presentará ante la Fiscalía cuando se lo requiera. El procedimiento puede durar vivo dos años hasta que sea archivado definitivamente, en todo caso, el fiscal fue muy flexible durante la indagatoria, algo inusual en estos casos. También ha tenido en cuenta que David no tenía antecedentes penales, que es un profesional recién egresado de la universidad, y lo más importante, ha creído en su versión de los hechos.

Mientras salían de la ciudad, María contemplaba la calle que se abría al lado de su ventanilla, y ya casi no escuchaba a Efraín. Era cierto que la libertad de su hijo le producía una gran felicidad y alivio, pero sentía desazón por eso. Y es que cómo podía dejarse llevar por el airoso rostro de la felicidad si Gabriel seguía desaparecido, si no podía tan siquiera regresar a su tierra y a su casa, y en breve, si no ocurría un milagro, lo perdería todo. Cómo podía estar feliz si eran tantas y tan grandes sus calamidades. Cómo disfrutar con la salvación de la cárcel de un parte de su alma, si sentía su alma encarcelada en la desgracia. La suya era una felicidad precaria, incluso, se sentía culpable de estar feliz en medio de aquellas circunstancias.

Mamá, dijo David, hemos llegado. Y volvió en sí. Lo miró y de inmediato recordó que él no sabía nada de los últimos acontecimientos, aun así le sonrió, pero su sonrisa salió triste y acontecida. Él se dio cuenta, y al descender del vehículo, la detuvo y le preguntó, qué ocurre. No, no pasa nada, respondió ella sin poder disimular que algo le sucedía. Qué pasa, insistió. Y ya sin poder contenerse, le contó las últimas desgracias que pasaban por sus vidas, Las bandas llegaron al pueblo y andan detrás del ganado de Gabriel, ya no podré volver a Almadía. David se llevó las manos al rostro y masajeó su frente. Él también tenía algo malo que decirle. Ella lo miró y vio el estado lamentable en el que se encontraba. Iba mal vestido, desaliñado y llevaba la mochila roja sobre la espalda. Ya sé que la muestra de sangre se ha perdido, me lo contó Efraín, dijo María como si le leyera el pensamiento. De todo lo que ha pasado, continuó David, era lo que más me preocupaba, y así ha sucedido, en ninguno de los informes policiales, entregados al fiscal, reportaron la muestra de sangre, y en la mochila que me devolvieron, al finalizar la indagatoria, tampoco está, ahora pienso lo peor de todo esto. No podemos pensar ni hacer nada más, afirmó María, y un signo de frustración irrefutable se dibujó en su rostro.

Y era verdad, no había nada que hacer ni a quién reclamar. La muestra estaba desaparecida de los informes y, por tanto, de la cadena de custodia. Nunca había existido. A esas alturas, y aunque resultara frustrante, ellos solo podían agradecer que él estuviera libre. Al ver la congoja de David, María añadió, Por ahora, tenemos que conformarnos, una cosa por otra, ya encontraremos la manera de que la Fiscalía tome una nueva muestra. Pero ella sabía que lo que decía tan solo era para consolarlo, esa puerta estaba cerrada para siempre.

David y María entraron en el restaurante, un famoso asador de cuyes llamado Catambuy. La tía Flavia, Efraín e Isabela los esperaban en el recibidor. La mesera, una mujer de mediana edad, baja, con mal gesto, vellosidad en el entrecejo y algo de mostacho, los condujo a uno de los reservados de la segunda planta. El pasillo era angosto y los reservados, dispuestos a los lados, eran pequeños cuartuchos aislados con delgados tabiques y pintados de rosado y azul celeste. Una cortina, de un pesado paño floreado, hacía las veces de puerta. Aquí se come el mejor cuy asado del mundo, justificó la tía Flavia. Al llegar al fondo, la mesera levantó una cortina, la enganchó en una alcayata, y, muy seria, les señaló el lugar que les había asignado. La habitación era estrecha y algo penumbrosa. La tía Flavia se sentó al lado de una ventana cubierta con un velo de muselina y los demás comensales se distribuyeron en los escaños que flanqueaban la mesa. David fue el último en entrar y se sentó junto a la puerta. El sitio es casi tan pequeño como la celda número siete de la perrera, comentó algo agitado. La mesera cerró la cortina y se fue sin ofrecer nada. Entonces la tía Flavia dijo, Aquí, lo único malo es la espera, mientras cogen el cuy de la jaula, lo matan, lo pelan, lo lavan y lo asan, el pedido puede llegar a tardar más de una hora en servirse. Los demás sonrieron al escucharla. En ese momento, regresó la mesera y tomó el pedido. Con dos cuyes estará bien, dijo la anfitriona. La mesera salió del apartado y todo quedó en silencio.

En seguida, la tía Flavia hizo un gesto inequívoco de que se disponía a hablar. Su rostro había adoptado un semblante grave. Por un momento, María creyó ver a Camila Capitán, su madre. Sobrino, dijo sin mirarlo, quiero hablar con usted, porque aun sabiendo la razón por la cual estaba detenido, también quiero pedirle que no haga sufrir a su madre. Es tiempo de que piense en su futuro y en el de su familia, y ya no es hora de andar con revoluciones. Es hora de que se porte serio. Mire a Gabriel, que según dicen, andaba metido con los guerrilleros, y dígame, de qué le valió. En este país los revolucionarios nunca llegarán a nada, porque aquí las ideas ya no valen nada. Pero, y de qué sirven las ideas cuando la gente no es capaz de entenderlas. No, sobrino, no se deje deslumbrar por esos libros que lee. El hombre responsable solo se deja llevar por la realidad, en cambio los soñadores, los soñadores son presos de las mentiras más grandes de este mundo. Usted es un buen muchacho, acaba de graduarse y debe tornar al buen camino, se lo digo por su bien, y después lo verá, uno debe aprender lo que necesita, y una vez que lo sabe, aprovecharlo para labrarse un futuro en este mundo. Por nada quiero que malgaste su vida en un carrusel de utopías y aventuras que no llevan a ninguna parte, o que siempre llegan al mismo punto, al fracaso. Además, esas utopías solo sirven en este país para hacer matar a la gente, en cincuenta años no ha cambiado nada, este país no tiene arreglo, la gente está corrompida.

La tía Flavia habló sin pausas, y María la escuchaba atentamente, al igual que los demás; su discurso había salido hilado como si lo hubiera traído aprendido desde casa. Tanto David como Efraín tenían la cabeza inclinada, quién sabe lo que les pasaría por la mente. El que calla otorga aunque no acepte razones, aunque lo haga en rebeldía. Isabela siguió el ejemplo de los demás. María asintió las últimas palabras de la tía Flavia, quizás ella tenía razón, y el país nunca cambiaría, y con el pasar del tiempo lo único que sucedía es que nuevas miserias se amontonaban encima de las más viejas. En ese momento, se acordaba de Gabriel, de lo debilitado que se veía en sus últimos días, y aun así lo desaparecieron. Pero incluso antes, él tenía metido el miedo en el cuerpo, vivía en una guerra peor de la que ya estaba, entre el terror a la muerte y la esperanza de que nunca llegarían a matarlo. Tal vez hasta lo habían asesinado a sangre fría, como hacían con tanta gente, y nadie decía nada. La boca bien cerrada aunque estuviera llena de moscas. El país había llegado al punto en el que hasta a los muertos les tenían prohibido desvelar las angustias de su muerte. Desapareciéndolos. Flavia tenía razón, el país estaba corrompido y eso no tenía arreglo.

Luego de unos incómodos instantes de silencio, David contestó el largo sermón de la tía Flavia con un lacónico, sí, tía, tiene usted razón, que, quizás, mejor decía, sí, tía, cállese usted con razón. A partir de allí, la conversación desembocó en otras más relajadas, y él relató los pormenores de su paso por la perrera, y todos supieron de la existencia de Buenagarra, el pordiosero, y de aquel muchacho de la terrible jaqueca llamado Julián.

Los cuyes fueron servidos en la mesa una hora más tarde, tal y como lo había prevenido la tía Flavia. Después de varios viajes la mesera trajo tres apetecibles animales troceados, con su respectiva guarnición de papas cocinadas y palomitas de maíz. En un plato aparte fue traída la menudencia, también asada. Un manjar, opinó la anfitriona en un tono desenfadado, pruébelas Efraín. Él sonrió, estiró la mano, tomó unos riñoncitos y se los metió en la boca. Deliciosos, confirmó con contundencia. El aroma del plato asado inundó todo el sistema olfativo y las glándulas salivales se deshicieron en la boca. La piel apetitosa del cuy crujió entre los dientes y el brillo de sus aceites pintó los labios de los comensales. El cuy se come con las manos, siempre ha sido así, es como mejor sabe. En la cárcel jamás se comería semejante manjar del paraíso. El cuy asado es para las celebraciones especiales, y la libertad de un hombre es motivo suficiente de celebración.

Cuarta parte
El silencio

1

El tiempo transcurría despacio y tropezaba habitualmente con la cruda realidad, y el vacío dejado por la desaparición de Gabriel era esa realidad. Una mañana, María recibió de manos de Efraín, en calidad de su abogado, el escrito de la denuncia formal de su desaparición, y al empezar a leer el primer párrafo, Yo, María Quinto, mayor de edad y vecina de esta ciudad, identificada como aparece al pie de mi firma, en mi condición de esposa de Gabriel Defuertes, ante su despacho, acudo con todo el respeto, con objeto de formular denuncia formal, bajo la gravedad de juramento, por la posible desaparición forzada de Gabriel Defuertes, conforme a los siguientes hechos. Y ya no pudo continuar. En el transcurso de los acontecimientos, ella había aprendido la diferencia entre la historia y los hechos. La historia siempre se escribe por encima, como desde una montaña; en cambio los hechos son dolor, son sentimientos, son hombres y mujeres de carne y hueso, con nombre y apellido, de los que poco o nada se escribe. Acaso pueden enseñar algo las generalidades o los resúmenes de la historia.

Mientras tanto, en Almadía, los hombres de la banda de Ambarino se habían apoderado del pueblo y ahora eran sus dueños y señores. Desde su llegada, la banda no cejó un instante en su empeño de encontrar el botín de Gabriel, que según ellos les pertenecía por derecho. Y durante las primeras semanas, enardecidos, esculcaron en todos lados e interrogaron a cada habitante. Pero ni los rodeos en las fincas y haciendas de los alrededores ni sus interrogatorios dieron los resultados esperados. La gente no hablaba y Ambarino desesperaba. La venganza no sería completa hasta que no despojara a sus víctimas de los bienes. Esta guerra tenía al fin y al cabo las mismas ambiciones y las mismas costumbres que todas las demás. Desde el principio, el comandante mostró un interés exclusivo por los bienes de Gabriel, y conforme pasaban los días y no los encontraba, su frustración iba en aumento.

Un día, gracias a un soplo, la banda cayó, en horas de la tarde, sobre una de las haciendas cercanas a Almadía. Desde el primer momento, el mayordomo de la propiedad, un hombre llamado Onésimo, los vio acercarse desde lo alto de una colina. En el pasado los había visto merodeando las tierras de la propiedad, pero tenía la orden clara del hacendado de no entrometerse en los asuntos de la seguridad nacional. En aquellos tiempos de excepcionalidad, la labor de Onésimo debía centrarse en los trabajos estrictamente domésticos. Levantar un cerco caído, cambiar el ganado de potrero, juntarlo en los corrales cuando se lo pedían, el ordeño de las vacas, llevar el registro de la vacunación, nacimientos y decesos, echar la sal en los saleros, el agua en los bebederos, y cuidar el ganado de fieras y ladrones. Así es que cuando la banda del comandante Ambarino, con él a la cabeza, arribó al potrero, Onésimo ni se asustó ni se inquietó, y montado en su yegua alazana descendió desde lo alto de la colina. Mas al aproximarse a ellos por la línea de un alambrado, no podía sacarse de la cabeza las palabras que le dijera su patrón, la última vez que se vieron, justo antes del desembarco de las bandas en la región. La guerra en este país es una cosa seria, le había dicho, usted haga su trabajo y no diga ni se atraviese en nada que no sea de su incumbencia. Desde donde estaba, alcanzó a contar más de una veintena de hombres uniformados y bien armados llegados en tres camionetas.

Muy cerca de ellos, en la parte baja, de un extenso potrero, se agrupaba un grandioso lote de ganado, cuya marca en las caderas era su único distintivo. Al empezar la tarde, Onésimo los había reunido allí, y ahora la mayoría descansaba plácidamente debajo de unos árboles de guásimo y romerillo. Algunos bramaban y otros resoplaban. En total había trescientas treinta y tres cabezas, recién contadas.

Como todo el mundo, Onésimo tenía claro a qué habían venido Ambarino y sus hombres. Famosas eran ya sus frecuentes borracheras, donde no dejaba de pregonar que lo primero que haría sería apropiarse el ganado de Gabriel. Sentencias con las que solía fanfarronear en la misma tienda de la casa de María, en esos días bajo la regencia de Naín.

Una vez accedieron al potrero, donde se hallaba disperso el ganado, los hombres de la banda se lanzaron a revisarlo. Buscaban la marca de Gabriel Defuertes. Las letras DD, gritaba el comandante, Aquí deben esconderse. Ambarino estaba convencido de que Gabriel era propietario de cientos de cabezas de ganado, porque, según él mismo pregonaba, su víctima se lo había confesado en los momentos previos a la muerte. Aunque no estén todas aquí, hay que encontrarlas, ordenó desde la sombra de un árbol de guásimo.

El primer rodeo de la banda no arrojó ningún resultado y los animales marcados con las iniciales DD no aparecieron por ningún lado. Uno a uno los hombres regresaban con la misma noticia, Nada, comandante, no hay ningún novillo marcado con esas letras. ¿Han buscado bien?, cuestionaba Ambarino visiblemente contrariado, furioso y cada vez más impaciente, y agitaba sus brazos para señalar los lugares del potrero que había que revisar.

Mientras tanto, cerca de él, Onésimo aguardaba montado en la yegua sin pronunciar palabra. Tenía una postura pétrea y la cara circunspecta. Su sombrero vaquero de ala corta consolidaba su aire inexpresivo, la yegua imitaba su serenidad, y ambos parecían de pedernal. Él era un hombre alto y gallardo, un mulato elegante y delgado que apenas había cumplido los cuarenta, y como casi siempre, durante el día, iba desarmado.

Onésimo observó la inquietud que dominaba al comandante y a sus hombres. Ambarino había sacado su pistola y la agitaba al aire. Irá a matar algún novillo de la rabia que tiene, pensó para sus adentros. Se fijó en las armas de los otros miembros de la banda y vio que portaban fusiles principalmente. Volvió la vista sobre el comandante y detalló que era el único que vestía de civil. Luego se miró a sí mismo; iba vestido con un viejo pantalón azul de trabajo, unas botas camperas desgastadas y una camisa blanca percudida por el uso. Una macheta *pompa*, amarrada al cinto, era lo más parecido a un arma que llevaba. Voy como un niño de escuela, reflexionó, si quieren matarme, aquí mismo lo hacen.

La noche se aproximaba, y una hora después, la búsqueda no había dado ningún resultado, incluso, alguno de los hombres estuvo a punto de ser embestido por un torete. Aquellas razas de ganado, cebú y criolla, eran bravías y no distinguían entre humanos débiles o poderosos. Oiga, usted, venga aquí, gritó al fin Ambarino dirigiéndose al mayordomo y dando por terminada la invisibilidad a la que lo había condenado antes. Onésimo soltó la rienda y espoleó con suavidad su cabalgadura. La yegua anduvo despacio, con la maña propia de una vieja bestia. La expresión del mayordomo no había cambiado, es más, se le veía aplomado, reafirmado en su postura. Conoce esta marca, preguntó Ambarino acercándole un papel, y añadió, Sabe leer. El hombre se apeó de la yegua, lo miró desde una distancia prudente y respondió con un lacónico, No. No qué, espetó Ambarino. Que no la conozco, añadió él. El comandante lo miró con desdén y dijo, Vos sos el mayordomo de la hacienda, el negro Onésimo. Él levantó la cabeza y correspondió a su mirada. Cuando era pequeño, su padre le había enseñado que a un hombre había que mirarlo a los ojos para que comprobara que no se le mentía. La palabra también se sostiene con los ojos, le solía decir. Ambarino tenía las pupilas dilatadas y engañosas, sus ojos eran grandes e infundían autoridad, miedo, y su esclerótica estaba manchada de un color amarillento y mortecino. Tenía la mirada cazurra del pájaro chamón. Sí, respondió, yo mismo, señor. El comandante clavó sus ojos sobre él. Entonces debes saber de quién es todo este ganado, dijo. No, respondió Onésimo con serenidad. El comandante se quedó un instante sin decir nada, enarcó las cejas y esperó, pero el mayordomo no añadió más. Y, repuso Ambarino. Onésimo se hallaba muy serio, sabía que la prudencia hacía verdaderos sabios, y que la discreción los salvaba de la muerte. Miró en dirección al ganado y adoptando una postura menos rígida, levantó la mano, dibujó un círculo en el aire y dijo, Todo el ganado que está aquí lo mandaron ya marcado a la hacienda. Y ambarino replicó, Pero debes saber de quién diablos son. En ese preciso instante, interrumpió uno de sus subalternos. Comandante, dijo, aquí traigo escritas todas las marcas que encontramos en el potrero, y le entregó un papel arrugado. Ambarino lo cogió en sus manos y lo observó detenidamente. El subalterno miraba al mayordomo con desprecio.

Chito, gritó Ambarino un instante después. Sí, comandante, contestó uno de los hombres acercándose. Esta letra cuál es, dijo, una I o una L. El subalterno la observó un momento y respondió, En el cuero de los animales se ve más como una L. Es una D con una L dentro, aseveró. El comandante le dirigió una mirada suspicaz y de nuevo clavó la vista sobre el papel. Y Chito añadió con malicia, También hay unos novillos que tienen la marca MM. Dónde están, preguntó ansioso Ambarino. Son los que están rejuntados en esa esquina, unos setenta, contestó Chito. Ambarino oteó los novillos desde la distancia y ordenó, Pues sáquelos del potrero, nos llevamos estos aunque sea, para que no se diga que los sapos no colaboran con nuestra causa.

Entre tanto, Onésimo permanecía en silencio, sabía la simplicidad del procedimiento a seguir, y era sencillamente no atravesarse en la actividad de la banda. Luego tendría que rendirle cuentas a su patrón de lo sucedido, él sabría cómo actuar, pero ese ya no era su problema. Ambarino también parecía convencido de sus actos, se volvió hacia él, arrugó el papel que tenía en la mano, lo tiró al suelo y dijo, Estás seguro, negro, que el ganado de la marca DD no está en la hacienda. Sí, estoy seguro, contestó él, esa marca no está aquí.

Un rato después, cuando la banda se hubo marchado llevándose las setenta cabezas de ganado de la marca MM, Onésimo aún permanecía en el potrero. Esperaba que ambarino y sus hombres hubieran desaparecido definitivamente. Dio varias vueltas por los alrededores, y al comprobar que todo estaba tranquilo y que no había ningún peligro, espoleó su yegua y se refugió debajo de un arrayán en lo alto de una colina. Desde allí podía contemplar a sus anchas el potrero y los animales que lo poblaban. A esas horas, las tierras de la hacienda penaban la soledad de la tarde, una luna tempranera sustituía el lugar del sol en el firmamento, y su luz era distinta, plateada y difusa. Nada conturbaba el florecimiento del misterio de la noche.

A Onésimo, la actitud del comandante le había dejado claro que su regreso a las tierras de la hacienda era solo cuestión de tiempo, y que si quería hacer algo por María, debía actuar con rapidez y decisión, y le dio muchas vueltas a sus pensamientos. Pensó en los pros y en los contras, en su mujer y en sus hijas, en el lejano pasado y en el futuro incierto, en la disyuntiva entre la vida y la muerte, entre el bien y el mal, en el miedo y en la cobardía, en los amigos y su importancia, y de pensar en las verdes y en las maduras, al final, tomó una decisión. Enfiló su yegua por un camino polvoriento y se dirigió hacia su casa.

Entró sigiloso a la habitación donde dormía su mujer y sus dos hijas, buscó una linterna detrás de la puerta, fue al armario, sacó su revólver treinta y ocho largo, cargó el tambor y salió de la misma forma en la que había entrado, intentando hacer el menor ruido. Adónde va, mijo, le preguntó su mujer desde una de las camas. Ya vengo, Josefa, no me espere, contestó él antes de atravesar la puerta, y de soslayo, vio como ella se levantó. No se detuvo, salió al corredor, se paró un instante y escuchó. Todo estaba tranquilo. Los grillos y las luciérnagas chirriaban como siempre. Montó en la yegua, que lo esperaba cerca de una pilastra de la entrada, y volvió sobre sus pasos.

Al regresar al potrero, la luna iluminaba plena la tierra que pisaba. Es una bendición, pensó al mirarla. Entró donde ya dormía el ganado, y con mucha paciencia, buscó novillo por novillo la marca D con la I dentro. Isabela Defuertes, Isabela Defuertes, repetía cada que encontraba alguna, y la imagen inocente de la hija de Gabriel aparecía ante su llamado. Y no le resultó difícil la operación, porque antes los miembros de la banda ya habían separado el ganado y este apenas se había movido. Sonrió al pensar en ello. Nadie sabe para quién trabaja. Y uno a uno los sacó del lugar y los arreó hasta un corral maltrecho que resistía junto a una playa del río. La tarea duró casi toda la noche, pero su ánimo no flaqueó ni un instante, sentía que obraba de forma correcta y eso inyectaba su alma, y no existía mejor premio que ese, porque era motor y compensación de su acción al mismo tiempo.

Cuando hubo terminado, cerca del amanecer, sacó los novillos del viejo corral y los condujo a través de la playa. El sonido de las pezuñas chocaba contra las piedras y producía un gran ruido. Pero él sabía que no existía otra manera y rogaba atravesarla lo más rápido posible. Al llegar al curso del río, embarcó el ganado por el lado del vado hasta la otra orilla. Eran días de verano y el cauce estaba manso y poco profundo.

Ya en la otra orilla, dos romerillos, gigantes y melenudos, recibieron el ganado, a Onésimo y a la yegua. En la playa, las hileras de piedras parecían conchas nacaradas y producían un aire fantasmal e intimidante. A esa hora daban más miedo los muertos que los vivos. Desde el río subía el sonido del agua como un arrullo discontinuo, y un aire pacífico venteaba desde el norte estrellado. Los novillos se dejaban guiar dócilmente, y él aprovechó para adentrarlos por un camino largo. Conocía la hacienda como la palma de su mano, y con los ojos cerrados los hubiera guiado de un lado a otro sin perderse. Después de ambular un rato, llegó al lugar donde había pensado que el ganado estaría a salvo. Se trataba de un potrero rodeado por unas suaves colinas. Abrió el broche de un cercado y arreó los novillos dentro. Satisfecho de verlos allí, Onésimo pensó en Gabriel y en María, y sonrió al recordarlos. Se dio media vuelta, aseguró el broche y regresó a su casa.

2

Temprano aún, y sin apenas haber dormido, Onésimo se levantó de la cama. El sueño se le había espantado rápido, pero le sirvió haber caído como una piedra en la cama durante dos horas. Tenía la misma preocupación con la que se había acostado, el ganado de Gabriel. Se puso el pantalón, la camisa y los zapatos, y fue hasta la cocina. Al llegar, cogió un tazón de agua y lavó su cara en el patio, como habitualmente lo hacía por las mañanas. El baño de cuerpo entero estaba reservado para la noche, después de la jornada de trabajo. Volvió a entrar a la cocina y se sentó en la mesa, frente a la hornilla. Josefa, su mujer, de cara risueña y carnes voluminosas, le pasó un tazón de café negro endulzado con panela, y él empezó a contarle lo ocurrido. Ella lo escuchaba mientras se movía por la cocina, pendiente de sus quehaceres culinarios. Las niñas dormían aún, puesto que eran demasiado pequeñas para ir a la escuela. No será peligroso, Onésimo, reparó Josefa. Tenemos que ayudar a una amiga, le replicó él, sin atreverse a contestarle la pregunta. Y contrario a lo que suele pensarse por prejuicio, su mujer no lo contradijo, se quedó en silencio y frunció el ceño, pero solo por soplar el fuego decaído de los palos. Josefa tenía un alma prudente como la de su marido.

El humo salió vivaz de la hornilla, la masa de unas arepas de maíz se cocinaba sobre una parrilla requemada y el olor voluptuoso del grano inundaba toda la cocina. Él tenía hambre, y esperaba a que la arepa terminara de hacerse. Después, cuando la tuvo entre las manos, la comió con apetencia y tomó el último trago de café degustándolo, y antes de salir de la cocina, informó a su mujer, Voy a la oficina de teléfono del pueblo, tengo que llamar a María, menos mal me mandó el número con Naín, si no, no tendría como comunicarme. Bueno, aceptó ella con los labios apretados entre los dientes. Onésimo salió y fue en la búsqueda de su yegua alazana. Josefa se asomó a la puerta y él vio cómo ella lo encomendaba y sus labios musitaban una oración.

Más tarde, montado en su cabalgadura, se dirigió a trote a la oficina de teléfono de un caserío cercano, ya que hubiera sido demasiado provocador ir hasta Almadía. En aquel tiempo, la dimensión de la telefonía celular estaba en boga, pero aún su uso no se hallaba masificado, así que, en la región, la señal era bastante precaria y los aparatos, verdaderos ladrillos, solo los llevaban los más pudientes. El mayordomo no se contaba entre ellos, pues su posición económica, sin ser desafortunada, era más bien modesta. Y por lo pronto, las viejas oficinas de teléfono mantenían el monopolio de las comunicaciones.

Al llegar al caserío, lo primero que hizo fue comprobar que estaba libre de la presencia de integrantes de la banda, pues para nadie era un secreto que las oficinas de teléfono eran sus lugares preferentes, aun en este sitio tan distante se veía claro que quien controlaba la información tenía el poder sobre los otros. Onésimo se acercó a la puerta, y desde la yegua, comprobó que la telefonista estuviera sola. Esa especie de suerte le dio buena espina. Se apeó de la bestia, echó un último vistazo hacia los lados de la carretera y se metió dentro. Su mano sujetaba la cuerda que aseguraba al animal. Él sabía que en estos tiempos se había vuelto difícil confiar en el prójimo. La desconfianza es quizás, junto a la muerte, el primer estrago de la guerra. Al ver a la telefonista, su primera reacción fue desconfiar de ella y de su rostro alicatado con polvos y pinturas.

Buenos días, Deyanira, le dijo. Buenos días, Onésimo, contestó ella con cortesía, pero sin demasiado entusiasmo. La mujer se hallaba sentada detrás de una mesa en la cual reposaba un teléfono negro de marcación de disco. Al lado, encima, se hallaban apilados los directorios telefónicos, páginas blancas y páginas amarillas de los últimos diez años. Arriba, sobre una repisa, estaban colocados los aparatos de recepción y alimentación, centro neurálgico de la oficina de teléfonos. A los pies de la mesa había una banca larga y angosta, y pegada a esta se hallaba la cabina número uno, un cubículo mastodóntico que simulaba la privacidad de las conversaciones de los clientes. Onésimo hacía uso habitual de los servicios telefónicos, ya que hablaba frecuentemente con el dueño de la hacienda. Deyanira, hágame el favor de marcarme una llamada, le dijo con un tono educado. ¿Al número de siempre?, interrogó ella mientras abría el cuaderno donde anotaba los teléfonos a los que solían llamar sus clientes. No, corrigió él de inmediato, es a este otro, y sacó un papel del bolsillo. La mujer puso cara de sorpresa, y Onésimo añadió, Es que ahora con los celulares, el patrón quiere que lo llame al suyo, aunque sea más caro. La mujer, que permanecía expectante, encontró divertida su explicación, sonrió al escucharlo y pareció darse por satisfecha. Tomó el papel en sus manos, marcó el número y luego se lo devolvió.

Mientras esperaba, Onésimo se dio cuenta de que al hallarse solo él como cliente, la telefonista iba a estar pendiente de su conversación más que nunca. El objeto de la llamada era demasiado delicado como para ventilarlo delante de ella, y de paso arriesgarse de esa forma tan estúpida.

Un momento, le paso la llamada, dijo Deyanira, y le entregó el auricular tal como él pensaba que ocurriría. Onésimo se quedó viéndola, con esa mirada ajustada que solía poner, y dijo, No, mejor hablo desde la cabina, échele un vistazo a la yegua mientras tanto, no me demoro. Soltó el rejo en la mesa, y de dos zancadas, alcanzó el cubículo. Deyanira encogió los hombros y contestó, Como quiera.

Ya puede colgar, gritó Onésimo desde dentro. Y luego se escuchó que el auricular del otro teléfono fue colgado. Buenas tardes, ¿me puede pasar con María?, dijo en voz baja. De parte de quién, le respondió la voz de un joven, que identificó como la de David. De Onésimo, el mayordomo de la hacienda, respondió él. La voz guardó unos instantes de silencio, y después dijo, Espere, un momento, por favor.

Aló, Onésimo, soy yo, María. De inmediato, él la previno del lugar desde donde la llamaba y, a grandes rasgos, le contó lo sucedido. Se lo dijo como si le dibujara un esquema y a continuación le expuso su plan. María, hay que vender los novillos a la mayor brevedad posible, apuntaló. Y finalmente, ella aprobó la operación.

En los días siguientes, él ejecutó la operación con una precisión y rapidez admirable. En menos de una semana ya tenía negociado el total de los semovientes. Onésimo estaba acostumbrado a tratar con ese mercado, ya que conocía bien a compradores y vendedores. Además, el negocio de los novillos de carne era apetecible y suculento por igual. Sin embargo, ni aun así pudo venderlas por el precio justo, había demasiados especuladores rondando por ahí, y él no podía exponerse mucho tiempo ni pregonar la oferta a los cuatro vientos. Tuvo que conformarse con un precio menor.

Sus intenciones eran buenas y como tal dieron resultados. Ayudar a María era lo único que lo movía. Se conocían desde que eran niños y su fuerte amistad influyó en él decisivamente. Hubiera podido actuar como le recomendó su patrón, pero no lo hizo y determinó seguir otro camino, el más difícil, el de espinas. Onésimo había terminado la escuela, sabía contar, leer y escribir, pero su decisión no tenía nada que ver con las luces que se le presuponen a números y a letras, su decisión tenía otro fundamento, una corazonada, una intuición universal, un sentido de la orientación en medio de las tinieblas y de los tenebrosos tiempos que discurrían, incluso, por encima de la arrolladora conveniencia racional y de la cruda realidad.

El sábado siguiente, como habían acordado, Onésimo acudió al encuentro con María, no sin antes haber tomado ciertas precauciones. Como tenía confianza en el comprador del ganado, el metálico de la venta no lo quiso recibir el día en que ejecutó la transacción, sino que le pidió que se lo entregara justo antes del encuentro con ella. A lo largo y ancho de la región ya existía presencia de las bandas, así que escogió el día sábado, día de mercado en la cabecera municipal, para materializar dicho encuentro. Cuando habló con María para confirmarle la operación, le pidió que se vieran al mediodía y le dijo que la esperaba en la zona de las agencias de transporte. Luego madrugó tanto como le fue posible, y a las cinco de la mañana, tomó el primer vehículo de pasajeros que pasaba frente a la puerta de hierro de la hacienda.

El viaje, bajo las sombras del amanecer, fue un suspiro, y a las seis de la mañana, Onésimo, vestido de domingo, con carriel y sombrero, pasó por El Cruce. A esa hora, aquel pueblo lucía somnoliento, y la bandada de vendedores ambulantes aún dormía. Sin apenas detenerse, el vehículo tomó la carretera Panamericana, dirección norte, y llegó a su destino pasadas las siete, cuando había aclarado del todo, y el cielo, en lo alto, pintaba suaves motas que parecían algodones brillantes.

Onésimo descendió del vehículo, pagó el viaje y a partir de allí fue de sitio en sitio matando el tiempo. Tomó tinto en la primera cafetería que encontró abierta, luego fue a la plaza de mercado, buscó una tolda y desayunó como era debido, un caldo de costillas con arepa. Más tarde, recorrió las calles del mercado en todas las direcciones posibles hasta que se topó con los límites del pueblo, y decidió volver al punto de inicio. Y al aproximarse la hora del encuentro, pasó a recoger el dinero de la transacción y fue a esperar a María, donde habían convenido.

A mediodía en punto, ella descendió de un bus frente a la oficina de transportes, y Onésimo la esperaba en la acera de enfrente. Se vieron al mismo tiempo, pero él tomó la iniciativa y cruzó la calle. Minutos antes, se había cerciorado de que no hubiera presencia de integrantes de las bandas. Mas prefirió no correr riesgos y evitó ejecutar cualquier gesto de saludo. En su interior, rogaba que Ambarino no lo estuviera siguiendo en secreto. Se aproximó a María y, cuando se halló muy cerca, ella misma le dijo entre dientes, Sígame, y empezaron a caminar cuesta abajo por la calle principal, que en este pueblo también era la carretera Panamericana.

Él la siguió a una distancia prudente. Delante, María lo guiaba serena, sin mirarlo. A su lado, la gente se movía distraída en todas las direcciones. Al fondo se veía la plaza central, estaba rebosante y colorida. Empezaba a arreciar el calor, lo que indicaba que la manecilla del reloj ya había traspasado el meridiano. Al llegar a la mitad de la calle, María torció sus pasos a mano izquierda y lo miró de soslayo. Aquí, le dijo con los ojos, y entró en un pequeño supermercado.

Onésimo la siguió, y al acceder, vio que ella hablaba con una mujer. Seguí María, qué bueno que hayas venido, le dijo la mujer, y le dirigió una mirada a él. María le hizo una señal, y la mujer, añadió, Siga usted también, señor, y estiró su brazo para señalarle el camino, Pase, pase por aquí, sigan al fondo, por este pasillo, sí, por aquí, está un poco oscuro, se ha quemado la bombilla, cuidado con las cajas de los lados, ya llegamos, detrás de esta puerta está el resto de la casa. Eso es, vamos a la sala, allí estarán más tranquilos y nadie podrá molestarlos, no te preocupes, María, después hablamos, primero lo primero amiga, voy a buscar cómo prepararte el almuerzo, debes venir con mucha hambre, ahora estoy sola, pero luego vendrán mis papás, sabes que mi mamá siempre me pregunta por ti y te manda muchos saludos. Aquí, sí, aquí en la sala estarán más cómodos. Pero siéntese señor, con confianza, mire, en este sillón estará bien, no puedo abandonar la tienda mucho rato, así que siéntanse como en su casa, luego hablamos, María, y me cuentas. Y salió de la habitación y ajustó la puerta.

Al hallarse solos, y después de saludarse, María indagó a Onésimo sobre la vida en Almadía en estas semanas de ausencia. Y él le contó como en poco tiempo la vida de los hombres puede pasar a castaño oscuro, luego le habló de Ambarino y de su banda, y de todo lo que había tenido que hacer para llegar hasta allí. También le relató que el comandante tuvo el ganado en las narices y no supo que era de Gabriel gracias a la confusión de la marca. Hasta un hombre como Ambarino era capaz de cometer errores tan infantiles, la rabia nunca había sido buena consejera, al final la pagó con el ganado de Apolonio. El destino tiene formas extrañas de conducirse. María lo miró, con un gesto de agradecimiento profundo prendido en el rostro, y le dijo, Gracias, Onésimo, jamás tendré con qué pagarle. Sus palabras lograron enternecerlo, se sintió extraño, y quiso escapar de esa emoción que no controlaba, se removió en la silla, algo incómodo, y dijo, Ambarino sigue con la búsqueda de los novillos y fanfarronea con que Gabriel se lo confesó todo antes de morir, mientras lo torturaba. María lo escuchaba en silencio y sus ojos brillaban. Él dudó y se contuvo, había hablado demasiado. No se preocupe, Onésimo, le dijo ella amargamente, yo sé más de lo que usted piensa. Tiene razón, María, observó él, y retornó a la prudencia que lo caracterizaba. Bajó la cabeza, y en ese momento, los ojos amarillentos de Ambarino se le aparecieron en el pensamiento. Desde la última vez que los había visto, no había podido olvidarlos, se le habían quedado grabados, lo perseguían y lo intimidaban. La gente tiene miedo, añadió como para exorcizarse. Metió la mano en el carriel, sacó un sobre doblado por la mitad y dijo, María, aquí le tengo los reales, cuéntelo, es por la venta de los setenta y tres novillos, no los pude vender a un mejor precio, pero. Cómo se le ocurre, Onésimo, interrumpió ella, No hace falta contar nada, lo que usted haya hecho bien hecho está, y recibió el paquete. No se vaya a ofender, Onésimo, le dijo con delicadeza, pero me gustaría darle una parte, sé cuánto le ha tocado exponerse y no sería justo. De ninguna manera, interrumpió él levantándose del sillón, no quiero nada, esa plata le va a hacer mucha falta de aquí en adelante, guárdela. Ella no supo que decir, la expresión del hombre era determinada, todavía quedaba gente honrada y buena en su mundo, reflexionó, y de inmediato se sintió más reconciliada con la tierra en la que había vivido durante casi toda su vida. Ni siquiera por las molestias que le he causado, titubeó, intentando medir el significado de sus insignificantes palabras, y añadió, Los viajes y demás costos que usted vea pertinentes incluir. Onésimo se volvió a sentar en el sillón y sonrió, Bueno, María, concilió, me parece justo. Ella esgrimió, también, una sonrisa, metió la mano en el sobre, y sin contarlo, le entregó un pequeño y simbólico fajo de billetes. Él lo recibió mirándola a los ojos, y recordó su sonrisa de otros tiempos, de casi todos los tiempos, menos de este, claro está, este tiempo era de sonrisas apagadas o de felicidades creadas para la supervivencia. Ojalá pase pronto este tiempo malo, añadió él. Eso es lo que más espero, contestó ella. Onésimo se levantó de la silla, le dio la mano a su vieja amiga, apretándosela despacio como signo de amistad y respeto, y añadió, Josefa y yo tenemos la esperanza de que vuelva pronto a su tierra. Muchas gracias, Onésimo, esto nunca lo olvidaré, contestó. Él acomodó su carriel y se dirigió hacia la puerta.

3

María regresó a la ciudad en la noche. Nunca en su vida había bordeado su tierra en aquellas circunstancias, jamás había paladeado en su boca los sinsabores de un viaje semejante, pero ese día le había tocado todo junto. Por la mañana, al llegar al terminal, escogió un bus de vidrios oscuros polarizados para no ser vista, y cuando pensaba en lo que hacía, la primera palabra que se le venía a la mente era de incógnita. Pero algo le faltaba. Se subió al bus barruntándolo, y unas horas más tarde pudo contemplar el valle a través de la ventanilla en movimiento. Allí estaba el río extendiéndose, escondiéndose en sus propios recovecos. En algún punto de aquella ribera, modelada por sus pinceles de la suavidad del agua, estaría Almadia, incluso llegó a intuir el accidente geográfico donde descansaba su añorado pueblo. Y al tener bajo sus pies la tierra que consideraba su patria chica, tuvo ganas de mandar detener el bus, bajarse en cualquier lugar de la carretera y luego caminar por cualquier camino hasta Almadía. Mas sabía que, en las condiciones en las que viajaba, jamás podría hacerlo. Se agarró fuerte al asiento, para no dejarse tentar por el impulso y la imprudencia, y cerró los ojos con fuerza. Sabía que no podía volver, que dejarse ver hubiera sido un estúpido suicidio.

Un rato después, llegó a su cita. Caminó un tramo muy corto de una calle pública para que nadie alcanzara a reconocerla, se escondió en un lugar muy discreto, sostuvo un encuentro del que casi nadie tenía conocimiento, recibió un dinero de un acto arriesgado, y esperó la llegada de la noche. Luego, tal y como lo tenía previsto, salió de su escondite, y en la puerta misma del pequeño supermercado, a orillas de la carretera Panamericana, su amiga Paz, la misma que la había protegido, detuvo un bus para que ella pudiera escapar de nuevo. Entonces salió a pasos largos, se despidió con un abrazo afanoso de su amiga y regresó al lugar desde donde había partido esa misma mañana.

Y ahora, al entrar en la ciudad de nuevo y contemplarla iluminada por miles de bombillas, después de haber vivido semejante experiencia, la palabra que buscaba desde esa mañana floreció libre desde su interior como una flor de primavera, y musitó, Clandestinidad, clandestinidad. Tal vez, jamás en su vida la había usado, no lo recordaba, pero tenía toda la boca impregnada de su sabor extraño.

Después de su vuelta, y conforme pasaban los días, María sintió el peso del encierro citadino por partida doble. Por un lado, un encierro lo delimitaban las paredes del apartamento de Gabriel y por el otro, lo marcaban los límites periféricos de la urbe. Y de esa manera los días sumaron semanas, y las semanas meses. El calendario se movía monótono y lineal, sin sobresaltos. Y obligada por las circunstancias, tuvo que abandonar la búsqueda activa de Gabriel; definitivamente, la ciudad le imponía una distancia cruel desde la que muy poco podía hacer. Esta situación la atormentaba especialmente porque pensaba que fallaba a su deber conyugal de buscar al ser amado. Abandonar su búsqueda significaba abandonarlo a él.

Sin embargo, durante este tiempo, no dejó de recibir historias horribles en torno a las horas posteriores a su detención, y en todas ellas, siempre daba con un triste final. Un día, le dieron la noticia, ya no le importaba quién, de que la camioneta en la que se desplazaba Gabriel había sido hallada calcinada cerca del área donde lo detuvieron, y ella sintió pena al saberlo, porque con ello se destrozaba un poco más la esperanza de encontrarlo vivo. Esa misma noche, un integrante de la banda de Ambarino se le apareció en un sueño. Era un hombrecillo borracho que daba tumbos de un lado para el otro, y entre risas le decía que a Gabriel lo habían quemado vivo y que sus cenizas las habían esparcido en el viento para que no quedara ningún rastro de su existencia. Se despertó sobresaltada y rogó a Dios que una muerte tan terrible no le hubiera tocado a él.

Unas noches después, soñó que su hermana, Naín, le contaba que Ambarino había dicho que después de matarlo, cogieron su cuerpo y lo tiraron por un conocido despeñadero llamado La Nariz del Diablo para que se lo comieran los gallinazos.

Unas semanas más tarde, durante un largo duermevela, ensoñó que David llegaba muy de prisa al apartamento, abría la puerta y, muy agitado, le contaba que un hombre, que decía ser miliciano de las bandas, aseguraba que ellos tenían el cadáver en su poder y que lo guardaban en un congelador, y prometía entregarlo a cambio del pago en metálico de tres millones de pesos. Y que si le daban la mitad por adelantado, traería una prueba material, un brazo o una mano cercenada de su cuerpo.

En una noche posterior, soñó que Gabriel llegaba a la casa en Almadía, venía muy bien vestido y que traía entre sus manos el oso de felpa que David tenía cuando era niño, y le decía, María, traigo este regalo, es para David, y se lo ofrecía. Ella lo mirada y, sorprendida, y consciente, le preguntaba, Gabriel, pero usted no está muerto. Y él le contestaba que no, que durante meses había permanecido amarrado a un poste en una finca por los lados de Sidón, cerca de La Mata de Ají. Ustedes me rondaron, le decía con tristeza, yo me di cuenta, pero no me encontraron y no pudieron ayudarme. Luego, él le explicaba que se había escapado en un descuido de sus captores, en una noche clara, y que después de caminar por trochas y caminos, solo en las noches para no despertar alarmas, había conseguido llegar a Almadía. Entonces ella detallaba su aspecto de pies a cabeza, y al verlo tan pulcro, repuesto y lozano, y con el oso en las manos, se daba cuenta de que no podía ser. En ese instante, entraba Pedro y le decía, Hombre, Gabriel, y le daba la mano sin más, y los dos salían a la calle. Ella los seguía, pero al llegar a la puerta, ellos ya no estaban. En cambio se le presentaba la imagen viva de Almadía engullida por las aguas de un río turbio y furioso que estaba a punto de alcanzar el andén de su casa.

Mucho más adelante, otra noche que fue muy especial para ella, soñó que él venía a despedirse. En el sueño, ella era consciente de que él estaba muerto y le preguntaba si sabía dónde habían dejado su cuerpo, y él le contestaba algo desconcertado, como si no supiera a lo que ella se refería, No lo sé, no lo recuerdo. En aquel instante, sentía su presencia tan real que le parecía increíble que estuviera muerto. El tono de su voz era suave, pero encasquetado en cierta profundidad tenebrosa. Ella se hallaba tendida en la cama bocarriba e inmóvil, con los parpados pesados, entredormida. Mientras él, en vigilia, aguardaba sentado a su lado. La habitación reflejaba el perlado lunar filtrado a través de una hoja transparente incrustada entre las tejas del techo, y el mobiliario de su habitación nupcial se veía terso e informe. Vengo a despedirme, María, le decía con tristeza. Adónde va, le preguntaba ella. No lo sé, le contestaba, pero me iré pronto, rece por mí y nunca me olvide. Siempre rezo por usted y lo encomiendo en cada una de mis oraciones, le decía ella sumida en una profunda nostalgia. A continuación, él la acariciaba y ella sentía sus dedos deslizarse entre sus cabellos y unas punzadas febriles le atravesaban la piel. Y poco a poco iba sumergiéndose en un remanso de aguas irisadas de concupiscencia. Así, mientras su dedo índice descendía casi levitando por las sendas tersas de sus mejillas, su carne padecía el estremecimiento sutil de la ternura de los primeros tiempos amorosos. El fuego enardecido de la lejana inocencia juvenil se reavivaba en la fina membrana de sus labios, y cuando su yema habilidosa los atravesaba, una delicada humedad de filigrana quedaba dibujada sobre ellos. En aquel instante, la eternidad y la intensidad se hallaban juntas muy cerca de sus ojos, y sus pestañas se estremecían ante su presencia. Largos e incesantes fogonazos de luz cegadora se encadenaban uno tras otro, y abandonada en la profundidad de aquella caricia, el dedo índice de Gabriel avanzaba por su frente lívida. María tenía ganas de llorar, pero no podía, quería gemir, pero era en vano, se sentía atrapada entre aquella sensualidad a flor de piel y los barrotes de su triste ensueño. Después, lo contemplaba desde su quietud somnolienta y lo veía apenado, desanimado y drástico al mismo tiempo. Quiero dejarle esto, decía él, y sacaba un pequeño objeto del bolsillo de su camisa y se lo ponía sobre el pecho. Un tubo de hilo, le preguntaba ella desconcertada. Sí, me lo dio el otro día y me lo llevé sin querer, ahora guárdelo, es suyo, pertenece a esta casa. María no contestaba nada y él se acostaba a su lado. Esta noche hace frío, le decía ella, y cerraba los ojos, serena y tranquila, acariciada por el roce de su piel protectora.

Durante aquel tiempo, María no supo cuán despierta o dormida estaba, qué era lo que soñaba y qué era lo que le contaban. Podría decirse que vivía dentro de una ensoñación permanente o de una realidad derruida. La mayoría de sus sueños se los contaba a David a la mañana siguiente de tenerlos. Algunas veces, al despertar, después de soñar a Gabriel, gritaba, Está vivo, está vivo, y una alegría indescriptible se apoderaba de ella, y quería salir a buscarlo sin importar lo que pudiera sucederle. Y fue, precisamente, por esos días que tuvo una nueva recaída con el teléfono, y cada que tenía la oportunidad lo llamaba de nuevo a su celular, y podía resultar desquiciante, enloquecedor, pero esa era la única forma que tenía de buscarlo, de no permitir que su deseo de encontrarlo se hundiera en el lodo de la resignación y de la frustración.

Cierto día, cuando la hora del almuerzo había pasado, y David e Isabela descansaban en la planta de arriba, se hallaba frente al teléfono y dudaba si ejecutar por enésima vez la acción de levantar el auricular y llamarlo. Lo pensó una vez, y una segunda más, pero cuando sus dedos ya rozaban la superficie fría del aparato, el sonido del timbre la sacudió de aquella ceremonia tan perversa. Al principio se sobresaltó y no supo cómo reaccionar, pero al escucharlo de nuevo, fue presa de un súbito presentimiento, y sin saber por qué, alcanzó a creer, al igual que en aquella lejana llamada que recibió el día de la detención de Gabriel, que del otro lado estaba él y que la espera había terminado.

El teléfono sonó una vez más. Conteste, María, escuchó que le dijo una voz proveniente desde arriba. Echó un vistazo fugaz hacia la escalera y en su retina quedó grabada la imagen de El Niño Jesús de Praga que había puesto en la repisa de mampostería. El Santo hijo tenía una expresión compasiva y milagrosa. Entonces se entregó a sus presentimientos y a la potencia de lo incorpóreo, y descolgó el teléfono. Sí, aló, dijo la voz de un hombre, que le pareció idéntica a la de Gabriel. Aló, Gabriel, respondió, al fin, en un hilillo ahogado. Buenas tardes, añadió la voz, Pregunto por el señor David, él se encuentra. Al reaccionar, después de unos instantes, decepcionada, dijo, Sí, de parte de quién. De Baltasar, del médico Baltasar Dulcey. Aquel nombre le resultó familiar nada más escucharlo. David, dijo, lo llaman, es de parte del médico Baltasar Dulcey. Se apartó unos pasos y buscó aquel nombre en el interior de sus recuerdos.

Sí, aló, dijo David. Y al cabo de un momento, oprimió la tecla del altavoz e hizo una señal a María para que se acercara.

Tal y como te lo digo, David, disculpa que sea tan directo, pero creo que no es momento de alargar el sufrimiento, Gabriel está vivo, sí, a él nunca lo capturó la banda de Ambarino, como ellos presumen, en realidad, quienes se lo llevaron fueron los mismos guerrilleros. Le había llegado la hora de pasar a la clandestinidad y atender el llamado a filas. Lo ocurrido en Las Alhajas fue una operación preparada desde antes, y a esta hora él se encuentra en un campamento cumpliendo con el periodo de entrenamiento, y tiene prohibido comunicarse, tampoco puede contestar el celular, porque le fue confiscado y quemado junto con la camioneta. Hace unos días lo vi allí, mientras atendía a unos heridos. Él está bien y fue quien en persona me pidió que les diera este mensaje, especialmente a ti, David, sí, especialmente. Gabriel está muy preocupado por ustedes, porque sabe que sufren, quiere verlos y pese a que lo tiene prohibido, ha logrado un permiso para que un familiar lo visite, y me dijo que creía más conveniente que fueras tú, que te esperaba allí en unos días. Yo conozco la forma de llegar, lo único difícil es el paso por el retén de las bandas, pero a ti seguro no te conocen. Una vez te encuentres en el último caserío de la Cordillera es fácil, ya puedes comunicarte por radio con él. Camilo es su nombre de guerra. Mira, David, soy un buen amigo de Gabriel, hemos jugado del mismo lado en los últimos años, y lo único que me mueve es ayudarle a él y a su familia, nada más.

La voz calló unos instantes. Lo entiendo, dijo David, pero es algo muy delicado lo que me cuenta. Sí, añadió el hombre, sé que es una decisión difícil, entiendo tus dudas; bueno, si quieres te llamo en dos días y me das una respuesta. De acuerdo, contestó él, buenas tardes.

Al colgar el teléfono, David tenía una expresión de perplejidad en el rostro. Ninguno de los dos imaginaba escuchar algo semejante, una historia tan retorcida hecha para crédulos y angustiados. María se dirigió instintivamente a la cocina y David la siguió detrás. Ella sirvió dos tazas de café y se sentó en una de las sillas. David hizo lo propio y le preguntó, Qué piensa. Ella sorbió un trago y dijo, Es una trampa. Sus palabras fueron sucintas pero poderosas, exactas. Porque aunque se preste a confusión, hay diferencias sustanciales entre ilusión y esperanza, es una cuestión simple entre lo falso y lo verdadero, lo efímero y lo duradero, entre el espejismo y la esencia.

David miraba hacia la nada, pensaba lo mismo que ella, su silencio lo corroboraba. Pero María sabía que faltaba algo por decir, por muy espinoso que resultara reconocerlo, y añadió, Lo peor de todo, es que ahora sabemos que usted está en peligro. Estiró la mano y le acarició el brazo. Las bandas no los habían olvidado todavía. Qué pasará con mi hijo de aquí en adelante, pensó sin dejar de mirarlo y acariciarlo.

4

La Navidad se precipitó nostálgica para María. La ciudad entera estaba alumbrada con series de luces coloridas y sicodélicas que dibujaban sobre las ventanas árboles minimalistas, pasajes navideños acotados y perfiles de la sagrada familia. Las rotondas se hallaban adornadas con motivos y luces similares, y existían pesebres gigantes y destellantes en muchos rincones. La fiesta mayor de la cristiandad era tan luminosa que podía verse desde el cielo. Todo el mundo parecía feliz en este tiempo y era difícil resistirse a aquel influjo. Por todas partes el olor a buñuelos, a sancocho de gallina, a hornado y a manjares voluptuosos. En los rincones de los barrios la devoción de las novenas y la alegría de los aguinaldos, los villancicos por la mañana y por la noche, la felicidad dibujada en el rostro de la gente, el aplazamiento de las penas por algún tiempo.

En el pasado, los días decembrinos siempre fueron su época preferida del año. En su infancia y juventud, la navidad tenía la cara sonriente de Camila Capitán, su madre, y a su muerte fue suplida por la cara cálida de Gabriel, David e Isabela, su familia, pero ahora resultaba una fiesta melancólica y llena de nostálgicos recuerdos.

El fin de año fue una extensión de la celebración precedente. Su paroxismo final no logró componer la tristeza en el rostro de María. Y la fiesta en la casa de la tía Flavia no tuvo el poder familiar suficiente para reconciliarla con aquella festividad tan significativa. Hacia la medianoche, cuando todo el mundo acudió, confusamente, a fundirse en abrazos, ella solo tuvo fuerza para abrazarse a sus hijos. Y desde antes de las campanadas, justo al aparecer la canción por excelencia de aquella noche, con su tradicional anuncio, *Faltan cinco pa' las doce el año va a terminar,* hasta entrado el nuevo año, los tres se mantuvieron en un círculo cerrado y alejado del barullo.

Afuera, en la calle, el poder de la pólvora destrozaba el año viejo, un monigote de trapo del presidente del país. La tronamenta sobresaltaba y excitaba las carnes por igual. Aquel año terrible acababa de morir. Las tristezas del año viejo y los deseos del año nuevo, escritos en papelitos, se quemaban entre las piltrafas enardecidas del muñeco cuasi calcinado. El aguardiente se compartía con vecinos y desconocidos por igual, lágrimas de alegría y risotadas de alegría por todos lados. Feliz año nuevo, feliz y próspero año nuevo.

Precisamente, el nuevo año empezó con el anuncio del Gobierno de intensificar la guerra en el sur del país. Según dijeron los noticieros, con el fin de acabar de una vez por todas con el santuario de la guerrilla y de sus actividades ilícitas. Las posturas estaban divididas. Una parte de la opinión pública veía con buenos ojos las acciones del Gobierno, gracias a ellas se acabaría para siempre con la gangrena que pudría al país desde hacía décadas, por fin existía un Gobierno con mano firme que acabaría con aquel mal. Sin embargo, otra parte de la opinión pública, un reducto minoritario, según las fuentes contrastadas del mismo Gobierno, se oponía a la intensificación de la guerra contra las guerrillas, y pretendía la paz por la vía de la negociación. Conforme a las cuentas del Gobierno, la balanza nacional se inclinaba mayoritariamente hacia sus tesis. Además, les gustara o no, el que mandaba era el Gobierno.

Sobre el terreno, Almadía y la región estaban totalmente en poder de las bandas de ultraderecha, y los rebeldes se habían retirado a las profundidades de las montañas, en un repliegue estratégico que, según informaron ellos mismos, tenía el objetivo de resistir la ofensiva de las fuerzas gubernamentales y de las bandas. Durante ese tiempo, las víctimas civiles de la confrontación contaban más bien poco en los altos escenarios de decisión, y tan solo eran daños colaterales, como certera pero figuradamente los había llamado el gélido lenguaje bélico.

Entre tanto, María seguía sin saber nada sobre el verdadero paradero de Gabriel, y aunque ahora su condición de desaparecido ya fuera firme y oficial, y la Fiscalía investigara el caso, al menos tres años podría alargarse la investigación. En la denuncia, redactada por Efraín y entregada por ella, también se pidió la realización de una prueba pericial del puente donde se había recogido la primera muestra de sangre, pero hasta ese momento no se había practicado. Saturación de casos y falta de medios, contestó el organismo cuando Efraín preguntó a través de un oficio. Jamás lo harán, pero ya para qué, con lo que ha llovido, le dijo María a su abogado cuando este se lo informó. Sin embargo, y pese al pesimismo institucional, ella no perdía la esperanza de encontrarlo. En las noches lo seguía soñando, aunque es cierto que con menor asiduidad, y conforme los días se alejaban de aquel fatídico martes, su subconsciente lo traía cada vez menos al mundo de sus sueños. Algunas veces, pensaba que, quizás, se estaba olvidando de él, o lo que es peor, que de forma inconsciente se resignaba a su pérdida. Aun así, sin quererlo, durante la vigilia comenzó a referirse a él en pasado, y al cabo de los seis meses, mandó a celebrar varias misas en su nombre y pidió por él, pero sobre todo por la salvación de su alma.

De otra parte, pese a la insistencia de María durante estos meses, David no había abandonado su habitación de estudiante, y vivía entre las dos residencias. Una noche dormía en aquel lugar y al siguiente lo hacía en el apartamento, sin una rutina clara. Vivía una vida itinerante, carente de horarios establecidos. En el fondo, ella se daba cuenta de que desconocía su vida universitaria, ya que siempre estuvo en Almadía dedicada a sus pequeños negocios y preocupada por sostenerlo, y los años pasaron demasiado de prisa. En aquel tiempo, solo veía a David después de cada periodo académico, cuando regresaba a Almadía para las vacaciones de verano o navidad, y sin apenas contarle nada, él volvía a la ciudad para continuar sus estudios. Y ahora que ya se había graduado, quizás era demasiado tarde para preguntarle.

Una vez se produjo la llamada del supuesto médico Baltasar Dulcey, ella pensó largamente en su hijo. Su detención inesperada, las palabras que le dijo Efraín cuando se encontraron en la puerta de la perrera, las duras palabras que le dedicó la tía Flavia, la actitud de David frente a la desaparición de Gabriel, su comportamiento en estos meses, sus mismas ideas. Y sin necesidad de conocer en profundidad los intríngulis de su vida de estudiante, lo supo todo y temió por él.

Unos días después hablaron. Su situación era impredecible y ella aceptó la decisión que había tomado. Definitivamente, se sumaría a la diáspora goteada e inexorable que vivía el país. Un camino del que nada sabía, un viaje hacia la incertidumbre, hacia la impostura del tiempo, y tal vez, hacia una mayor espera. María lo aceptó tan solo como una madre puede hacerlo, sin incomprensión ni egoísmo, y aquella noche de despedida anticipada le dijo, Si cree que es lo mejor, tiene mi apoyo incondicional. Y algo de alivio acudió a su alma, porque entendía que lo estaba salvando de un peligro anunciado, pero también se sintió más sola al decírselo, aunque se lo callara. El mundo es inmenso para escaparse y las distancias son reparables, pero la muerte, la muerte, como ya se sabe, no tiene remedio, y ella prefería el llanto nostálgico por un hijo ausente que el llanto desolado por un hijo muerto o desaparecido.

Finalmente, el viaje de David se materializó pronto, y una mañana soleada de febrero, con dos maletas inmensas, de esas que hablan de largos viajes y dilatados reencuentros, partió. Antes, María le había empacado, en una de ellas unas pesadas mantas, y le dijo, para que no pases frío en esos lugares tan invernales, te acordarás de mí cuando te abrigues. El día del viaje, ella, la tía Flavia e Isabela lo acompañaron al aeropuerto. Todo ocurrió demasiado deprisa, como en un sueño, y al despedirse confió en que no fuera por muchos años. Es cierto que ninguno lloró en el preciso instante del adiós, pero en el viaje de vuelta a la ciudad, cuando el momento de la despedida había pasado, Isabela lagrimeaba en silencio mientras miraba el paisaje pasar frente a ella. No llore, le dijo María, verá que él vuelve pronto. Y ella contestó, Yo sé que no. Entonces la tristeza logró invadirla definitivamente, y fue la primera vez que lloró la partida de su hijo.

La misma dinámica movió los meses siguientes, y ella no acababa de extrañar del todo a David. Los largos periodos que estuvieron sin verse, durante su vida universitaria, atenuaron con fuerza la sensación terrible de la inmensa distancia. Esta vez, el desprendimiento filial temprano prestaba un auxilio apaciguador a su pena. Las verdaderas distancias pesarían después, con el paso aplastante de los años.

En la ciudad, María luchaba por acostumbrarse a aquella vida. La afectaban sobremanera las intemperancias del clima. Llovía con regularidad y la mayoría de las veces caía una llovizna lánguida y persistente que podía durar días o semanas. Y hacía frío, un gélido y tortuoso frío. Le costaba tanto acostumbrarse a aquel ambiente urbano y a aquel clima que terminaba fácilmente por extrañar el calor de su valle, y a renglón seguido, añorar Almadía. Durante ese tiempo, la rutina y el encierro envolvieron su vida, y las noticias del porvenir parecieron contener el aliento. Nada nuevo había en el horizonte. Isabela asistía al colegio por la mañana y ella dedicaba esas horas, y algunas veces las de las tardes, a poner en orden los intrincados asuntos legales que la desaparición de Gabriel trajo consigo. Porque ahora él permanecía en un limbo, en un vacío legal donde no se estaba ni suficientemente vivo ni completamente muerto. En esta parte, la colaboración de Efraín resultaba indispensable. No obstante, en cuanto podía, sobre todo en las horas vespertinas, se envolvía entre las gruesas mantas de lana virgen, totalmente aterida.

Al llegar el siguiente agosto, los fuertes vientos ulularon en el techo de uralita de las casas del otro lado de la carretera, y el ímpetu de esos soplos amenazó con arrancarlos de cuajo. Las tardes quejosas e inestables desplazaban de su lugar a las mañanas. A ratos el sol brillaba furioso e imponente, y al instante las nubes lo opacaban tras sus marañas gaseosas. Todas las jornadas discurrían indecisas y de la misma forma. Y así, los días de aquel mes veraniego transcurrieron hasta alcanzar aquel día fatídico del almanaque, y se cumplió el primer aniversario de la desaparición de Gabriel. El tiempo pasa como un suspiro, aun en los peores momentos, y sí, no hay nada más aplastante que los años de las desgracias. Una nueva misa fue celebrada por su alma. Y esa noche, que era la noche del miércoles al jueves, su recuerdo volvió intenso al pensamiento de María y se levantó a medianoche para pedir por él sin dejar de llorar un solo instante. Y en medio de su dolor, de nuevo, en carne viva, le preguntó, Dónde estás, Gabriel, estás muerto, estás vivo, por qué no nos ayudas a encontrarte.

Quinta parte
Las hojas

1

Cuando la moneda voló por los aires ya había pasado un año desde la llegada de Ambarino a Almadía. En el caso del viejo Sócrates, este tiempo significó su lanzamiento definitivo a la ceguera, la decrepitud y la miseria. La moneda fue lanzada desde un vehículo de pasajeros, en el momento en que él estiraba la mano. Primero cayó en una acequia pedregosa, así que rebotó y salió despedida dando una pequeña voltereta en el aire. De canto, volvió a caer sobre el muro de hormigón de una alcantarilla, luego rodó y rodó sin freno por la superficie lisa, y con su propio impulso, dio un salto hacia el vacío y fue a parar al fondo de una tajea reseca y salteada de tapas de gaseosa. Sócrates escuchó atentamente cada uno de sus sonidos desde que la voz del hombre, que la lanzó, le dijo, Ahí va, viejo, no la pierda, hasta que cayó en el lugar donde muchas de ellas solían terminar. Él conocía a la perfección cada uno de los ruidos que las monedas hacían al caer, ya que en estos meses había aprendido a diferenciar cuando caían en el banco de polvo, en la zona del pedregal, encima de los muros, o en el hueco de la alcantarilla, y también, cuando la mala suerte las deslizaba por una pendiente sin fin. Estas últimas nunca las podía recuperar.

Y es que el tiempo pasa lento, mejor dicho, intenso, según para qué se use. Agudizar el oído, lo único que el viejo Sócrates tenía en perfecto funcionamiento, le costó varios años medidos en el tiempo del cual él hablaba y que nadie le entendía. Pero lo cierto era que su oído había alcanzado, en apenas nueve meses, tal grado de afinación, que no existía moneda que no supiera por dónde rodaba o caía. Para ello, él, también, desarrolló un mecanismo sencillo, que consistía en contar en la mente el tiempo gastado por la moneda en recorrer una distancia desde el punto donde se producía el primer sonido hasta que la escuchaba en el siguiente, luego sumaba los acumulados, determinaba el punto de procedencia y le añadía un valor constante a la velocidad. La diferencia de sonidos era lo más fácil de discernir, ya que no era lo mismo, el tono de aguja de una caída en las piedras que el tono sordo de la caída en el polvo. Se puede decir que, para ese momento, Sócrates era infalible localizando las monedas que la voluntad de los hombres le lanzaba.

En esos nueve meses se había convertido en un mendigo ciego profesional. Tenía media totuma de mate para recoger las monedas del día y se resguardaba de las inclemencias del tiempo en un *cambuche* que le había construido un sobrino suyo, al borde de la carretera, en el margen norte de Almadía. La barraca temporal estaba hecha con palos de guadua y techada con palmas de coco y hojas secas de plátano. Últimamente, cuando una moneda caía en el hueco de la alcantarilla, él ya no bajaba a recogerla, ya que tenía lisiada una de sus caderas y prefería esperar la llegada de su pariente para rogarle que fuera por ella.

La resignación en la que había caído el viejo Sócrates se parecía a la espera del desengañado y le hacía pensar que cada criatura tenía su lugar en el mundo y acababa donde tenía que acabar. En los trescientos setenta y un días contados por él desde la partida de María, terminó pidiendo caridad para no morirse de hambre. Y durante diez horas ininterrumpidas levantaba la mano a cada vehículo o persona que pasaba por su lado.

Y es verdad que durante los primeros días, sintió vergüenza de pedir en la calle, pero terminó por acostumbrarse. La necesidad tiene cara de perro, solía consolarse, o contestarles a quienes se acercaban a preguntarle, y que lo conocieron en otros tiempos algo mejores.

Algunas tardes, cuando su sobrino venía a verlo, le rogaba a él que bajara al hueco de la alcantarilla a buscar las monedas extraviadas. Y muchas veces oyó como su sobrino le decía, No, don Sócrates, aquí no hay nada, seguro que la escuchó caer. Entonces él simulaba un gesto de incomprensión con su rostro, y mentía, No sé, hijo, es que creo que ya no oigo con estos oídos de viejo. Eso será, le respondía su pariente, porque por aquí no hay nada. Pero él escuchaba la moneda de cien pesos deslizándose en el bolsillo de su pantalón. En aquel tiempo, cien pesos no servían ni para comprar un helado. Sí, eso es, hijo, cada vez oigo peor, se lamentaba, y volteaba la cara para otro lado. En realidad, de esta manera sentía que pagaba a su pariente, o que él se cobraba por la derecha el plato de comida que algunas veces le daba.

Esa tarde, después de que su sobrino se embolsillara los cien pesos caídos en el hueco de la alcantarilla, Sócrates salió de su *cambuche*. Pero antes, guardó la recaudación del día en un viejo pañuelo, lo anudó lo más fuerte que pudo y se lo metió en el bolsillo. Caminaba despacio, carretera abajo, apoyándose en su bastón de berraquillo. A modo de parche, llevaba un pañuelo azul celeste amarrado en la cabeza, el cual le cubría la cuenca vacía del ojo izquierdo. Del otro ojo estaba prácticamente ciego. Andaba con dificultad, y como no tenía lazarillo, el bastón cumplía la función de guiarlo y sostenerlo. Hubo un tiempo, no muy lejano, que una pata de niños, gamines como él les llamaba, solían seguir sus pasos, y muchas veces le servían de compañía, pero ahora habían dejado de hacerlo. Demasiado envejecido, Sócrates ya no los instruía en el arte del vituperio y los pilluelos perdieron el interés por el anciano. Hoy en día, los niños de Almadía se pasaban embelesados contemplando el comportamiento libertino de los miembros de la banda y el brillo poderoso de sus armas. Además, aquella no era una época para hablar muy alto, ni para insultar a nadie, así fuera en nombre del mutualismo establecido entre un pobre viejo y unos cuantos niños.

Mientras descendía por la carretera, él recurría a su memoria. Su vida siempre estuvo rodeada de la pobreza, y en el ocaso de su existencia, cuando ya no pudo trabajar ni sostener su hogar, su mujer lo había abandonado y se vio abocado a la definitiva miseria. Una cuesta abajo en toda regla y sin demasiados ornamentos. En el tiempo en que María vivía en Almadía, por las tardes, solía llevarle una vianda de comida. Verdaderos manjares para él. Patacones fritos, arroz, carne compuesta, patatas chorreadas, sancocho de gallina, entre otros, conformaban el menú habitual. Tenía el olor tan vivo en su memoria que, aún, podía sentir el aroma de los condimentos y las grasas cárnicas entrándole por la nariz. Algunas veces decía a su sobrino que si María estuviera en Almadía, no lo dejaría pedir como un mendigo. Y era cierto, a esas alturas de su vida él pensaba que no necesitaba más para vivir que un plato de comida y un poco de conversación por las tardes. Y era por eso que el recuerdo de María le agradaba, lograba transportarlo a un lugar de su memoria muy cercano, recordarla era suavizar el duro tiempo presente que le tocaba vivir y envalentonar el tiempo pasado que vio con mejores ojos, por decirlo de una manera precisa. Significaba sentirla llegar cargada con los olores restauradores de la comida y luego sentarse en el viejo escaño del patio, frente al río, a contarle el principal secreto de la magia blanca, mientras devoraba los suculentos alimentos. Significaba también, en su compañía, escuchar el crepúsculo de la tarde y su orquesta de sonidos, las aguas del río encrestadas por el viento, el carraspeo de las hojas de las palmas de coco en las alturas, el grilleo continuo de los batallones de insectos emboscando el monte, los parloteos de la gente a la orilla del río saliendo de su baño vespertino, y hasta el ronroneo de los camiones en la lejana carretera Panamericana. Todo eso hoy, simplemente, se había desfigurado.

Desde aquel día en que la vio partir, él solo sabía de María su paradero, y que únicamente volvería cuando la banda de Ambarino hubiera desaparecido. Quizá nunca vuelva a verla, se lamentó ahora, y un amago de lágrima apareció en su ojo derecho. Hay veces que se es demasiado viejo incluso para llorar, así que emitió un suspiro desanimado y sintió a cuestas el peso de sus noventa años. Entonces sus pasos sobre el camino se hicieron torpes y las manos le temblaron. Hoy sentía su cuerpo más débil y dubitativo, y el balastro del camino era un verdadero obstáculo que apenas podía sortear. Tropezaba con facilidad y levantar sus piernas le resultaba un esfuerzo agotador.

Con las monedas atesoradas en su pañuelo pensaba comprar algo de comida, así que esa tarde se dirigía a una tienda. Tenía pensado adquirir un paquete de galletas de soda y una lata de salchichas y luego encaminarse al único lugar de su propiedad, una desvalida pieza en una casa señorial abandonada a la orilla del río.

Empezaba a caer la noche. A esa hora, una lámina tenue de penumbra se extendía sobre las cosas de la tierra. Pero, precisamente, esa mancha mortecina del crepúsculo vespertino, era la que le permitía, por el rabillo del ojo derecho, distinguir el contraste de las sombras. Era una percepción fantasmagórica del mundo que solo se activaba en ese instante del día. Así, podía discernir una pequeña paleta de tonalidades grises claros y advertir las formas difusas de las edificaciones. En aquel tiempo, la orden del comandante Ambarino era que las puertas de todas las casas debían permanecer abiertas y dispuestas de ocho de la mañana hasta las diez de la noche. Al pasar cerca de ellas, Sócrates escuchaba las voces de sus moradores, los conocía a todos, y hubo un tiempo en que vio sus formas y sus rostros, pero ahora solo los reconocía por su voz, aunque casi no hablara con nadie. La gente de Almadía también hablaba poco en este tiempo y ya ni siquiera salían a la puerta a levantar la mano como era la costumbre. Y en cuanto la orden de Ambarino expiraba, pasaban la tranca de la puerta, suspiraban y no volvían a abrirla hasta el día siguiente. Oyeran lo que oyeran, sintieran lo que sintieran, así la tierra se estuviera desmoronando o una creciente del río se estuviera llevando las casas con ellos dentro, nadie se atrevía a abrir su puerta de noche a no ser por la orden expresa de Ambarino y sus hombres. La gente había adoptado una prudencia temerosa y forzada, y los bozales solo caían al suelo en la intimidad de sus lechos. En quién se puede confiar en estos tiempos, se preguntaban. Así, los únicos que campeaban a sus anchas y eran amos del día y de la noche eran los hombres de la banda de Ambarino. Parecía que nunca dormían. Desde su llegada, él escuchaba casi todas las noches el pisoteo de sus pasos en la orilla, el chasqueo del agua al paso de las escuadras y el traqueteo desenfrenado de sus armas al otro lado del río.

Cuando Sócrates llegó a ciento treinta y dos pasos, contados en su mente, advirtió que tenía una casa al lado derecho, se detuvo un momento, giró su cuerpo hacia ella y ladeó su cabeza. La gran sombra de una casa se figuró ante él. Solo era una mancha gris en un horizonte difuso, pero él estaba seguro de que era la de María. Unos hombres conversaban en el otro extremo, por sus voces sabía quiénes eran. Pobre niña, suspiró, quién le iba a decir que en su propia casa viviría y dormiría el mismo hombre que se llevó a Gabriel y la desterró a ella, ahora ese hombre come en sus platos y duerme en su cama, y negó con la cabeza y añadió entre dientes, Puerco destino. Y recordó que en un tiempo alejado de este, algunas veces llegaba hasta esa misma casa, a la tienda de María, le compraba una libra de arroz y un paquete de velas, y se quedaba conversando con ella, al pie del mostrador, largamente.

En ese otro tiempo, Sócrates presumía de su buena cabeza para las matemáticas, y antes de que María le hiciera la cuenta de la compra, él ya había sumado, multiplicado y realizado el cálculo sin asomo de error. Siempre negó que hubiera pisado una escuela, pero era más rápido que la calculadora. Además, sabía escribir y leía de corrido. Hay cosas que no es necesario aprender en la escuela, solía presumir ante su audiencia. En la tienda de María también asistía con sus ensalmos a los lisiados y a los afectados por el mal viento, y todo lo curaba midiendo la parte afectada con un cincho de cepa de plátano y una oración ininteligible que musitaba entre los labios. A inicio del año, solía acercarse a la tienda de María a revelar sus predicciones de lluvia del año entrante. Era un experto en la lectura de las cabañuelas mayores y menores, y con solo observar el comportamiento del cielo los primeros días del calendario, sabía cuándo llovería y cuál era el mes propicio para la siembra.

En sus tiempos más brillantes, Sócrates fue agricultor por las mañanas, pensador y matemático por las tardes y curandero en las noches, y como aún veía con su ojo derecho, antes de dormirse, junto al cabo de una vela, memorizaba las páginas de El almanaque Brístol. Una vez reveló a María el secreto para parar la sangre de las heridas, pero lo principal de todo, lo que él siempre le repetía cuando ella le preguntaba sobre sus enigmas, era que el verdadero secreto del buen curandero era la fe en su arte. Debe creer el curandero tanto como el enfermo, ahí se obra el milagro, le decía.

Pero ahora el tiempo había cambiado en Almadía, casi nadie se acordaba de sus facultades y ni siquiera para tumbar mechas lo buscaban. Cuando pasaba por el lado de la gente apenas lo saludaban. Ya no era ni un estorbo. Era más bien un fantasma que deambulaba una vez por la mañana, cuando salía de su pieza a pedir caridad, y otra por la noche, cuando regresaba a descansar.

2

El viejo Sócrates emprendió de nuevo el camino. Ahora pensaba en el descreimiento de la gente y se lamentaba, Solo creen en lo que ven. Creían en el comandante Ambarino y en su banda de malhechores, creían en la ley imperante y en el régimen de las armas, confiaban en sobrevivir las próximas horas, y si acaso, llegar al final del día. A los diecisiete pasos, vio la sombra gigante del viejo tamarindo. A mano izquierda tenía la tienda de Verónica. Desde la partida de María, ahí solía comprar los alimentos que su escaso numerario le permitía. Enderezó su cayado y torció sus pasos hacia allí. La luz brillante de una bombilla destelló su nimia visión crepuscular y lo dejó en tinieblas, al tiempo sus oídos escucharon atravesarse un objeto en el umbral de la puerta. El sonido le recordó el traqueteo de las correas de un fusil. En la época de la violencia peleó del lado de las guerrillas liberales. Fue ahí donde aprendió sobre el manejo y el sonido de las armas, y donde también perdió su ojo izquierdo.

Quieto viejo y chito, escuchó que dijo la voz de un hombre. Sócrates ni se inmutó, ejecutó su fingido gesto de incomprensión, como si no supiera quién le hablaba, y luego dijo con una voz sabía y afelpada, Hijo, déjame entrar, soy un pobre viejo que quiere comprar algo de comer. Chito, déjalo pasar, ordenó una voz desde el interior de la tienda. El hombre retiró el fusil de la puerta, y añadió, Anda, viejo, entra, pero chito que el comandante está aquí. Él levantó la pierna para alcanzar el andén, se impulsó y atravesó la puerta.

Una vez en el interior, pudo intuir la presencia de cuatro hombres, entre ellos la de Ambarino. Tenía grabada su voz desde el primer momento que lo escuchó hablar, era estentórea, ronca y fingida. El comandante se hallaba sentado en una banca perezosa y otro hombre estaba junto a él, el subalterno, el que tenía el apodo de Chito, estaba de pie en el otro extremo de la habitación, y frente a este, en el otro lado, vigilaba un cuarto hombre muy adusto. Sócrates sentía que Chito lo escrutaba furibundo, pensaba que quería matarlo, pero a su edad ya no se tiene tanto miedo a la muerte como a la humillación, y se dirigió al mostrador tranquilo.

Verónica, la tendera, estaba del otro lado, permanecía en silencio. Desde que el anciano apareció, todos se callaron, parecía que hubiera interrumpido una conversación importante. Esa sensación logró que se sintiera extraño. Se apoyó con una mano en la superficie de la mesa y dijo, Buenas tardes. Buenas tardes, don Sócrates, contestó Verónica. Buenas tardes, contestaron entre dientes y de mala gana los demás. La voz de Ambarino ni siquiera se escuchó. Gracias, comandante, añadió él. Ambarino se quedó en silencio, pero Sócrates sabía que lo miraba, pues podía sentir su sombra vuelta hacia él y la irradiación de su mirada perturbándole, lo escudriñaba malicioso y desconfiado. Aun así, detrás de esa mirada intimidante, esta vez Sócrates percibió algo distinto. Infinidad de veces lo había advertido en la gente de Almadía, y ahora Ambarino padecía el mismo mal. Sufría de un temor galopante. Oculto tras su carcasa de jefe implacable hoy se escondía un simple mortal tan asustadizo como un niño. Intentó disimular su descubrimiento, pero el miedo de Ambarino se olía desde lejos, estaba a flor de piel. Lo tenía expresado en la cara como jamás lo había presentido en ningún otro ser humano.

Sócrates se volvió hacia la mujer y dijo: Doña Verónica, deme un tarro de salchichas y unas galletas de soda, por favor. La mujer buscó por las estanterías, introdujo el pedido en una bolsa y lo depositó en el mostrador. Solo me alcanza para esto, se quejó en voz alta, hoy me han dado únicamente mil pesos. No me gusta que esté de pedigüeño viejo, da mala imagen al pueblo, prorrumpió el comandante, e hizo un gesto a la mujer. El anciano no se giró a mirarlo, no quería tentar a un hombre como él, famoso por su impredecibilidad. Cuánto le debo, doña Verónica, interrogó, y sacó del bolsillo el pañuelo con sus caudales. Nada, respondió ella de malagana. Sócrates había puesto el pañuelo encima del mostrador y estaba desanudándolo, dudó un instante, ejecutó su calculado gesto de fingida incomprensión y se volvió a meter el pañuelo en el bolsillo. Ahora el comandante Ambarino discutía muy bajo con el hombre que estaba a su lado, él alcanzó a entender algo de sus murmullos y lo que escuchó no le gustó. Algo se barruntaba en el ambiente. Del otro lado seguía Chito, lo percibía mal encarado, nervioso. Aquel hombre olía a pólvora quemada, la tienda olía a pólvora quemada y a sospecha, en los últimos tiempos, Almadía toda olía a pólvora quemada. Durante las noches, los hombres de la banda disparaban sus armas y cuando amanecía el olor había impregnado calles y rincones, y el pueblo entero olía a huevo podrido. Él jamás se había podido acostumbrar a aquel olor detestable del presente, y cuando ese tufo penetrante se alborotó en el cuerpo de Chito, el anciano tanteó el mostrador de la tienda de Verónica, con una suspicacia atravesada en el alma, halló la bolsa, la agarró con su mano derecha y empezó a buscar la salida lo más rápido que pudo. Y si hubiera podido sentir miedo seguro lo habría sentido. Gracias, doña Verónica, atinó a decir, y comenzó a hablar sin detenerse, Ya se sabe, un viejo como yo solo le tiene miedo al paso siguiente, por si se le va en blanco la cadera lisiada y se resbala y se cae y queda peor de lo que ya estaba, yo me lo pienso antes de dar el siguiente paso, por eso tardo tanto en ir de un sitio a otro. A mi edad, a la muerte no se la teme, se la espera; y no es resignación, es naturaleza humana, Dios se acuerda de uno cuando cree que ya ha cumplido su misión en la tierra, a algunos, la hora nos llega demasiado tarde y no hay que estar viejo para pensar así, míreme a mí, a estas alturas y pidiendo caridad. Lo mejor sería que Dios se acordara en tiempo de sus ovejas, antes de que comiencen a ser un estorbo para el rebaño, sí, eso sería lo mejor, entre más pronto mejor.

Cuando Sócrates se dio cuenta, hablaba solo en mitad de la calle principal de Almadía, alguna gente lo miraba, y podía sentir su presencia y sus caras de extrañeza. Pero nadie le recriminó nada, se rio de sus ocurrencias o le gritó que estaba loco. Ese día en particular, una calma recelosa se palpaba en el ambiente. Algo estaba a punto de ocurrir, y eso fue lo que presintió en las luminosidades sensoriales de su ceguera. Su memoria infalible sabía que, en ese punto, treinta y siete pasos lo separaban de la tienda de Verónica.

Más adelante, sus dedos y el empeine de sus pies sintieron la frescura de los primeros granos de arena de la orilla del río, había alcanzado el arenal que antecedía a su casa. Debían ser cerca de las siete de la noche. Se detuvo un instante y confirmó el sonido de las estelas del río moverse a contracorriente, respiró profundo y buscó en su propio silencio. Quedaban unos pocos pasos para llegar a la puerta. Volvió a emprender su camino con el olor a pólvora y a mal presentimiento impregnado en su alma, y concibió la imagen de esa guerra. Y de nuevo escuchó el eco de las palabras sueltas de la conversación entre Ambarino y el hombre que estaba a su lado. Evocó la mirada indecisa de María el día que abandonó Almadía, y más lejos, oyó el coro angustiado de Gabriel Defuertes, Emilio Ponce, Felipe Olivo y de otros que lo llamaban desde el fondo del río. Pero no sintió miedo, ya que no era la primera vez en su vida que padecía llamados del más allá y presentimientos, así que continuó ambulando. Atravesó el patio frente a su pieza, y en el escalón de la puerta de la entrada, se sentó a comer su escasa cena.

Tenía hambre. Llevaba el día entero sin comer y devoró su única reserva de alimentos en unos cuantos bocados, y aunque quedó insatisfecho se resignó. Más tarde engañaría a sus tripas con unos buches de agua. Sócrates se sentía agotado de pedir limosna y de los ciento noventa y nueve pasos del trayecto, no veía nada de lo que tenía a su alrededor, pero más que ciego, se sintió desvalido, y este paraje en el que había vivido toda su vida, le pareció distante y etéreo. O tal vez era él quien se alejaba de la materialidad del entorno. Se sentía sereno, e intentó subir recuerdos a su memoria, pero esta había enmudecido. Por más que lo intentaba no lograba recordar y las palabras se le convirtieron en un amasijo de letras indistinguible, y las imágenes y las ideas se le atrancaron en las puertas de su conciencia.

El céfiro del río venía a buscarlo, las ramas de los árboles lo pedían, el olor de la flor del romerillo y de los cañaduzales lo reclamaban, el abismal secreto de la flor del helecho lo exigía, pero Sócrates no alcanzaba a reconocerlos. Tenía fijada su percepción en una sombra negra que lo hipnotizaba. La escuchaba acercarse con su canto delicioso de náyade y envolverlo mansamente. Y él no oponía resistencia.

Así pasó varias horas, sumido en una pesada somnolencia, pero poco a poco fue recuperándose. Al fin, se levantó con dificultad, sosteniéndose en las paredes, y abrió la puerta, entró en la habitación casi sin fuerzas y buscó la cama. Conocía a la perfección la cartografía de su miserable morada. El mobiliario lo componían un catre de hierro con un viejo colchón de paja, una mesita de noche apolillada a punto de colapsar, un pupitre de escuela donde reposaba una hornilla en la que algún día cocinó y que hoy cubría con una montaña de harapos. En la pared, cerca de la cama, pendía de un clavo un viejo almanaque de mil novecientos noventa y nueve, el año en el que perdió la vista de su ojo derecho, se puede decir que casi de forma definitiva, y en el otro extremo cojeaba un despatarrado armario de varas de guásimo sin función alguna. Un par de ollas oxidadas se refundían en el suelo y un oxidado orinal se escondía debajo del catre. Y esa era toda la propiedad material que poseía. La habitación olía a meaos, a ropa sucia y al hedor de la vejez. El viejo Sócrates soltó su bastón encima de la mesita de noche y empezó a desnudarse. Se despojó de su ajada camisa, desanudó el cinturón de cabuya que sujetaba su pantalón y se quedó en calzoncillos. La habitación era un hervidero, pero él ya estaba acostumbrado a ese calor denso y encendido. Su respiración era más fuerte de lo normal y parecía asfixiado, dejó descansar su pesado cuerpo sobre la dura cama y cayó rendido. Un instante después, cerró su ojo derecho y se quedó atrapado en un sueño profundo.

Más tarde, cerca de la madrugada, la claridad engañosa de una noche de luna alumbraba las tierras de Almadía. La casa donde vivía palidecía anhelosa el brillo señorial de otros tiempos. Esa noche, las aguas discurrían tranquilas por el cauce del río, y hasta los tiroteos habituales de la banda habían callado. Y si no fuera por un golpeteo inusual, todo resultaría apacible. El toque de una piedra conturbaba a los demás sonidos. El ruido desacompasado provenía de una piedra de lavar, a unos veinticuatro pasos de la pieza de Sócrates. El golpe sonaba una y otra vez, anunciaba algo, insistía en denunciar algo.

Empezaba a amanecer y el sonido se confundía con los otros ruidos del crepúsculo. Alguien debía estar escuchándolo, a lo mejor, los oídos agudos del anciano. Pero los tiempos y la gente habían cambiado. Habría que esperar a la luz del día para averiguarlo.

3

Naín oyó que gritaron desde la calle. A esa hora, como todos los días, ella tomaba el café de la mañana sentada en el escalón de la puerta de atrás de la cocina de su casa. El timbre de la voz era agudo y urgente, y pudo detectarlo de inmediato. Ya voy, gritó con el corazón exaltado. Había amanecido. El sereno de la noche aún posaba su rocío sobre el suelo terroso del patio, un sol tímido aparecía en lontananza y la claridad estaba poseída por el resplandor perlado del cielo. Salió de la cocina, atravesó el salón y desatrancó la puerta de la calle. Un niño apareció delante de ella y le dijo, Madrina Naín, han matado al comandante Ambarino. Lo soltó sin rodeos, con la determinación de quien atesora la crueldad de la inocencia o de quien ha perdido su reparo ante la muerte. Ella se quedó petrificada. No, atinó a decir en un gemido, y un instante después añadió, No puede ser, no puede ser. Y su mente cayó en un estado de somnolencia y pesadumbre muy parecido al ensueño de los desesperanzados. Sus pensamientos se enredaron unos con otros en un nudo ciego, un velo de muselina grisáceo le vendó los ojos, y cuando dio un paso al frente sintió un vacío enorme, como si pisara sobre una senda de nimbos, una especie de intermedio entre la realidad y la fantasía, entre el vacío del cielo y la dureza de la tierra, entre la desesperanza y la tragedia, entre el abandono y el desconsuelo. Entonces empezó a llorar sin poder contenerse, y un rayo luminoso de conciencia le reveló que el no puede ser, pronunciado antes, tan solo eran palabras desesperadas y carentes de sentido. Ella misma se dio cuenta de que sí podía ser, de que era muy probable que así fuera.

Y es que el comandante Ambarino era uno de los hombres más vulnerables y proclives a la muerte en varios kilómetros a la redonda, y sobre su vida se cernían fiables amenazas y peligros. Deslizó su mano temblorosa por sus cabellos cortos sin saber qué hacer y qué preguntar. El niño la miraba impasible; su semblante era inexpresivo, indiferente y ni siquiera se había movido del sitio. Sus lágrimas no causaban ningún impacto aparente en él. Dónde está, preguntó desconsolada y adolorida, dónde lo tienen. El niño giró su cuerpo con flema, levantó el brazo izquierdo y señaló el camino. Allá, dijo, en la piedra de lavar del río. Y nadie ha ido a verlo, reclamó ella. El niño se encogió de hombros. Cobardes, añadió, y se encaminó deprisa con dirección al río.

Naín apenas se había levantado y todavía llevaba puesta la bata de satén rosa de dormir. Iba descalza, pero sus pies no sentían el incordio de las piedras del camino. Su casa estaba a unos pocos pasos del río y separada de la de Sócrates por un solar de su propiedad, así que el trayecto que tenía que andar no era demasiado largo. El niño caminaba detrás, pero se mantenía a una prudente distancia. El rostro de Naín lucía desencajado, su respiración angustiosa se mezclaba con la de su esfuerzo y cada vez jadeaba con mayor intensidad. Los hilos de lágrimas vertidos sobre sus mejillas la reclamaban como una entregada doliente del temible comandante, y nadie más que el niño estaba allí para ratificarlo.

Al sobrepasar el cercado del solar, la piedra de lavar del río se dibujó en la distancia. Aun en medio de la opacidad de la mañana y de la sustancia acuosa que nublaba su visión, pudo ver un bulto. Aligeró sus pasos sin quitarle ojo. La brisa fría del río envolvió sus piernas y se le helaron los pies. Poco a poco el cuerpo tomaba forma ante ella y al hacerse su semblante inconfundible, indudable, gritó, Ay, comandante Ambarino, ay, ambarinito, pero qué ven mis ojos, si eres tú, te han matado, quién te ha hecho esto, ay, mi pobre Ambarino. Y afligida y desesperada golpeó su propia frente, se pasó las manos por la cabeza, acarició su cuello, intentó tapar los gemidos de su boca, sus pasos se hicieron pesados y sintió que la tierra se le vino encima. Era como estar en una pesadilla.

A mano izquierda tenía la vieja casa republicana donde vivía el viejo Sócrates y a unos veinte pasos la piedra de lavar del río. Se precipitó sobre ella como mejor se lo permitía el cuerpo, y unos instantes después, la imagen de su desgracia y de su tristeza se hizo nítida, y pudo corroborar a Ambarino.

Naín abordó la piedra de lavar caminando por el filo del río, de hecho, sus huesos sintieron la frialdad pasmosa del agua. La piedra era un planchón grande y macizo, inclinado hacia la corriente. Un tercio se hundía en ella y dos piedras lo levantaban del lado de la orilla. En ese lugar acostumbraban a lavar la ropa algunas mujeres de Almadía. En cuanto estuvo al frente, se detuvo, y un pavor tembloroso le recorrió el cuerpo, retrocedió un par de pasos y realizó una inclinación respetuosa. El cuerpo del hombre estaba patente ante sus ojos. Se quedó muy seria e inexpresiva unos segundos, su alma parecía haberla abandonado, se tapó la boca y la nariz con la mano derecha, frunció el ceño, apretó los ojos, y negó varias veces la evidencia.

El poderoso comandante de la banda estaba tendido bocarriba con los ojos abiertos. Tenía la mirada clavada en la bóveda celeste, un barniz nebuloso recubría su esclerótica y su mirada maliciosa de pájaro chamón había desaparecido. Esa mañana, Ambarino era un muerto más en aquel país de muertos. Al igual que muchos de los que arrastraba el río desde que se instauró la época de las bandas. Aquel comandante había ido a parar al mismo sitio al que condenó a los que él tachaba como enemigos.

Sí, es él, dijo trastornada. Su mente no quería reconocerlo. Sí, es Ambarino, gritó enajenada. Se abalanzó de rodillas sobre el cuerpo yerto, y sin encontrar la forma de acariciarlo, le habló, Pero qué te han hecho estos desalmados, qué pálido estás. Y tocó su rostro y empezó a detallarlo.

Ambarino tenía la cara intacta, expirada, blanquecina, casi transparente. El amarillo mortecino, aún manchaba su esclerótica. La mano de Naín acarició su pecho. Su corazón estaba detenido, envuelto en un silencio subterráneo. Llevaba la camisa a rayas que ella le había regalado, medio abotonada, sucia y manchada. El agua lo cubría hasta las rodillas y tenía el pantalón empapado. Le desabrochó la camisa del todo y, espantada, contempló las rajas que estigmatizaban su cuerpo. Debían de ser más de ocho puñaladas. Al moverlo, las comisuras de sus heridas escupieron una baba sanguinolenta y unas diminutas pompas descoloridas. Ambarino estaba hecho un guiñapo ajado y descosido. Pero ella no sentía repulsa o miedo al verlo, tampoco renuencia a palpar sus heridas. Parecía anestesiada, poseída por una especie de comprensión instintiva y total de la realidad a la que se enfrentaba y de la misión que debía llevar a cabo. Al mirarle el costado izquierdo, a la altura del ombligo, descubrió una herida mayor. Estaba cosida de forma basta con un hilo negro de costura. Intentó mover el cuerpo para ponerlo de ese lado, pero al hacerlo, los puntos saltaron, la raja quedó abierta y la herida expulsó un coágulo de sangre. Ella reaccionó intuitivamente y puso sus manos sobre la herida. No quería que siguiera desangrándose.

Al lado del cuerpo, en las diminutas piletas de la orilla del río, se extendía un denso hilillo de sangre. Naín contemplaba su movimiento casi imperceptible. Esa imagen desesperante del discurrir del tiempo llegó a exasperarle y cayó en un estado de angustia mayor. Intentó recomponer el cadáver, pero lo único que consiguió fue reavivar la tragedia, y el horror se apoderó de ella. Se levantó y miró de un rincón a otro; no había nadie quien pudiera ayudarla. Se volvió hacia el cuerpo y se dejó caer de nuevo a su lado. Se sentía confusa y tenía dibujado un desconsuelo inescrutable en el rostro, sus manos dudaban dónde posarse. Ay, mi pobre Ambarino, murmuró mirándole fijamente a los ojos, al final te han matado. Puso una mano sobre su frente y la deslizó sobre el rostro, y los ojos del muerto se despidieron para siempre de este mundo. Para lo bueno y sobre todo para lo malo, nunca más sentenciarían a nadie. En ese momento, Naín se dio cuenta de que ninguno del pueblo vendría a ayudarle y que ninguna autoridad practicaría el levantamiento. Ambarino estaba solo, sus antiguos compañeros de armas lo habían abandonado, y la única persona que tenía era ella.

El tiempo pasaba, pero apenas era consciente. Sus lágrimas discurrían y se juntaban con las aguas del río, no había ninguna diferencia, ambos caudales bullían hacia abajo o se evaporaban en el aire. Naín sentía la impotencia del sol que aún no despuntaba, que aún no se decidía a salir del todo. Nadie de Almadía se acercaba al lugar de los hechos, el pueblo entero agazapaba su humana cobardía o su desprecio por el muerto. A estas alturas, ya tampoco los esperaba, se había dado cuenta de que el comandante era tan peligroso muerto como cuando estaba vivo. Pero su alma no tenía campo para la pusilanimidad y sus preocupaciones se movían en otro sentido. Dios mío, invocó al cielo, Yo no puedo sola, y volvió a clavar su mirada en el rostro desterrado de Ambarino. Sentía rabia, desolación y amargura, y precisamente de ese sustrato, nacieron nuevas fuerzas y brotaron nuevos pensamientos. Se levantó, asió el cuerpo entre sus brazos, y empujón a empujón, alentada por un vigor sobrehumano, lo subió al planchón. Ambarino no era un hombre demasiado alto, pero si corpulento. Exhausta, respiró hondo y empezó a desvestirlo. Primero le quitó la camisa, luego el pantalón y después los calzoncillos. Había visto tantas veces su desnudez enérgica que le pareció increíble que estuviera inerme y sin vida. Así el cuerpo de Ambarino parecía inofensivo y su piel blanca contrastaba con el color de la piedra. Un nuevo acceso de llanto poseyó sus ojos. La vida era un soplo fugaz e inasible, tenía que resignarse a los designios divinos. Y este consuelo existencial, le animó a continuar con la tarea a la que estaba consagrada. Con sus manos juntas, echó agua sobre el cuerpo de Ambarino y lavó cada una de sus partes. Cuando llegó a las zonas ultrajadas, fue delicada y lo acarició suavemente. Detrás del cuello creyó descubrir una herida de bala, era un agujero diminuto, casi desapercibido. Contó las heridas y halló dos más de las que vio en un principio. Mientras lo componía, ella le hablaba, le preguntaba y hasta lo sermoneaba como si bañara a un niño.

Por fin, el cuerpo le pareció limpio y la sangre había dejado de manar de las heridas. Los muertos necesitan compasión como los vivos. Y recordó lo que decía la Biblia, en ellos está involucrado Dios. Su muerto no podía exhibirse impúdico bajo ningún concepto, así que enjuagó la ropa en el agua, la estrujó a conciencia y volvió a vestirlo. Y ahora cómo te llevo a la casa, le preguntó. Miró para un lado y para el otro, pero no halló respuesta, tan solo vio al niño subido en la rama de un árbol de guayabo, cerca de los linderos de la casa del viejo Sócrates, y por primera vez tuvo conciencia de quién era. Se trataba de un ahijado pobre que tenía. Ahijado, gritó entonces, vaya busque a Chito o a quien sea, y que vengan a ayudarme. El niño ejecutó una pirueta, cayó al suelo y diligente se encaminó en dirección al pueblo. Ojalá que alguien se acomida y venga a auxiliarnos, susurró a Ambarino.

Más tarde, Naín escuchó un ruido, dirigió sus ojos al camino, pero no vio nada. Sin embargo el sonido le resultó familiar. Era el rechinar inconfundible de la carreta de María, la misma que un año antes había llevado el cuerpo mal ahorcado de Princesa. La ironía tiene una sombra tan larga que alcanzaría a la misma eternidad. Enseguida, el niño apareció empujándola. Nadie quiso venir, se quejó al llegar, y soltó la carreta al lado de la piedra de lavar, y añadió, Tampoco me contestaron en las casas, no había ni un alma en la calle. Y la carreta para qué, preguntó intrigada. La traje del solar de su casa, contestó el niño, fue lo único que encontré. Naín ojeó el rústico vehículo. El platón era pequeño y estaba oxidado, la rueda era de hierro y tenía la chaveta doblada. A primera vista le pareció imposible que el cuerpo de Ambarino cupiera ahí y negó con la cabeza esa posibilidad. Yo le ayudo, se ofreció el niño, ya soy grande y tengo fuerzas. Ella lo miró de pies a cabeza, incrédula, y preguntó, Y no te dan miedo los muertos, ahijado. No, contestó él mirando con indiferencia el cuerpo yerto. Naín oteó en dirección al pueblo. Muy en el fondo esperaba un auxilio de última hora, pero era casi pedir un milagro. El trecho no era largo, pero sería difícil llevarlo hasta su casa en ese medio de transporte tan precario e inconveniente. Reflexionó unos instantes y se dio cuenta de que esa era la única solución que tenía. Tal vez no podamos subirlo a la carreta los dos solos, agregó.

Varias veces lo intentaron. El niño era de gran ayuda, a sus doce años y sin ser muy alto tenía el vigor de un hombrecito de quince, pero el peso del muerto vencía el débil equilibrio del vehículo doméstico. La pendiente de la orilla era un obstáculo adicional. Decidieron poner el platón de la carrera inclinado junto a la piedra de lavar y recostar la espalda del cuerpo sobre él. Del lado contrario, Naín y el niño aplicaron una fuerza de contrapeso mientras sostenían a Ambarino. Ambos emplearon toda su energía para realizar la maniobra, y finalmente, la estrategia y su resolución vencieron la empecinada ley de la gravedad, que al final jugó de su parte. En el punto de inflexión, el peso del cuerpo se recargó hacia ellos y la carreta volvió a enderezarse. Ambarino quedó descuajaringado sobre el platón, y sus brazos, sus piernas y su cabeza sobresalieron por los lados. Ella intentó acomodarlo de tal manera que su postura fuese menos indigna, pero tuvo que conformarse con recostarle la cabeza sobre la superficie. Luego, apretó los mangos entre sus manos, levantó la carreta y empujó con todas sus fuerzas. Avanzaron despacio y con tiento, el niño le ayudaba a mantener el equilibrio y ella cuidaba de no cometer un error que diera con el cuerpo en tierra.

Al llegar a la casa, pese al esfuerzo realizado, no se sentía cansada. Al contrario, la sangre bullía dentro de sus venas y un cosquilleo atravesaba sus brazos y sus puños tensionados. Estaba triste, era cierto, pero sentía que tenía suficientes fuerzas para enfrentar el futuro inmediato. Quizás, fue la cólera de ver la avenida del pueblo desierta y temerosa lo que inyectó sus venas. Sabía que la gente era consciente de la muerte de Ambarino y que nadie la había asistido. Entraron la carreta hasta el fondo del salón de la casa y allí depositaron el cuerpo.

El espacio era amplio, la mitad estaba ocupada por muebles de sala, y la otra mitad, la del fondo, permanecía a vacía. Esta última zona fue la elegida por ella para llevar a cabo el velatorio, y preparó el espacio de urgencia y con los recursos con los que contaba. No se sentía sola porque no pensaba en ello, simplemente actuaba guiada por un automatismo superior que le dictaba los pasos a seguir. A estas alturas, ni para llorar ni para sacar adelante el velatorio necesitaba de nadie. Su resignación era como la rebeldía pacífica de un necio, siempre se mueve, siempre va.

Antes que nada, Naín dobló una manta gruesa por la mitad y la extendió en el suelo. Luego amortajó el cuerpo de Ambarino de pies a cabeza con una sábana blanca, dejándole la cara descubierta, y lo puso encima de la manta. Buscó unos algodones y con ellos le tapó los orificios de la nariz. Fue hasta la cocina, trajo cuatro vasos de cristal y los puso bocabajo, uno en cada extremo. Buscó un paquete de velas y prendió unas cuantas. Alumbrado el cuerpo de ambarino, pensó en las flores. Fue hasta el solar, y con unas ramas florecidas de veranera lilas y unos resucitados rojos y blancos, armó unos ramos que introdujo en unas botellas de vidrio con agua, y los puso cerca del muerto. Después de esto, sin embargo, vio que faltaba una imagen sagrada que lo protegiera de los demonios errantes y pensó en el rosario de madera que tenía colgado en el cabecero de su cama. Fue hasta su habitación, lo trajo y lo puso sobre la pared que daba a la cabeza de Ambarino. Finalmente, entró en la cocina, llenó un vaso de agua y lo depositó a los pies del finado. Por si tu ánima quiere beber antes de irse, le dijo cariñosamente, y fue a sentarse a un lado para disponerse a rezar.

El niño permanecía en una banqueta cerca de la puerta. Contemplaba en silencio sus movimientos metódicos, aunque ella parecía haber olvidado su presencia. Desde el instante en que había empezado el rezo, Naín se había quedado absorta en su cogitación. Se la veía entregada, sus labios se esforzaban en pedir clemencia y compasión divina para el alma de Ambarino. El niño, en cambio, no rezaba, y lo único que ejecutaba era un movimiento secuencial con sus pies, como el juego de péndulos de un reloj, de un lado para otro sin parar.

El tiempo tropezaba a esas horas. El día había despuntado hacía rato y la luz entraba por una de las puertas que estaba abierta. Aun así, el fondo del salón acunaba una penumbra quejosa. Naín y el niño seguían solos, nadie merodeaba la casa, ni siquiera por malsana curiosidad. Era un hecho inusual en Almadía. A plena luz del día, el pueblo parecía embargado en la soledad de la noche.

En el salón, sin darse cuenta, Naín había dejado de rezar y ahora solo contemplaba el rostro desteñido de Ambarino. De la recitación enérgica del rosario había pasado a una murmuración monótona, y de allí, a un susurro casi imperceptible. Presa de una cogitación profunda, Naín tenía la mirada desenfocada y desvanecida, pronto sus labios se sellaron y su rictus adoptó un aspecto misericordioso.

En realidad, estaba retrotraída en un tramo de la historia que apenas podía comprender, y en ese instante, el cuerpo amortajado tan solo era un manchurrón en la penumbra, en el vacío y en el universo. Las imágenes se sucedían en su cabeza. Se le venía el rostro severo de su hermana María reclamándole por cohabitar con el hombre que desapareció a Gabriel y que tanto sufrimiento seguía causándole. Miró la imagen de Gabriel, su cuñado, atormentado y llorando como un niño en el último momento de su vida, tal y como lo pregonaba el comandante cuando se emborrachaba en las cantinas de Almadía. Vio la imagen de los ojos amarillentos del mismo Ambarino envueltos en la ausencia de la muerte. Pero también se acordó de un tiempo anterior y de uno, aún, más viejo, y en ese amasijo de imágenes y recuerdos, opacos o relucientes, volvió a salvar a su hermana María. Ella estaba presente en cada lugar y en cada momento de su vida. Y finalmente, se vio a ella misma, sola, desamparada y a la intemperie, enfrentando su mediodía.

Cuando volvió en sí, no sabía cuánto tiempo había transcurrido, pero aún tenía fijada la cara rigurosa de su hermana. Parpadeó varias veces y vio el cuerpo envuelto en la sábana blanca. Y se dio cuenta de que en realidad no había caído en el terreno figurativo de los sueños, sino, más bien, en un repentino examen de conciencia. Entonces se sintió agobiada porque pensaba que no debía tener ningún sentimiento de culpa, su existencia, como todas, estaba sometida a las fácticas circunstancias, y esa era su verdadera historia, la historia de todos los mortales, quién podía juzgarla. Madrina Naín, interrumpió el niño. Ella se volteó a mirarlo y vio que señalaba con el dedo el vaso de agua, a los pies del difunto. Mire, parece que el ánima tiene sed, añadió. El vaso de agua estaba medio vacío. Lo contempló, y con un temple satisfecho y ceremonioso, fue a rellenarlo de nuevo y lo depositó en el mismo lugar, y volvió a sentarse en la banqueta. Un instante después, se hallaba de nuevo ensimismada en su rezo.

Había una soledad inmensa en el salón. La noche estaba por llegar y nadie venía a acompañarlos. Afuera, los sonidos del ambiente se ahogaban en un quejido exiguo y extemporáneo. Nunca Almadía estuvo tan callada. Incluso era posible que las puertas de las casas estuvieran abiertas, según la ley imperante. Al pensarlo, un gran resentimiento contra el mundo afloró en el alma de Naín.

La cámara ardiente del comandante era lastimosa. Cuando ella detenía el murmullo del rezo, la soledad se devanaba en el tiempo y lo convertía en un ovillo confuso. Y fue en medio de ese momento que Naín percibió un ronroneo lejano. Se trataba del sonido de unos motores que poco a poco se hacían más fuertes. Se levantó, y, acercándose a la puerta, se dirigió al niño, Alguien viene, le dijo. Sí, respondió él, son varios carros. Adónde irán, preguntó inquieta. El niño guardó silencio.

Las llantas estrujaban las piedras con violencia y pulverizaba el balastro de la carretera. Vienen por la puerta de hierro, añadió el niño. Y los dos permanecieron en silencio. La música sicodélica de unos corridos prohibidos competía con los sonidos del motor y el roce de las llantas. El amasijo de ruidos era tan perturbador que llegó a estremecerlos. Entran en el pueblo, advirtió ella, y una secuencia de descargas ensordecedoras de metralla estalló enseguida. Vienen a matarnos a todos, gritó aturdida, lo tenemos merecido.

4

Naín no tuvo tiempo de cerrar la puerta, aunque fue lo primero que se le ocurrió al escuchar la balacera. Además, su acción estaba prohibida en Almadía. Tenía la puerta en la mano cuando cuatro vehículos se detuvieron frente a su casa, y una nube de polvo envolvió su cuerpo. Algunos pedruscos friccionados chocaron contra las paredes, y quedó paralizada. Al principio no reconoció a nadie, solo vio a unos hombres en uniforme camuflados y bien armados. En su confusión, pensó fugazmente que podría tratarse del ejército, pero ese pensamiento pronto le fue disipado.

Un hombre descendió de una de las camionetas y se dirigió hacia ella. Comandante Ángulo, tartamudeó reconociéndolo. Era un hombre alto y corpulento, de una presencia apabullante. Su energía ennegrecida logró empequeñecerla y no sabía qué decir ni hacia dónde moverse. Algunos de los hombres, que venían con él, se lanzaron a tierra también y se pusieron detrás del comandante. Los sonidos abigarrados de los corridos prohibidos embotaban el ambiente y su música sumía el alma en una psicagogia pervertida. El comandante la desdeñó con la mirada, y ella se dio cuenta como iba vestida, todavía llevaba puesta la bata de dormir y estaba descalza. Sintió vergüenza de su atuendo y agachó la cabeza. Lo han matado, suspiró débilmente después de un instante, y señaló el lugar donde yacía el cadáver de Ambarino. El hombre, que tenía una presencia intimidatoria, entró en el salón y se acercó al cuerpo. Ella lo siguió detrás. El comandante Ángulo se quedó mirándolo un instante, pero no dijo nada. Naín sentía deseos de contarle con pelos y señales todo lo que había vivido desde esa mañana. Cómo lo encontró, las heridas que tenía, el esmero con que lavó su cuerpo, todo lo que tuvo que hacer para traerlo hasta su casa, el indignante traslado en la carreta, la preparación del velatorio, las horas que pasó rezándole, la soledad en la que estaba Ambarino en la hora de la muerte y el profundo dolor que la embargaba. Pero no pudo hacerlo, un nudo en la garganta se lo impidió y de nuevo las lágrimas mojaron sus mejillas. Lo encontré esta mañana en el río, dijo al fin con la voz apagada. El comandante Ángulo hizo un gesto de asentimiento, casi imperceptible, y sentenció de forma determinante, Hemos venido a recogerlo. Al escucharlo, ella agachó la cabeza y se quedó pensativa.

La llama de una vela bailaba tersa a punto de apabilarse. Los pies de Ambarino se advertían debajo de la mortaja blanca. La muerte era más injusta que la vida. Naín no entendía de grados y de divisas militares, pero sabía que la palabra de aquel comandante valía más que la de Ambarino, y tenía que aceptarla. A mí me gustaría darle cristiana sepultura, dijo en un susurro sumiso que se escondió en la tierra. Pero ella empezaba a aceptar que Ambarino no le pertenecía y que, a pesar del tiempo que pasaron juntos, era un extraño del cual no sabía ni siquiera su nombre de pila. Tanto vivo como muerto, él era propiedad de las bandas, y por lo tanto sus verdaderas dueñas. Sus derechos si acaso le alcanzaban para rezarle un rosario, y ese cupo, lo tenía cubierto. Por su parte, el comandante Ángulo no pareció escucharla, o si lo hizo, prefirió desentenderse de aquella solicitud lastimera. Se dio media vuelta y salió del salón.

Qué pasa aquí, escuchó Naín que gritó desde la calle, Por qué no hay nadie, dónde está la gente. Estarán todos escondidos, le respondió una voz. Que salgan, ordenó con voz estentórea, nosotros todavía mandamos en este cagadero por mucho que el Gobierno nos esté domesticando, traigan a todo el mundo y que muestren el respeto debido por el comandante Ambarino, ya me oyeron.

Un rato después, Naín sintió los pasos de la gente acercándose. Ella estaba dentro, y sentada en una banqueta, contemplaba al difunto, pero sus oídos se mantenían atentos. El niño permanecía junto a ella. El comandante Ángulo no había vuelto a entrar en el salón y solo algunos de sus hombres se acercaron al cadáver. Qué pasa Coroncoro, escuchó que gritó el comandante. Que hay un viejo muerto en la casa de la orilla del río, respondió una voz. Y qué quiere que haga, contestó él con brusquedad, ese no es problema nuestro. El viejo Sócrates, pensó Naín de inmediato, se ha muerto el mismo día que Ambarino. Y recordó que cuando pasó frente a su casa, vio la puerta de su pieza cerrada.

La gente del pueblo se reunió alrededor de la casa de Naín. La oscuridad empezaba a cubrir las calles de Almadía. Uno a uno los enviados por el jefe de la banda volvieron de su rodeo trayendo con ellos a los habitantes más rezagados. Mientras tanto, ella seguía en el fondo del salón, y ahora que sabía que esa era la única despedida que podía ofrecerle a Ambarino, se entregaba con fervor a sus últimos rezos. Coroncoro, hay que apurar el operativo, escuchó que ordenó el comandante, Que todos se pongan en fila y, en orden, pasen al interior. Como ordene, comandante, respondió una voz. Quien quiera puede acompañar a doña Naín con los rezos, añadió en un grito el Comandante.

Y poco a poco, desfilaron los habitantes de Almadía frente al difunto. Algunas de las mujeres acompañaron el velatorio y se unieron al rezo del rosario precedido por Naín. Marina estaba entre ellas. Entró, se santiguó frente al muerto y se puso entre Naín y el niño. Cuatro hombres uniformados resguardaban el orden de la cámara ardiente. La gente pasaba, entraban por la puerta del medio, se detenían frente al difunto y salían de nuevo. Algunos hacían la señal de la Santa Cruz y otros simplemente lo contemplaban en silencio. De fondo, se escuchaba el murmullo de las oraciones, Dale señor el descanso eterno, brille para ella la luz perpetua. De pronto, la soledad del recinto se había transformado en un trasiego solemne de gente y en un coro nutrido de rezanderas. La luz amarillenta de una bombilla de ciento diez voltios alumbraba las caras inexpresivas de los pasantes, no había un solo gesto entre ellos, su expresión neutra era la constatación de su resignación o de su paciencia, resultaba difícil escrutarlo. Nadie demostraba si tenía animadversión personal por Ambarino, si se alegraba o estaba triste por el acontecimiento. En aquellos tiempos era mejor lavar las amarguras y las alegrías cada uno en su propia casa.

En vida, Ambarino no solo fue el jefe de una de las bandas, sino también el patrón de un vasto territorio que tenía su centro de operaciones en Almadía. Y allí solía permanecer el comandante la mayor parte del tiempo. Al principio, vivió y explayó las pasiones de su existencia en la casa de María, y para todos fue un escándalo. Pero más allá de la situación vejatoria e ignominiosa, era evidente que lo hacía como muestra de su superioridad, de su victoria, de la reafirmación de su poder. La superposición del vencedor sobre el vencido, el clásico de la guerra. El mejor botín para él, después de fracasar en su intento de apoderarse del ganado de Gabriel, fue sin duda aposentarse en su propia casa. Y esa fue la peor afrenta, el peor de los insultos a Gabriel y a la existencia de María, qué duda cabe.

Así, la pleitesía a Ambarino se cumplió tanto en su vida como en su muerte, esta última promovida por las órdenes del comandante Ángulo. La fila terminó de pasar como estaba previsto, y ella sabía lo que eso significaba. Ahora su resentimiento ya no le punzaba tan fuerte, su rostro lucía envanecido de orgullo, aunque mirara compungida el crucifijo de madera que presidía el velatorio. El pueblo entero estaba allí reunido para despedir a su Ambarino, al final les había tocado atar en corto su cobardía y acudir a contemplar su rostro exánime. Aun muerto, él seguía influyendo sobre ellos.

Naín rezaba con más aliento, presa de una gazmoñería altiva, pero detrás de esas oraciones, también pedía con intensidad compasión para el alma atormentada y violentada de Ambarino, ya que para nadie era un secreto la crueldad y la perversidad de su mano. Durante su vida, él había sido capaz de los peores crímenes contra los hombres, y ella no era ajena a sus acciones, pero también lo consideraba un hombre bueno. Y pedía a Dios en nombre de esa bondad que encontró en él, misericordia y perdón para sus graves pecados. Paz para su alma, repetía una y otra vez.

El momento final llegó. Era la última despedida. El comandante Ángulo ordenó el levantamiento del cadáver y su traslado a una de las camionetas. Coroncoro, su lugarteniente, y otros tres hombres entraron en el salón e interrumpieron el rezo. No lo llevamos, señora, dijo dirigiéndose a Naín. Mientras tanto, los otros hombres apartaron las flores y las velas encendidas. Tomaron posición, cada uno en un extremo del cadáver y lo levantaron, Naín saltó de la banqueta y se abalanzó hacia el cuerpo gimoteando, fue como si de pronto se sacudiera de un largo letargo. La realidad se hizo nítida ante ella y tuvo la lucidez exacta para saber que esa sería la última vez en su vida que vería el rostro de Ambarino, y esta sensación de perentoria despedida, la desintegró en mil pedazos. El desconsuelo y la desprotección, esas eran sus tragedias. Qué será de mí de aquí en adelante, se lamentó amarrada al difunto. El comandante Ángulo entró en el salón en ese momento. Ella lentificaba la operación. Ya es hora, le dijo, y un minúsculo gesto de caridad floreció en su rostro, pero Naín pareció no escucharlo y siguió aferrada al muerto, Qué va a ser de mí, repitió desalentada. El comandante perdía la paciencia. Marina se percató y la sostuvo firme por la cintura. Naín sintió como unas grandes manos la envolvieron y la separaron de Ambarino, y una voz le dijo, Vení mujer, déjalo ir. Los hombres retomaron el paso, sacaron el cadáver, y lo depositaron en el platón de una de las camionetas. Naín salió detrás. Con su mano derecha contenía los gemidos y las palabras lastimosas de su boca, pero las lágrimas brotaban incontenibles. Al hallarse en la calle se dio cuenta de que el pueblo entero, reunido alrededor de su casa, la observaba en silencio. Ella sabía que cualquier ruego sería infructuoso, hiciera lo que hiciera, el cuerpo de Ambarino partiría para siempre a un lugar que nunca le sería revelado, y ya no existía mano capaz de torcer ese destino. No podría enterrarlo o llevarle flores al sepulcro.

De alguna manera, él desaparecía ante ella, aunque supiera a ciencia cierta que él estaba muerto.

Los vehículos se hallaban prepararos para emprender el viaje. La pasión del primer momento se había reblandecido, y ahora, ella, simplemente, contemplaba recostada sobre una de las pilastras del corredor la partida de Ambarino. Los habitantes de Almadía permanecían cerca de la casa, ya que no tenían autorización de abandonar la escena. Un grupo de hombres hablaba aparte, las mujeres se agrupaban en otro lado, y los niños permanecían embobados con el brillo del fusil de Coroncoro. El adiós definitivo era inminente. Los hombres de la banda subieron a las camionetas que se hallaban dispuestas, y el comandante Ángulo fue el último de ellos en dejar de pisar la tierra de Almadía. El tiempo se aovillaba en sí mismo y la oscuridad se había volcado plenamente sobre la calle principal, solo la bombilla del corredor de la casa de Naín iluminaba Almadía. Los motores de las camionetas arrancaron y sus farolas alumbraron la avenida pedregosa y polvorienta. La gente se dispuso a los lados. Mientras tanto, ella enterraba su pena con la mirada clavada en el suelo y ya no mostraba ningún interés por lo que ocurría. La escenificación había terminado aunque se empeñara en alargarse. Los corridos prohibidos volvieron a embotar el críptico ambiente y el discurrir de las aguas del río quedaron silenciadas momentáneamente por sus notas inflamadas.

El primer vehículo de la caravana se puso en marcha y los demás lo siguieron detrás. El comandante Ángulo hizo un ademan de despedida. La parsimonia con la que avanzaba el cortejo suspendía el rígido momento. En la tercera camioneta iba el cadáver de Ambarino, lentamente se despedía del pueblo que había dominado en el pretérito. Los habitantes contemplaban el desfile en ascuas. El crujir de las piedras al paso de las llantas corroboraba la partida. Un halo de polvo liviano se levantaba casi imperceptible alrededor de los faros de las camionetas. La avenida principal de Almadía era tan corta que cuando el primer vehículo dobló la esquina, el último estaba a unos escasos metros de la casa de Naín. Los rostros seguían expectantes, incluso, algunos de ellos albergaron el temor de un final trágico. Nadie quería moverse del lugar para no tentar al destino.

Al tomar la cuesta, el primer carro aceleró con violencia y el ruido de motor revolucionado declaró definitivamente la despedida. Por fin la gente respiraba aliviada. Las últimas ruedas patinaron sobre el balastro de la carretera y el ruido irritado de los demás motores hizo temblar el suelo, sonó como un aviso cuyo eco retumbó en una peña del otro lado del río. Muchos se estremecieron, y como un retorno al principio de la escena, se escucharon de nuevo las ráfagas de fusil y los tiros al aire. Se trataba de un mensaje, pero nadie se atrevió a preguntar su significado en público. Finalmente, la caravana se alejó y el ruido de sus motores fue un ronroneo grácil e inofensivo. Y en cuanto quedó apagado del todo, los habitantes de Almadía se dispersaron y cada cual retornó a su casa. La procesión se hizo casi en silencio, las tinieblas de la noche agrandaban la incertidumbre, infundían más dudas sobre el futuro en sus pensamientos, nadie sabía lo que pasaría de ahí en adelante. Era cierto que Ambarino había muerto y que ninguno de sus hombres merodeaba por el pueblo, la banda parecía desaparecida, pero todos sabían que la guerra no había terminado.

Por su parte, Naín vio como uno a uno sus vecinos fueron alejándose hasta que la calle quedó desierta. El niño apareció, al final, desde detrás de la puerta. Con las fatigas y los pesares lo había olvidado de nuevo. Se sintió ingrata y desagradecida. Intentó esgrimir una sonrisa de ternura, pero un rictus melancólico poseyó su cara. Él avanzó por el corredor y pasó por su lado sin decirle nada. Adónde va, ahijado, preguntó ella. En realidad, esa noche, precisamente esa noche, no quería quedarse sola, necesitaba de una compañía. A mi casa, respondió él, ya es tarde y está muy oscuro, buenas noches, madrina. Naín hubiera querido detenerlo, pero le faltaron las fuerzas y no quería luchar contra la voluntad de nadie. Un instante después, estaba completamente sola frente a la ceguera de la noche.

Ahora el murmullo de la corriente se escuchaba diáfano desde donde ella estaba, era una oscilación monótona y deforme. Un toro bramó en la distancia. El canto de una estela dispersa de grillos emergió de la tierra y los ruidos de la noche recuperaron la cotidianidad interrumpida. A lo lejos un perro gañía una melancolía inextricable. La anomalía de los acontecimientos cedió paso a la rutina engreída de la naturaleza. Naín se dio la vuelta y entró al salón. El rincón donde había yacido Ambarino lucía lúgubre y distante y solo quedaba la manta gruesa tendida en el suelo, los restos arrumbados del velatorio y las banquetas vacías dispuestas alrededor. Su propia casa le pareció tenebrosa y se sintió más desolada aún. El vaso de agua estaba, de nuevo, medio vacío, lo recogió y se dirigió a la cocina. Lo conservaría hasta que el líquido se hubiera evaporado definitivamente, y luego lo pondría en el altar de sus santos, ya que era el único aliento que le quedaba de Ambarino, la última impregnación de su esencia. En aquel recipiente consignaría las oraciones por su alma hasta llenarlo de misericordia.

Y de nuevo pensó en él, y se preguntaba adónde lo llevarían, quizá nunca lo sabría, jamás podría depositar un clavel a su tumba. Esta circunstancia le produjo una desazón interna y nuevas lágrimas se juntaron con las ya vertidas en sus mejillas, y fue presa de la desesperación y vio el mañana con miedo. Salió de la cocina, atravesó el salón y se detuvo un instante, y sintió por última vez el calor que aún guardaba la extinta cámara ardiente. En la pared, vio colgado el rosario de cuencas de madera, caminó hacia él, sin dejar de mirarlo, lo apretó entre sus manos, lo besó y se encomendó al poder redentor de Cristo. Luego volvió sobre sus pasos, cogió las llaves, que tenía colgadas detrás de la puerta, y apagó la luz. Salió al corredor y cerró la puerta con una cadena y un candado, como lo hacía todas las noches. Caminó hasta las escaleras exteriores y subió cada peldaño sin verlo. En la segunda planta, atravesó el pasillo agarrada a la barandilla, y a tientas, halló la puerta de su habitación. La empujó y encendió la luz. Al pasar por el espejo de su tocador, vio como iba vestida. Extendió el mosquitero, volvió al interruptor, y al pasar de nuevo por el espejo, se contempló un instante. Estaba demacrada y con los ojos hinchados. Rehusó a seguirse viendo en esa despiadada superficie y alargó la mano hasta el interruptor, pero antes de apagar la luz, dijo en voz alta, Qué pasará conmigo de ahora en adelante, cuándo volverá María. Y en ese preciso instante se acordó del viejo Sócrates. Se había olvidado de él por completo.

5

Un chispeo lánguido caía sobre la ciudad. Mientras, en el interior de un apartamento, Madre e hija abrigaban sus cuerpos bajo las gruesas mantas, abrazadas la una a la otra encendían la lumbre de su calor filial. Isabela estaba dormida y María contemplaba las nubes encapotadas del cielo vespertino. Oír las primeras gotas de la lluvia era una de las cosas que más le gustaba, seguía siendo una cálida reminiscencia de su niñez, el instante preciso donde vulnerabilidad y protección se cruzaban en un mismo punto. Mamá, dijo Isabela removiéndose entre las mantas, Suena el teléfono. Es cierto, contestó ella, y se levantó. Al sentirse descobijada, Isabela se quejó y volvió a cubrirse.

Aló, dijo María desperezándose. Hermana, soy yo, Naín. Cómo estás, preguntó ella. Bien, bien, tengo algo que contarte. Bueno o malo, indagó. Naín se quedó un instante en silencio. A María le pareció largo y dijo, Aló, estás ahí. Sí, sí, estoy aquí, respondió, y añadió, Sabes que al comandante Ambarino lo mataron hace unos días y que no queda nadie de la banda en el pueblo, las murmuraciones dicen que los mataron a todos. Ahora fue ella quien se quedó callada y Naín continuó el relato. Le contó que los hombres de las bandas habían abandonado todos los pueblos de los alrededores y que los tenían concentrados en algún punto de la cordillera. No has escuchado las noticias, preguntó Naín. Sí, contestó ella, negocian la paz con el Gobierno. Eso es, prosiguió Naín, el comandante que ahora los manda es un tal Ángulo, el mandamás de toda la región, por qué no vas a hablar con él, yo creo que ya puedes volver a Almadía. Esas palabras sonaron tan irreales y lejanas para ella que apenas podía creérselas, y dubitativa dijo, ¿y si me matan? No, interrumpió Naín, si hablas con el comandante antes para que te dé el permiso, no te pasará nada, al fin y al cabo no le debes nada a nadie, ni has hecho nada malo, eres inocente. Bueno, concedió al fin, voy a pensármelo. Ah, y también tengo que contarte otra cosa, añadió Naín, que el viejo Sócrates murió hace unos días. Lo encontraron en su pieza, parecía como si estuviera dormido. Pobre, añadió ella después de intentar traer el rostro de Sócrates a la memoria, la vida es más injusta que la muerte, por lo menos murió de viejo.

Sin estar muy segura, María quería emprender el viaje para entrevistarse con el comandante Ángulo. La muerte llega cuando llega, pero siempre es mejor prevenirla, y en el caso de María, de lo que se trataba era de comprobar si aún seguía en pie su sentencia de muerte. Y aunque toda comprobación conllevaba un grado de audacia, no podía dejar de tener miedo. Pero el miedo que sentía, era un miedo petrificado por el tiempo, duro como un cuerno, y al que para bien o para mal, ya se había hecho. Así que ponerle cara a un jefe de las bandas no tenía el efecto de amedrentarla y menos paralizarla. Aunque tampoco tenía apagada las ascuas de sus sentimientos, y los hechos trágicos que le mostraron la senda de la amargura seguían en su memoria. La vida era muy corta como para perdonar la injusticia cometida, los verdugos seguían siendo los mismos, así Ambarino hubiera muerto.

Finalmente, y después de meditarlo durante unos días, María decidió asistir a una de las audiencias que concedía el célebre comandante. Y durante el viaje, que emprendió enseguida, no podía dejar de resucitar la lejana sentencia de Ambarino y un escalofrío le recorría el cuerpo. Sin embargo, para lograr el retorno era indispensable pasar por el trago amargo de verse cara a cara con aquel jefe de las bandas. En él, y solamente en él, residía el poder que autorizaría su regreso. Para ella era humillante y le producía una impotencia desbordada pensar en ello. Una rabia inefable percudía su alma, se sentía una ilota en medio de una tierra de barbarie, a merced del gobierno infame de la soledad y del abandono.

Las audiencias del comandante Ángulo se celebraban en un lugar localizado en una montaña de la cordillera, cerca del río. Fue un viaje de largos recorridos y de largos pensamientos, al que acudió sola y casi de incógnito, tan solo su hermana Flavia y su hija Isabela conocían de su periplo. Ambas se opusieron, pero una vez lo hubo decidido, no hubo poder humano que la convenciera de lo contrario.

El vehículo la dejó frente a un broche de alambre de púa, justo a la entrada de una finca. Ese día, no era la única que asistía a la audiencia, delante de ella caminaban otras personas. El lugar se hallaba resguardado por hombres armados, apostados a lo largo de la carretera que conducía a la casa, casi todos portaban uniformes militares. En los alrededores se concentraba un fuerte anillo de seguridad y un número indeterminado de guardias la custodiaban en todos los flancos y direcciones, en sus rostros se amarraba una expresión rígida y enfadada, y tenían el dedo índice muy cerca del gatillo de sus armas. El lugar estaba envuelto en un silencio temeroso, parecía un espacio dispuesto para la veneración, apenas se escuchaban los murmullos de los guardianes, y si no fuera por ellos, se hubiera sentido en medio de una procesión de penitentes.

El sitio lograba intimidarla. Intentaba caminar a paso firme y con la mirada fijada en el suelo, pero una curiosidad improcedente la traicionaba. Sus pasos sigilosos, finalmente la condujeron hasta la entrada de la casa. La edificación estaba rodeada de un cerco vivo y bien cuidado de cítricos frondosos. Un patio frontal muy amplio presidia la entrada y un gran número de vehículos ocupaba todo el espacio. La techumbre de la casa era de teja de barro y destacaba por encima de todo lo demás. En el cielo se pintaba un cerúleo angelical, y pese a todo, para ella ya era un regalo, en la ciudad rara vez el cielo se tornaba tan diáfano y cristalino. En ese momento, uno de los guardianes le cerró el paso y mal encarado le preguntó, Adónde va, señora. A ella, que caminaba distraída, el choque con aquel hombre le resultó desagradable y los efluvios de sus verdaderos sentires interiores se regurgitaron de pronto. Desde que había descendido del vehículo siempre caminó prevenida, intentando, a cada milímetro recorrido, reprimir su rabia enquistada. Pero al oír aquella voz bronca, el sabor amargo de la bilis de su amargura se deslizó hasta su boca y tuvo que tragar mucha saliva para contenerse. Apretó los dientes, los labios y sus peores sentimientos, y escondió sus manos detrás para que aquel hombre no se diera cuenta de que toda ella lo odiaba. Dios mío, dijo, guíame en tu justicia frente a mis opresores, allana tus caminos ante mí.

Le he preguntado que adónde va, señora, repitió el guardián visiblemente contrariado ante su mutismo. María no fue muy consciente, pero se quedó mirándolo con los ojos vidriosos. Pero no con los de los muertos sin vida sino con los de los muertos de rencor y de tristeza. He venido porque quiero hablar con el comandante Ángulo, respondió con la voz envenenada y afligida al mismo tiempo. Para qué, preguntó el guardián. Ella titubeó un instante, no sabía cómo explicarlo con exactitud. Para, para preguntar por el paradero de mi esposo desaparecido, dijo al fin. El hombre frunció el ceño, la miró de arriba abajo, inclinó su cuerpo hacia ella y, de muy malagana, señaló con su dedo índice el lado izquierdo de la casa, Párese allí, con las demás, y espere a que le toque su turno, dijo. María dirigió su vista, aún inflamada, al lugar que le era señalado y vio una fila de mujeres en posición de espera. La última era una mujer de avanzada edad. Se dirigió hasta ellas, y unos metros más adelante sintió el escupitajo de un insulto sobre sus espaldas, pero no se volvió, caminó como una autómata, con la mirada clavada en la anciana.

¿Aquí es el lugar de la audiencia?, preguntó al llegar. La anciana, que cerraba la fila, simuló no escucharla. Una de las mujeres que ocupaba un lugar más adelante se volvió y le respondió, Sí, es aquí, en un corral de vacas, y sonrió con cierta ironía prendida en el rostro. María contempló unos instantes a su alrededor y cayó en la cuenta de que, efectivamente, el lugar era un viejo corral de ordeño emplazado junto a la casa. Aún quedaban en pie las hileras de troncos paliduchos que conformaban el cerco y dividían el espacio. También permanecía erguido el apretadero por donde salía el ganado y un barracón diáfano destinado al ordeño con una pila rectangular en un lado.

María tuvo el tiempo de detallarlo. Sin quererlo, la deteriorada estructura le evocó un viejo tiempo en Almadía, cuando se acercaba a comprar la leche a un corral vecino, durante las horas del ordeño, y la dueña de las vacas, una mujer llamada Palmira, le ofrecía un vaso de espuma de leche recién ordeñada. Los dos corrales parecían calcados, como hechos por la misma mano. María sintió una familiaridad intensa en aquel lugar. La estuosidad del ambiente, los alrededores pintados de verdes suculentos, la vegetación de guásimos y romerillos, las praderas colonizadas por el rustico pasto estrella y los árboles de arrayanes dispersos en las hiatos de las montañas, todo le recordaba el entorno en el que había vivido casi toda la vida. Almadía se hallaba cerca y ella ya podía respirar sus aires y recrear su espíritu. Y esta sensación logró combatir la indignación perniciosa que la quemaba por dentro. El retorno tenía cara de perro y el paso por aquel ojal indigno era indispensable si quería lograrlo.

La fila no era demasiado larga y fluía con rapidez. Ahora, María observaba a la anciana que tenía delante. Sus miradas se cruzaban de vez en cuando, pero esta la esquivaba. Era una mujer muy vieja, tenía la cara llena de arrugas y los ojos hundidos. El brillo de su piel se había perdido para siempre, sus cabellos eran hebras deshilachadas, recogidas con una escuálida presilla morada, y llevaba puesto un vestido de rayón estampado y remendado en los costados. Con frecuencia pasaba sus manos temblorosas por la cabeza y el sudor humedecía las raíces blancas de sus cabellos cenicientos. María podía ver el sufrimiento gesticulado en sus melancólicos movimientos. En varias ocasiones quiso entablar una conversación con ella, pero la mujer se mostraba esquiva y hasta huraña. En absoluto se trataba de una curiosidad superflua, al contrario, sentía cierta identidad y enternecimiento por aquella anciana, veía en sus atribulados movimientos, el reflejo del dolor que ella también sentía. Era cierto que esta mujer era una completa desconocida, pero no era difícil adivinar la razón de su presencia en aquel lugar. Todas las mujeres que aguardaban su turno para la audiencia compartían similares penas y designios. Al fin y al cabo, eran hijas de una misma patria, de la misma tragedia, y por qué no decirlo, de la misma esperanza. Finalmente, no se sintió capaz de romper la dura carcasa del miedo y compartir los dolores con aquella desconocida; era demasiado pronto para que se encontrasen en un mismo punto. No era el tiempo para reconocerse en otros espejos, cada cual debía resolver sus asuntos, enfrentarse a la vida y enfriar sus propias penas.

María entró en el apretadero del corral, por donde discurría la fila, pero en el sentido inverso en el que solía hacerlo el ganado en su camino hacia el embarcadero. El suelo era un manto liviano de tierra y boñiga de vaca pulverizado. Los palidecidos postes y travesaños de la angosta estructura hicieron que se sintiera como en el pasillo ineludible de la vida, la senda exacta por la cual discurría su vida. Aun así, no era una derrota verse acorralada por las circunstancias y no se sentía vencida.

El turno de la anciana había llegado. Detrás la seguía María. El comandante Ángulo le hizo señas para que se acercara. Antes de dar el primer paso dentro de la pista del corral, la mujer titubeó. Acérquese, acérquese, le gritó el comandante. María vio que la anciana dudaba y la animó: siga, señora, es su turno. La mujer se volvió a mirarla. Tenía una expresión hostil fijada en el rostro. Giró el cuerpo, levantó los hombros todo lo que pudo y caminó con una dignidad ceremonial. Ella aguardó en el límite de la pista, la observaba y esperaba su turno.

El lugar desde el cual despachaba el comandante Ángulo estaba a unos cuantos pasos y María podía ver y oír lo que sucedía. El escritorio del jefe de las bandas lo componían dos pupitres de escuela con ínfulas minimalistas y escasamente ergonómicos, la tabla encimera tenía forma de trapecio y debajo colgaba un compartimento descubierto. Sobre la superficie reposaba su ordenador portátil, una libreta marrón forrada en falso cuero y unos cuantos folios de papel desorganizados. A diferencia de sus guardianes, el comandante vestía de civil. Llevaba puesta una camisa a cuadros, un pantalón vaquero y una gorra de color verde oliva, su único distintivo militar. Además, portaba una pistola en el costado izquierdo. Era un hombre alto, corpulento y de mediana edad. A su lado estaba sentada una mujer de pálida piel, muy bien vestida y elegante, su camisa y su pantalón eran de color de blanco, al igual que su sombrero y sus zapatos. Detrás de ellos permanecían inhiestos dos hombres uniformados con sus respectivos fusiles.

La mujer anciana se detuvo frente al comandante, a una prudente distancia. El mandamás de las bandas clavaba su cabeza en una libreta de apuntes, escribía con cierto tedio. Señor, dijo la mujer con firmeza. El hombre levantó la mirada con flema y la observó. La anciana sostenía la misma postura altiva con la que había ingresado a la pista, y a continuación empezó a hablar con un tono de voz firme: solo vengo a decirle una cosa, las bandas violaron y mataron a mis dos hijas, lo único que yo tenía. Ellas nunca hicieron nada malo a nadie, eran trabajadoras y buenas muchachas, y yo ya no tengo lágrimas para llorar por ellas. Usted no lo sabe, pero el dolor de una madre es eterno, y por culpa de ustedes me he quedado sola en el mundo, padeciendo este martirio que no me deja dormir por las noches. Ustedes mataron lo que yo más quería y eso no tiene perdón de Dios. Jamás podré perdonarlos, jamás.

Al terminar, la anciana se quedó sin aire, pero sus manos ya no temblaban y su cuerpo pareció liberarse del peso aniquilador del resentimiento. El último aliento con el que dijo la última palabra fue más un descanso que el final de una sentencia.

El comandante Ángulo permanecía impertérrito, y su rostro adoptó un rigor inexpresivo. María vio que aguantaba la respiración y su manzana de Adán no se movía. La osadía de la anciana envolvió el corral en un silencio incómodo. Varios de los guardias, al escuchar los reproches, se pusieron en alerta máxima. La mujer de blanco que estaba sentada al lado del jefe de la banda mostraba una actitud parca y distante, una mosca merodeaba en su frente. La mujer anciana sostuvo la mirada del comandante Ángulo durante unos instantes, sus ojos estaban inflamados. Luego, bajó sus brazos, se dio media vuelta y se dirigió hacia la salida, en el extremo opuesto.

Caminaba liviana, como una espiga seca movida por el viento. Sus pasos no expresaban miedo, al contrario; dejaban una huella firme en el polvo liviano. Aquella mujer parecía haber descansado después de un largo padecimiento, quizás porque ya no tenía nada más que perder que su pucho de vida, o simplemente, era un ánima atormentada en búsqueda de algo de justicia, la última esperanza de su humanidad marchita. Atravesó la pista, abrió una puerta de hierro, salió del corral y, ligera, desapareció de la vista de todos.

De inmediato, los hombres del comandante Ángulo se volvieron a indagarlo. Esperaban alguna señal suya, pero el jefe de la banda permaneció en la misma postura, sin decir nada.

Las vidas son distintas, y por tanto, las tragedias también. Y aunque se parezcan, se identifiquen o se analicen como un conjunto, cualquier resolución depende del momento y de las circunstancias de la vida de cada uno. El turno de María había llegado. Después de un momento, el comandante Ángulo levantó su mano y le hizo una señal para que se acercara. Actuaba como si nada hubiera ocurrido. De hecho, cuchicheó unas palabras con la mujer de blanco, tranquilizó con un gesto a sus hombres y esperó a que la siguiente de la fila ocupara el lugar correspondiente. Mientras tanto, María se acercaba. Sus pies entraron en la pista del corral casi de forma automática y su olfato quedó impregnado con el olor fungoso del polvo reseco de la boñiga. La pista de ordeño le pareció muy grande o ella se sintió muy pequeña. Un par de guardianes se encaramaron en los travesaños superiores del cerco y se pusieron a mirarla con curiosidad. El incidente de la mujer anciana había despertado la expectación entre los presentes. Su corazón estaba agitado y sus mejillas sudaban, a cada paso se sentía más observada. Llegó frente al comandante y la mujer vestida de blanco y se detuvo. El dúo que presidía la audiencia la intimidaba con su mirada severa; se podía ver a leguas que, por mucho que intentaran disimularlo, se hallaban prevenidos. Detrás, dos guardias le extendían una acritud manifiesta.

Buenas tardes, dijo. El comandante la examinó un instante de arriba abajo, se rebulló en su silla como si intentara encontrar su cara en alguna parte, y esperó. Ella lo percibió y añadió como si le contestara: soy María Quinto del pueblo de Almadía, la esposa de Gabriel Defuertes. El comandante enarcó las cejas, asintió y dijo, Sí, sé quién es usted señora y también quién era su esposo. Inclinó el cuerpo hacia delante y adoptó una postura receptiva. A ella le sorprendió el reconocimiento inesperado, esta vez, el comandante no había recurrido a su ordenador portátil y tampoco a su extensa agenda.

En sus reflexiones previas, durante el viaje, había alcanzado a imaginar que tendría que pasar, inevitablemente, por el trago amargo de referirle la historia de Gabriel, y más aún, de mencionar el nombre de Ambarino. Pero no fue así. Aquel hombre la reconocía, y entonces tuvo la repentina idea de que él mismo pudo ser quien ordenó la desaparición de Gabriel, o que fue él quien encabezó su persecución. El rostro de María se endureció, apretó los dientes y lo miró directamente. Sentía rabia de pensar que tenía frente a ella al ejecutor de la desaparición de Gabriel y que no podía hacer nada.

Y bien, en qué puedo ayudarla, señora, prorrumpió el comandante Ángulo. María lo miraba, pero estaba abstraída en sus pensamientos. Sin embargo, al escuchar su voz quiso decir algo, mas la primera palabra se enredó en su boca. El hombre volvió a rebullirse en la silla. Perdía la paciencia. Sin duda, el incidente con la mujer anciana lo había afectado más de la cuenta, y así hubiera pretendido disimularlo, el vaso de su paciencia estaba colmado. Y bien, volvió a decir, nos puede decir qué es lo que quiere, señora. María retomó el hilo de la realidad y de sus palabras, y dijo: he venido, comandante, porque quiero saber si puedo regresar a mi casa, ahora que ustedes... Y no pudo continuar. En ese momento le faltó el aire, su voz tembló y se adelgazó hasta convertirse en un hilo sibilante, imperceptible. Dirigió su mirada hacia la mujer de blanco, en búsqueda de un poco de amparo e identificación, pero ella la observaba con frialdad, como si no entendiera su solicitud y su presencia, en aquel lugar, fuera tan solo testimonial.

El comandante frunció el ceño y se quedó muy serio y circunspecto. Su mirada penetrante logró llenarla de incertidumbre, no lograba determinar lo que pasaba por su cabeza y se asustó. Y alcanzó a pensar lo peor. Y bajo su blusa blanca y su pantalón azul, su cuerpo trémulo empezó a sudar y fue absolutamente consciente del ser que tenía frente a ella y de las consecuencias que podía acarrearle haber llegado hasta su propia guarida. Entonces comprendió que su deseo irrefrenable de retornar a Almadía la había llevado demasiado lejos. Su temor le hizo ver el rostro feroz y horripilante de aquel hombre que tenía frente a ella capaz de cualquier cosa, y le provocó unos deseos irrefrenables de huir del lugar. Pensó en Isabela y en David y creyó que se había equivocado, que la osadía de pensar que podía cambiar su sentencia con la mera persuasión de su presencia y de sus palabras había sido un error garrafal, y que en cualquier momento el comandante Ángulo la mandaría a detener, como hicieron con Gabriel en el pasado, y todo estaría perdido. Sintió ganas de llorar, pero no pudo, los mismos nervios aplacaron sus lágrimas. Todo su porvenir, incluido el de sus hijos, volvía a estar en manos de aquel hombre.

6

Pero, después de una breve pausa, el comandante Ángulo cambió de expresión. Fue un salto de humor y de postura, como si estuviera acostumbrado a tener dos caras. Sucedió de manera tan abrupta que a ella le pareció extraño. Doña María, dijo en un tono comprensivo, aposentado en el trono de la justicia, usted ya puede volver a su casa y a sus negocios, no tenemos nada en contra suyo. En su rostro se advertía cierta musaraña desenfadada. María no supo qué decir, pero se sintió aliviada y también algo estúpida, hacía un instante había pensado lo peor. Agachó la cabeza y se quedó en silencio, sin moverse del lugar. El comandante se volvió a su acompañante de mesa y le indagó algo con la mirada. La mujer de blanco contestó levantando los hombros. Ninguno de los dos sabía lo que le pasaba, aunque fuera tan fácil adivinarlo.

En realidad, faltaba algo, ese algo que seguía sin resolverse, de hecho, era el asunto primordial de toda esta historia, el punto desde donde partía su desgracia. Y ese algo no era otra cosa que el destino de Gabriel. Incluso, María hubiera cambiado su retorno por saber su paradero. Porque por mucho interés que hubieran mostrado los miembros de la banda de Ambarino en hacerle saber que a Gabriel lo habían matado ellos, ella seguía considerándolo un desaparecido. Y esta percepción tenía consecuencias prácticas en su vida, la esperanza frente a la fatalidad de la muerte, pero también, la esperanza como alimento principal del suplicio. Claro que faltaba lo principal, y eso era escuchar de boca del propio jefe de las bandas, qué había pasado con Gabriel.

Sacó fuerzas de donde pudo, fijó sus pies en el suelo, volvió a levantar la cabeza, escrutó los ojos del comandante y le preguntó con tres sencillas palabras: Ustedes lo mataron. El hombre cerró la agenda y la tapa del ordenador portátil, miró hacia el apretadero del corral y vio que no quedaba nadie más en la fila. María era la última. Exhaló un suspiro escalonado, se volvió hacia ella y le correspondió la mirada. María creyó que no le respondería. La expresión del comandante se tornó firme, rayaba en la solemnidad, quizás quería mostrarse compasivo, pero al responder a la pregunta, sus palabras sonaron ordinarias, indolentes y frías, carentes de conmiseración humana, y dijo, No lo espere más, ni lo busque más, señora, lo que él nos debía ya nos lo pagó, las bandas son las autoras de su desaparición, esa es la verdad. Se levantó de la silla, dando por terminada la audiencia, sin permitirle a María la réplica, la siguiente pregunta obvia, y abandonó el lugar, seguido por la mujer de blanco y custodiado por sus guardaespaldas.

Un rato después, sola, María abandonó el corral de vacas por el mismo lugar que lo hiciera la mujer anciana, y luego desanduvo los pasos andados hasta el broche de la entrada. Al escapar de allí, una mezcla de sentimientos, casi todos amargos, agriaron su boca. Mas ya tenía decidido su regreso a Almadía, y esto lograba consolarla.

Y así fue. Más tardó en volver a sentir el frío intenso de la ciudad que en organizar su regreso. Muchos de sus parientes intentaron convencerla de lo contrario, principalmente la tía Flavia, que se opuso con toda la fuerza de sus argumentos certeros a su resolución, pero al final sucumbió ante la pertinacia de María, y terminó pidiéndole entre sollozos que no se fuera.

Así, su viaje de retorno, el de María e Isabela, fue un testimonio más de sus vidas en los tiempos de aquella guerra. No había alegría ni satisfacción en sus rostros. La conformidad inexpresiva era lo único que sobresalía en los aires que envolvían aquel regreso. Dentro, la procesión va por dentro, pero de eso solo se ocupa quien la siente. El viento olía a hoja seca. Podía ser el otoño de esta tierra sin estaciones. Una brisa grácil y húmeda circulaba en la ciudad. María no quería perder un instante de su vida en un lugar al que ella no consideraba suyo. En todo este tiempo, la ciudad había significado un encierro gélido en las mazmorras de la nostalgia.

Antes de cerrar la puerta del apartamento por última vez, pensó intensamente en él. Isabela aguardaba junto a ella. Las dos permanecían en silencio. María inspiró el aire del interior y olió el inconfundible perfume de Gabriel. Incluso con el paso del tiempo su aroma viril permanecía, seguía regodeándose en el ambiente, jugueteando en los armarios, provocando desde los rincones, igual que la primera vez que la percibió y la llevó a pensar que él estaba vivo. Respiró una vez más y sus cavidades sintieron la frescura de Gabriel, y su último erotismo entró dentro de ella y quiso retenerlo. En ese momento, tuvo pena de abandonar, para siempre, el último lugar donde había vivido. Experimentaba la contradicción humana de añorar un sitio en el que había sufrido tanto. Sin darse cuenta, su permanencia allí, durante ese tiempo, se había convertido en una manera de retener su recuerdo, de hallarlo en los límites de las mantas de su lecho, en los confines de esas paredes que seguían encarcelando su esencia, de sentirlo cerca, aunque estuviera en el lucero más distante, convertido en polvo de estrellas.

María e Isabela cerraron la puerta juntas. No se dijeron nada, pero las dos llevaban los ojos cubiertos de lágrimas. Atravesaron el pasillo emocionadas, y tras de sí, dejaron la puerta que nunca volverían a abrir. Bajaron las escaleras exteriores y alcanzaron la garita del vigilante, entregaron las llaves del apartamento al celador y María le pidió que se las devolviera a la dueña. El anticresis ha terminado, le informó, ya no volveremos a vernos, buenos días. Unas briznas del alma de Gabriel, María, Isabela y David quedaron incrustadas en las muescas de la cerradura, y detrás del velo de muselina de las ventanas de aquel apartamento quedaba la tibieza de sus esencias y varios de los recuerdos de ese amargo período de sus vidas. Isabela le pidió a María que no llorara, pero ella sentía que en ese lugar se quedaba inasible una parte de Gabriel, y eso la entristecía. Tomaron un taxi con dirección a la Terminal de Transportes con apenas un par de maletas en las manos, lo demás sería porteado por un camión de mudanza y abandonaron el edificio para siempre.

Al salir de la ciudad, María observaba por la ventanilla. El cielo estaba despejado. A su izquierda se alzaba imponente el volcán que presidía la aglomeración humana. Esa mañana resultaba exultante verlo y algunos copos de nieve se dispersaban en su pico. Durante un rato, ese niño impetuoso y adormilado, amamantado con el magma de la tierra, acompañó su senda. Atrás quedaba la ciudad, se había escondido sorpresivamente. Ahora, el bus serpenteaba de una curva a otra mientras coronaba una montaña. Del otro lado, junto a la carretera, en otra montaña, se levantaba un manto verde oscuro, casi negro. En la cima se desplegaban los bosques de nieblas perpetuas. Raudos gases espesos se rebullían en sus crestas.

El vehículo empezó a tomar el descenso y María sintió un vacío en el estómago, miró a Isabela y la atrajo hasta su pecho. Conforme las ruedas ganaban terreno, veía más cerca el punto culminante de ese destierro. El paisaje cambiaba con una rapidez inusitada y los bosques fueron sustituidos por apacibles cafetales y matas de plátano. Ya no tenía tanto frío y empezaba a sobrarle algo de ropa, así que se quitó la chaqueta y siguió la contemplación de la volatilidad del paisaje.

El clima cambiaba rápidamente, del frío enervante de la ciudad pasaron al aire medicinal del clima templado. En el interior del vehículo ya podía sentirse y ella lo comprobaba en el paisaje. El clima iba pareciéndose cada vez más al de Almadía. El bus se introdujo en un túnel y luego descendió por los precipicios hipnotizadores de un cañón. Atravesaron un puente en los mismísimos confines de un antiguo imperio y empezaron a ascender de nuevo. La sinuosidad de la carretera era trepidante. María sabía que al coronar esa montaña, avistaría, a lo lejos, el valle del río. Esto la emocionaba y la asustaba al tiempo, estaba segura de que al llegar enfrentaría una realidad distinta. Nada permanece en el mismo punto aunque retorne al mismo punto. Pero sus viejos miedos, los nuevos, así como sus esperanzas, seguían sembrados en Almadía; convivían juntos los unos y los otros.

Al visualizar la imagen que esperaba, el bus empezó a descender. En la orilla de la carretera se apostaban algunas pobres almas, pedían caridad debajo de unas chozas de paredes de cañas y techos de trapos. Al paso de los vehículos, los miserables extendían una cuerda señalada con hilos de la lana y bolsas de plástico de colores. Era un peaje de la miseria. Alguna moneda les caería de vez en cuando. Era una de las tantas caras de la eterna espera humana. El bus continuaba su marcha.

Después, el río apareció de repente y la acompañó durante un tramo del recorrido. Cerca de esos parajes tuvo lugar la desgracia de Gabriel. María se sintió sobrecogida. Por un instante fugaz, a lo lejos, volvió a ver el puente donde le dijeron que lo habían ultimado, y revivió en su imaginación todo lo que le contaron, y también recordó el día en que pasó por allí buscándolo. Y fue como ver las dos cosas de forma simultánea. Ver como lo ultimaban sus verdugos y su cuerpo caía por el barranco y verse a ella rezándole la oración de los muertos con las manos atadas por la súplica del momento. Los malos recuerdos y las malas sensaciones quisieron abatirla, todo seguía demasiado fresco en el cosmos de su pensamiento, el dolor y la esperanza gravitaban por encima de una realidad que apenas le parecía posible. Qué mira, mamá, preguntó Isabela al verla reclinada sobre la ventanilla. Nada, nada, hija, mintió ella, es que me pareció ver algo en el río, pero no tiene importancia.

Las curvas serpenteantes de la carretera Panamericana dieron paso a largas rectas en el valle del río. El calor se había apoderado definitivamente del ambiente, era un regalo poder sentirlo después de ese tiempo. Una vez alcanzaron las tierras de la planicie, el viaje fue un suspiro. Sin embargo, María cayó en la mala tentación de otra proyección del pasado. Precisamente en ese tramo de vía, por el cual circulaba, se produjo la persecución de Gabriel, los momentos angustiosos previos a su captura los había sufrido en esos kilómetros. Ella sabía que era pernicioso pensar en ello, pero no podía contenerlo, le era imposible rodar sobre ese asfalto y esa tierra sin recrear algo que jamás había visto, pero que su imaginación representaba a partir de las historias que le contaron y la realidad que veía.

Además, atravesar el valle también significaba regresar sobre sus propios pasos. Desde el bus, vio el paisaje que pronto se abrió a sus ojos y fue un bálsamo para sus pensamientos. La imagen viva y diáfana de sus anhelos aplacaba la maldad de ese episodio oscuro de su historia. Entonces pudo contemplar la vida espigarse en las hojas áureas de los pastos de las praderas, vio el remanso de la existencia en el ganado echado debajo de los samanes, vio la cotidianidad en el azul cerúleo del cielo y en la tez tostada de la gente. Y luego, cuando descendió del bus y se encontró en El Cruce, cerró los ojos y se sintió como en un palenque. Se sacudió las últimas esquirlas del frío, igual que si fuera una gallina, y el calor entró de lleno en su cuerpo. Las caras de la gente le seguían siendo familiares. Con su mirada buscó el puesto de *raspaos,* y allí estaba. El mismo hombre lo atendía, sobrevivía, la guerra no lo había eliminado. A un lado de la carretera, encontró el restaurante de la bisabuela y a la matrona riendo a carcajadas. Parecía que nada hubiera cambiado desde la última vez. El caserío conservaba intacta su impronta de lugar de paso, la gente llegaba y un rato después partía hacia su patria chica. En esta oportunidad, la espera no fue larga para ellas. María tomó la mano de su hija, asió una de las maletas y atravesó la carretera. Isabela cargaba la suya. En el otro lado ya las esperaba un vehículo de pasajeros que las llevaría. Tuvieron suerte, alcanzaron a subirse cuando el vehículo estaba a punto de irse.

Una hora más tarde llegaron a Almadía. Y cuando descendió del carro y puso los pies en la tierra que había deseado pisar desde hacía tanto tiempo, María sintió que esta le pertenecía. El calor del suelo recibido a través de las suelas de sus zapatos terminó de convencerla. Había vuelto a casa. Lo que durante tantos meses pareció un imposible, hoy se convertía en realidad. Naín corrió a abrazarla, Isabela se bajó detrás. Hermana, le dijo, no sabes cuánto te he extrañado. María le correspondió el abrazo, se encontraba tan embelesada con la imagen de la casona que apenas sintió sus manos tibias rodear su cuerpo. Estaba muy emocionada y la casa le pareció salida de un cuento, pensaba que nunca volvería a vivir en ella, pero allí estaba. Su viejo techo renegrido de teja cocida, la habitación de la palomera, el patio de los guayabos, el corredor de la entrada y sus cuatro puertas. Fue inevitable que unas lágrimas se consumaran, que el tiempo dejara de ser una simple espera, que la esperanza no fuera un estado inalcanzable de ultratumba. Hay tantas y tan distintas esperanzas. Se liberó de los brazos de su hermana y le dio la vuelta a su mundo en un solo giro. Detrás de ella, Naín abrazaba a Isabela y le acariciaba la cabeza. La niña refunfuñaba un poco.

El río fue lo primero que destelló en haces luminosos detrás de casas y arboledas. Algunos vecinos asomaron sus cabezas al filo de las puertas. No existía un rincón en Almadía que ella no conociera. El sol, dadivoso, encendía las paredes de las casas, y en las piedras de la calle rebotaban sus brillos metalizados. Tan solo la tímida indiferencia del recibimiento contrariaba su regreso. Denunciaba que aunque las edificaciones del pueblo siguieran intactas, la sutileza de esa guerra había dominado la humanidad y aplacado el alma de la gente. Casi fue instantánea la percepción de derrota que tuvo. El olor de la humillación salía por respiraderos y ventanas; la mordaza aún se advertía en las puertas entreabiertas, como si en vez de una guerra solo hubiera sucedido un violento cambio de amo.

Un adolescente, casi un niño, apareció de pronto y se aproximó despacio y malicioso. Traía un revolver enfundado en el cinto de unos pantalones cortos. No llegó a acercárseles, unos metros antes torció sus pasos, recostó su cuerpo sobre un árbol de guayaba y se detuvo a observarlas. Es un miembro de las bandas, de los últimos que quedan por aquí, dijo Naín en voz baja, y haló con disimulo la blusa de María. El joven se percató del aviso, pero no realizó ningún gesto. Clavaba su miraba sobre ellas con desconfianza. María lo contempló un instante, sabía quién era. Es el hijo de Marina, dijo, y se volvió hacia la casa. Sí, respondió Naín, ha decidido ingresar a las bandas, tiene apenas dieciséis años y es un vago; le dieron un arma y se cree el dueño del pueblo. Pobre Marina, añadió María, y entraron al corredor.

Se acercó a una de las puertas y Naín alargó su brazo y abrió la mano. Traía un manojo de llaves. Toma, hermana, dijo, son de la casa. María vio el brillo metalizado de cada una de las llaves de las catorce puertas y se quedó en silencio. Isabela las arrebató de la mano de Naín y dijo juguetonamente: yo abro. María se acercó con ella y señaló: es la llave grande.

Isabela empujó la puerta. Las bisagras emitieron un sonido débil. María se quedó en el filo. Sigue, hermana, la animó Naín, la casa está limpia, ayer vine a arreglarla. Dio un paso y se halló dentro. De repente se sintió cansada, le pareció que había llegado de un largo trasiego, pero que la puerta la había cerrado ayer mismo. Era una sensación contradictoria que no hablaba de tiempo, ni siquiera de espacio; hablaba de la consagración a la intensidad de los hechos, de haber vivido, de seguir viviendo, de ser una simple hoja en el intersticio del silencio.

Dentro, la penumbra de la casa le recordó las ausencias con las que había regresado. Le faltaba más de la mitad de su vida. La pátina del ambiente atrajo sus pesares. María se dirigió al amplio salón donde solían celebrarse las fiestas y lo encontró vacío, las baldosas amarillas y terracotas ajedrezadas empedraron sus sensaciones. Un vapor soterrado expiraba el suelo pisoteado en el pretérito por Ambarino y compañía. Atravesó el pasillo hacia la cocina y se dio cuenta de que caminaba sola. Isabela y Naín se habían entretenido en alguna estancia. El silencio se sumía sobre ella y el crujido de la soledad traqueaba en el soberado del techo. Los ecos de sus pisadas retumbaban en el salón. El ambiente de la casa era una sustancia espesa que apenas circulaba. Olía a pólvora vieja. María abrió la puerta de su habitación y la vio iluminada. Una teja transparente filtraba una luz barnizada sobre ella. El tálamo mancillado estaba tendido con sábanas limpias. Ahí volvería a dormir todas las noches. Era su lecho, y seguiría siendo el lecho de Gabriel si algún día regresaba.

Y una a una, María fue abriendo las catorce puertas, y las corrientes de aire fueron limpiando los cúmulos deshumanizados de la casa. La luz entró de nuevo y espantó la memoria costrosa de los rincones. La voz vivaz de Isabela, proveniente del corredor, le llegó de repente. Fue una dulce armonía venida de un futuro próximo. Salió al patio y vio la tristeza extendida en el pálido suelo de tierra. Los guayabos estaban medio muertos, la casucha de Princesa había desaparecido. No quedaba ni una gallina, y la hamaca donde descansó sus pesares Gabriel, la última vez que estuvo en Almadía, estaba deshilachada y desnuda. Definitivamente este retorno también estaría gravado por la ausencia. Cerró los ojos para intentar escapar de la ensoñación premonitoria que la cercaba, pero vio su imagen solitaria confinada en ella. En todo ese tiempo siempre había pensado que los ausentes eran aquellos a los que se esperaba cada día, pero se equivocaba. Ausentes también eran los que esperaban. Aunque su ausencia fuera solo un efugio para retener la cordura.

Buscó con la mirada el lugar donde había enterrado a Princesa, y lo encontró desdibujado en el potrero. Ahora un pequeño arbusto lo señalaba. Su follaje reverdecido destacaba sobre las yerbas exiguas del final del verano, y había florecido en flores blancas irrigadas por hilillos de color rojo que se veían a trasluz en el sol de la tarde. Se quedó mirándola con curiosidad, sin saber de qué planta se trataba, y por un instante creyó ver que sus pétalos iban tornándose color de rosa. Al principio le pareció que se trataba de una ilusión óptica pasajera, pero en los días siguientes comprobaría que, efectivamente, las flores mudaban de color a lo largo del día, casi ante sus ojos. Del blanco vainilla del mediodía ascendían hasta el rojo púrpura del atardecer. Ella no sabía la manera cómo la planta había llegado hasta allí, pero de forma fortuita, esa huésped, espontánea, señalaba el lugar donde reposaban los restos de la vieja perra, le rendía honores en su última morada y era la evidencia de su final para sosiego de sus seres queridos y descanso de su pequeño espíritu. Precisamente de lo que carecía Gabriel Defuertes. Sí, en su futuro habría algo peor que enfrentar la perversidad de esta guerra, y eso era tener que vivir con la esperanza de verlo regresar algún día.

CONCLUYÓ LA IMPRESIÓN DE ESTE LIBRO
EL 25 DE MARZO DE 2021. TAL DÍA DE 1977
EL PERIODISTA Y ESCRITOR RODOLFO WALSH
ES SECUESTRADO EN ARGENTINA TRAS
PUBLICAR SU *CARTA ABIERTA DE UN ESCRITOR A
LA JUNTA MILITAR*, CALIFICADA POR
GABRIEL GARCÍA MÁRQUEZ COMO UNA
«OBRA MAESTRA DEL PERIODISMO».